땅끝의 달

땅끝의 달

정연희 소설

개미

아직 남아있는 중얼거림

평생 이어지는 불면증이 이제는, 한숨 자고 나면 고스란히 새벽을 기다려야 하는 나이에 이르렀다. 새삼 잠을 붙들고 씨름할 일 없어, 새벽 두 시 세 시에, 누가 부르는 것처럼 서재로 끌려간다. 아직도 계속되는 이 작업은 열정일까, 떠밀림일까. 라틴어 '파세레(passere)' 열정(熱情)의 어원은 동사(動詞) 뿌리로 '고통을 느낀다.'는 뜻이라 했다. 열정이었을까…… 고통이었을까…… 만일 열정이었다면 그것은 고통에서 벗어나는 해방의 뜻이 더 깊었는지 모르겠다.

하지만 무슨 한(恨)이 그리 깊어, 평생 이 작업을 계속하고도, 아직도 매일 자판기를 두드리고 있는지. 무슨 한을 더 풀어가겠다는 것인지— 세상 두려움 무릅쓰고, 더러는 운명처럼 문자(文字)와 언어의 채무자(債務者)로 살다가, 그 빚을 어떻게 갚고 떠나겠다고…… 지금까지 남겨진 글이, 내 삶을 깎고 다듬어 군더더기를 없앤 작업이 아니라, 자신에게 들려줄, 삶에 대한 변명이었다면, 등단 70여 년 동안 남긴 몇 십 권의 책이 앞으로 어떤 구실을 할는지……

옛날 노인들은 '몹쓸 일'을 겪거나 흉한 꼴이 눈에 띄었을 때, "아이고, 내가 너무 오래 살았구나!" 탄식했다. 이제 내 나이 그분들이 살았던 나이를 훌쩍 뛰어 넘고도, 흠칠 놀랄 나이를 살고 있다. 인간이, 지구상의 동물 중, 그중 포악한 포식자(飽食者)가 되어 꾸역꾸역 살아가는, 세계세상 돌아가는 꼴이나, 나라를 맡아 다스린다는 화상들이 저지르는 어이없는 불법, 포악(暴惡)을 견디는 중에도, 인간사(人間事) 곳곳에서 사금(砂金)처럼 반짝이는 우리만의 이야기를 외면하지 못해, 나는 오늘도 그 사금을 고르고 있는 중이다. 생명, 삶, 인간관계는 그 자체가 뜨겁고 깊은 사연(事緣)이다. 도처에서 생성하는 이야기가 들고 일어나는 것을 모른 체 할 수 없어서다. 그저……독자(讀者)를 의식할 일 없이, 내가 나에게 쓰는 보고서(報告書)로, 또는 그분께 올리는 이승의 대차대조표(貸借對照表)처럼 정리하는 중이다.
계속되는 작업이 어떤 글로 남겨지든, 내 삶에 대한 판결문은 그분의 손에 있을 것이다.

2020년 12월
낙엽을 무겁게 적시는 초겨울 빗살 속에서
정연희

소설가의 말

차례

모루*를 찾아서

1

밤에 비가 내렸다. 아무도 모르게 찾아오는 손님 같은 비였다. 비 맞은 숲이 무겁게 고개를 숙이고 있다. 울울한 숲의 나라. 비에 젖은 숲이 묵상(默想)이다. 만상이 숨 고르는 새벽. 오월도 중순을 넘겼는데, 매일 지척거리는 비 때문인지 초겨울 날씨처럼 춥다.

아내가 아직 잠들어 있는 것을 확인하며, 그는 숨죽여 점퍼까지 찾아 입고 나섰다. 철제 현관문이 잠글 쇳소리를 낼 세라, 몰래 가출하는 아이처럼 숨죽여 문을 닫았다. 눈 시리도록 밝은 복도는 낯선 굴속이었다. 길고 깊은 복도는 이승이 아니었다. 복도 양쪽으로 첩첩 닫혀있는 문들이, 문득 영안실 주검을 모신 철문 같았다. 늙은이들이 죽은 듯 잠들어 있을 '시니어 아파트'의 기나긴 복도…… 눈이 시릴 만큼 불이 밝혀져 있었지만, 공기는 무거웠다. 현관까지 가는 길이 물속 같았다. 자동문이 열리자 눅눅하고 차가운 새벽 공기가 밀려들었다. 조는 듯 마는 듯 외등이 밝혀진 주차장 차들이 비에 젖어 번들거린다.

그는 자신도 모르게 고개를 들어 삼층을 올려다보며 호수(戶數)를 더듬어 방 하나를 찾았다. '아! 우련 불빛 물든 창문 하나. 벌써 깨어 있었던가. 아니면 잠을 이루지 못했을까.' 불 밝혀진 창문을 찾아낸 그의 내면에도 반짝 불이 켜졌다. 가슴에 전류가 흘렀다. 가슴뿐이 아니라 전신이 흔들렸다. '저 불 밝힌 방안에서 그는 무엇을 하고 있을까. 어떻게 이런 일이…… 어떻게 이런 일이……' 이것이 필연이라면…… 그 자리에 못 박혀, 삼층의 그 방만 바라보다가 망부석이 되고 싶었다.

잠시 멎은 듯했던 빗방울이 그의 얼굴로 투덕투덕 떨어졌다. 그는 우산을 챙길 생각도 없이 돌아서서 걷기 시작했다. 몇 걸음 걸어 나가니 4차선 찻길. 드문드문 차들이 총알처럼 치달았다. 눈 뜨자마자 생업 때문에 뛰쳐나온 직장인들…… 차들은 미명(未明)을 칼로 찢듯 달린다. 무겁게 내려앉은 하늘. 비에 젖은 아스팔트 위에 깃털 화려한 새 한 마리가 널브러져 있다. 어쩌다

가…… 왜 둥지를 떠나…… 저 없으면 살 수 없을 또 다른 새들
이 있을 법도 하련만…… 날개를 가진 새가 어떻게 하다가 차를
들이받았을까. 저 새가 찻길로 날아들지 않으면 안 되었을 어떤
정황이었기에…… 아직 참혹할 만큼 짓뭉개지지 않은 것을 보
면, 둥지를 떠난 지 얼마 되지 않았는가 보다. 무엇이 그리 급했
기에 서둘러 둥지를 떠났다가 저 지경이 되었을까. 그는 숨을 깊
이 쉬다가 멈칫했다. '내가 아직 살아서…… 아직 살아남아
서…… 새 한 마리의 주검을 두고……' 문득 삶의 무게가 낯설
었다. 그는 낯선 중량감에서 도망치듯, 새의 주검에서 눈을 돌리
고 걸음을 재촉했다.

길을 건너 주택가로 들어서니, 집들은 아직 깊은 잠에 빠져 꿈
을 꾸는지, 현관 불빛이 시나브로 허공에 흩어지는 빗발 속에서
잠꼬대를 중얼거린다. 울울청청 거침없이 자란 수목이 품고 있
는 집들은 절대 평화와 안정, 마을이 아니라 깊은 숲이 안고 있
는 집들이었다. 울울한 나무들도, 나무 그늘에 들어앉은 집들도,
다시는 깨어나지 않을 침묵에 잠겨, 외계인 바라보듯 그를 경계
했다.

다시는 눈을 뜨지도 일어나지도 않을 세상을 홀로 걸어가듯,
그에게서 슬픔의 이랑이 출렁거렸다. 마을 공원길이 열려있어
공원으로 들어섰다. 공원이 밤비에 함초롬히 젖어있다. 공원 숲
은 너무 깊어 다시는 밝은 해를 볼 일이 없을 것 같았다. 젖은 숲

모루를 찾아서

어디선가 부엉이가 구시렁거린다. 새벽이 열리는 기척을 알았는지, 드문드문 비에 젖은 새들이 부스럭거렸다. 공원 건너 집들이 외등을 밝힌 채 잠에서 깨어날 기척이 없다. 여기저기 바비큐 틀과 식탁에서는 고기 굽던 냄새가 얼룩져있다. 그는 어린애들이 타고 놀던, 비에 젖은 그네에 허리를 걸쳤다. 공원 그네가 그의 몸무게에 놀라 흔들렸다. 그네에 얹혀 흔들리며 문득 눈시울이 젖었다. 그 옛날…… 둘이 나란히 앉을 수 있는 그네에, 연화(蓮華)와 나란히 앉았던, 그때의 흔들림이 살아났다. 아직 밤인 줄 알고 있는지, 부엉이가 비에 젖은 소리로 다시 우우 울었다.

2

이곳 '시니어 아파트'는 미국 이민 1세가 꿈꾸는 마지막 희망이다. 당국은 65세 넘은, 세금 납부자들이 늙마에 간편하게 살 수 있는 아파트를 분양했다. 열두 평 넓이에, 거실과 침실 등, 늙은이들이 꿈지럭거리기 편하게 만들어 놓은 구조여서 불편할 일은 없었다. 그곳 입주를 위해, 추첨, 서류검사, 인적사항 면접 그리고도 일 년 넘게 마음 졸여가며 기다리고 기다린 입주였다. 이민 사십여 년. 자식들 짝 채워주고 그들이 살만한 집 장만까지 치르고 나니, 부부는 껍질만 남겨진 듯 모든 것이 헐거워졌다. 우선 노인 아파트 조건은 집값이 일반 주택이나 아파트하고는

땅끝의 달

비교할 수 없을 만큼 싸다는 것 때문에 늙은이들이 너도나도 줄을 섰다. 이민 1세대 중, 미국식 이름을 만들어 쓰고 있는 사람들이 더러 있었지만, 한국 이름을 바꾸지 않은 조세윤(趙世潤)은 추첨 때부터 가슴 졸였다. 건축이 시작되고 새 건물 입주까지 기다리던 동안, 살던 집 매매 후에 이사 날짜가 맞지 않아, 이삿짐을 창고에 맡기고 어쩌고 하는 고생이 막급이었지만, '시니어 아파트'에 입주하게 된 행운에 가슴이 뿌듯했다. 언제 떠날지 알 수 없는 이민 늙마에, 걸리적거릴 것을 하나라도 덜자고, 살붙여 살던 살림을 미련 없이 버릴 때도 아까운 줄 몰랐다. 가깝게 지내던 이웃들이 부러워하던 '시니어 아파트' 입주였다. 지난가을, 그렇게 삶의 획(劃)을 긋는 이사를 끝냈을 때, 전생(前生)은 한 줌이었고, 얼마가 남았는지 알 수 없는 앞날은 갑자기 눈앞이었다. 뉴욕 퀸즈 베이사이드…… 공원을 앞에 둔 이름난 주택지에 살던 그가, 허드슨강을 건너 뉴저지에서도 훨씬 깊숙한 숲속 마을에 새로 지은 건물에 안착했을 때, 그렇게 흥분 또 흥분하며 서둘렀던 입주가, 어느 날 느닷없는 무력증에 빠지게 될 줄이야…… 건물은 스페인풍의 아름다운 3층 집이었다. 숲의 나라였다. 울울 깊은 숲속에다 지은 아름다운 건물이었다. 문밖으로 한걸음만 나가 찻길을 건너면 장원급 집들이 늘어선 마을이고, 몇 걸음만 더 가면 끝이 어디인지 알 수 없을 만큼 넓은 공원이었다. 그가 '시니어 아파트' 추첨에 몸 달아 서둘러 응모를

모루를 찾아서

했던 것은, 아내 영신(瑛信)의 병세(病勢)에 희망이 없기 때문이기도 했다. 5년 전 유방암 수술이 완치라더니, 지난가을 폐로 전이되어 항암치료를 시작했지만 희망은 보이지 않았다. 시한부……시한부라니…… 아내는 남의 말하듯, 더러는 체념처럼 중얼거렸다. '늙음은 그 자체가 질환이야, 늙는 것 자체가 질환이라고. 늙었는데 병이 없다면 그게 비정상이고 이상한거지!' 세윤은 속으로 중얼거렸다. '신(神)은 인간을 만들어놓고, 왜 꼭 이 모양 이 꼴이 되어 죽게 만들었는지…… 그 심사를 알 수가 없네……' 행운의 '시니어 아파트' 입주 직후 세윤은 아내를 휠체어에 앉히고 자주 공원 산책을 나섰다. 미국 동부의 가을은 걸음걸이가 눈물이었다. 슬픔만이 아니라 아름다움 또한 눈물이었다. 아내가 눈물 글썽한 눈으로 남편을 바라보며 수줍게 입을 열었다.

"여보 이렇게 당신이 밀어주는 휠체어에 앉아 바라보는 가을이 이렇게 행복할 줄이야…… 내가 병치레하며 당신한테 죽도록 미안했는데…… 오늘은 그런 것 없이 그냥 행복하네……"

"그래? 그러면 매일 나오자. 당신이 그토록 행복해 하면, 그놈의 암도 무안해서 떠나주겠지…… 매일 나오자, 매일!"

남편은 아내가 고백하는 행복 앞에 조건 없이 항복했고 그것은 행복이 아닌…… 그런 대로의 평화였다. 40여 년 이민 삶의 행로에서 빠져들었던 주검과 같은 후회, 분노, 좌절, 절망을 거쳐서 얻은 안정이었다. 남편은 아내의 고백이 한없이 고마웠다.

땅끝의 달

아내가 이토록 행복해한다면 아내의 남은 날 매일인들 못하랴. 오밤중에라도 아내가 원한다면 어딘들 나서지 못하랴. 이민 삶이 이어지던 동안 통절한 후회와, 분노와, 자괴감으로 뒤범벅이 되었던 나날들이 이런 결말로 안겨진 것이라면, 미국이라는 나라는 참으로 고마운 나라였다. 남편에게는 행복보다도 평화보다도, 안정감이 주는 삶에서 위로를 받게 된 것이 한없이 고마웠다.

*

'시니어 아파트' 입주자의 90%는 한국 이민 1세들이었다. 복도 하나를 두고 오가며 마주치는 사람들은 거의가 한국인들이었고, 본토 국적의 입주자 중에는 백인과 흑인 여자들이 섞여 있었지만, 한국 입주자들 숫자에 압도당한 그들은 세입자가 아니고 잠깐 월세방에 살고 있는 사람들처럼 물에 기름이었다. 입주한 지 두 달도 채 안 된 초겨울, 복도 건너 두어 집 사선(斜線) 쪽 방에 살던 흑인 할머니가 세상을 떠났다. 손녀딸들인지 몇몇 가족이 들락거리다가 앰뷸런스가 시신을 싣고 가는 것으로 씻은 듯 마무리가 되더니, 열흘 어간에 한국 여성이 입주했다. 그렇게 겨울을 건너던 동안, 3층에서도 노인 내외 중 할아버지가 세상을 떠나고 할머니 혼자 남았다고 들 수군거렸다. 겨울 추위로 그들

모루를 찾아서

내외의 외출도 자유롭지 못했다. 더러 겹겹 껴입고 극장을 다녀오기도 하고, 손녀 손자들이 들러 한동안 떠들썩하다가 돌아가기도 하고, 아내의 정기검진, 치료 그리고 주말이면 아들네나 딸네가 식당 순례를 시켜주고, 주일이면 예배에 참석하는 일상이 이어지면서 겨울이 흘러갔다. '시니어 아파트' 입주 전의 생활하고 크게 다를 것 없는 일상이었다.

그런데 어느 날이었던가, 아내가 통증으로 심하게 고통스러워하던 날 오후, 아내의 시중을 들어주다가 아내가 잠든 뒤, 거실소파에 기대어 티브이를 켰다. 한국에서 전송되는 낯익은 프로가 방영되면서 화면이 흘러가고 무슨 소리인지 계속 영상이 흘러가고 있었는데, 갑자기 화면(畵面)도 음향(音響)도 아득해졌다. 삶이 봄눈 스러지듯 녹아내렸다. 허망도 아닌, 허무도 아닌, 얼굴 없는 절망이, 그저 무망(無望) 무력의 소리 없는 나락의 순간이었다. 답이 없는 삶의 종점에 이른 듯, 다시는 일어날 기력을 아예 놓진 듯한 자리─. 어디가 아픈 것도 아닌, 슬픔도 아닌, 무의식 속에서 그의 목숨이 막막함에 빠져 스러지고 있었다.

겨울이 끝나갈 무렵, 아내가 남편을 근심했다.

"당신 우울증이잖아? 아무래도 우울증이야. 우울증이 심해. 어떻게 하지? 영 추스를 기맥 없어 보이네. 나 때문에, 병수발하다가 당신이 우울증에 빠졌네."

"우울증은 무슨…… 늙은이들이 다 그렇지. 나라고 비켜가겠어?"

"아니에요. 내가 이 지경이 되어서 더 힘들어하니까, 당신, 우울증에 빠진 거야."

"그런 거 아니라고, 걱정 말아요. 공연히 근심 만들어 하지 말고…… 내가 정 우울하면 의사 만나서 처방받고 항우울제 먹을게 걱정 말라고……"

아내는 투병 중에도 남편 때문에 마음이 놓이지 않는 눈치였다. 어느 날 밤, 아내의 오후 약을 챙겨주고, 아내의 옆자리에 맥없이 쓰러지듯 누웠다. 고개를 돌려 아득한 눈으로 남편을 바라보던 아내가 조심스럽게 입을 열었다.

"여보…… 나, 그동안 두고두고 궁금했던 말 한마디 해도 될까?"

심상찮게 열린 아내의 서두(序頭)에 남편이 긴장했다.

"무슨 말을 하려고 그렇게 심각하게 나와? 내가 겁먹겠네……"

한동안 말을 잇지 못하는 아내를 두고 남편이 채근했다.

"그렇게 벼르니까 내가 더 울적해지네. 어서 털어내라고!"

"나 야단치지 않는다면…… 그냥 들어만 주신다면……"

직장 후배였던 우영신이 선배 기자(記者) 조세윤을 낚아챘다는 소문이 돌 만큼 영신은 선배에게 집착했다. 고위공직자의 막내

모루를 찾아서

딸이었던 영신은, 가난한 과부의 외아들인 조세윤을 아버지에게 들이댈 만큼, 세윤에 대해 옹골찬 연정을 감추지 않았다. 하지만 그 한 쌍의 결합은 어느 쪽이 기울 만큼 그렇게 부자연스럽지는 않았다. 조국을 떠날 수밖에 없었던 이민 사연이 있기는 했지만, 무난한 가정이었다. 군부정치(軍部政治)에 뒤통수를 맞은 신문사가 기우뚱거리자, 이민을 결심한 것은 남편 쪽이었지만, 이민생활에서도 부부는 평탄했다. 아내가 한참 뜸을 들이다가 입을 열었다.

"내가 당신을 얼마나 좋아했는지…… 어쩌면 짝사랑이었는지도 모른다는 생각도 많이 했어요…… 내가 남편 사랑을 받지 못한 아내는 아니었지만…… 그런데…… 지금까지 말을 입 밖에 내지 않았지만…… 우리가 아무 문제 없이 아주 평탄하고 행복할 때도…… 당신이 나를 품을 때, 몸은 나에게 있으면서, 당신의 영혼은 어디 먼 곳을 바라보고 있다는 느낌이 이따금 들었어…… 나는 문득, 문득, 당신이 어딘가 내가 알 수 없는 먼 곳을 늘 바라보고 있는 사람처럼 느껴질 때가 있었거든…… 당신에게는 늘 어딘가에서 당신을 바라보고 있는 당신의 '그대'가 있다는 느낌에서 헤어 나올 수가 없었어요…… 당신은 가정에 충실한 남편이었고, 누구보다 아이들에게 자상한 아버지였는데도……"

남편의 가슴이 후르르 떨렸다. '당신은 우리가 행복할 때도,

어딘가 내가 알 수 없는 먼 곳을 늘 바라보고 있는 사람처럼 느껴졌거든…… 어딘가에서 늘 당신을 바라보고 있는 당신의 '그대'가 있다는 느낌에서 헤어 나올 수가 없었다고……' 남편의 가슴이 철렁 내려앉았다. 자신도 모르고 지내던 무엇을 들킨 것처럼— 어쩌자고…… 이제 와서, 망설임도 없이, 왜 이런 이야기가 아내에게서 나올 수 있는지, 머지않아 떠날 때가 가까워왔다는 신호인가. 대답할 말이 떠오르지 않았다. '아, 아내에게 이런 숨겨진 간극(間隙)이 있었다니. 도대체…… 나의 무엇이 아내에게 그런 남편으로 비추어졌을까.' 아내가 다시 힘들게 말을 이었다.

"그런데 우리가 그렇게도 열심히 소원하고 바라던 시니어 아파트로 이사를 하고, 이제 안정이 될 만하니까, 당신에게서, 그 먼 곳을 바라보는 듯한 쓸쓸함이 되살아나는 것 같았어. 혹시 내가 이 지경이 되어 언제 떠날는지 알 수 없는 것 때문에, 병수발 들다가 우울증이 심해진 것은 아닐까 싶으면서도……"

떠날 날이 가까워진 아내의 영혼이 명징(明徵)해져, 당사자인 남편 자신도 잊고 지내던 무엇을 알아본 것일까. 갑자기 아니라고 서둘러 대답할 일이 아니었다. 남편은 숨을 고르고 입을 열었다.

"당신 그동안 그런 것을 느꼈으면서 이제 와서 그런 이야기를 하다니 좀 잔인하다는 생각 안 들어?"

모루를 찾아서

"어쩌면…… 당신이 그렇게 느낄 수도 있겠네요. 하지만 당신이 그런 성정(性情)을 타고난 것일까…… 당신은 늘 어딘가로 떠나버릴 사람 같을 때가 있었어요. 어쩌면 나는 늘 그런 불안을 애써 감추고 살았던 아내였고……"

"당신…… 너무 쇠약해져서 공연한 망상에 빠진 거야…… 나 그런 것 없었다고, 없었다니까."

남편은 아내를 가만히 가슴에 품고 조심스럽게 운을 떼었다.

"어차피 우리는 머잖아 앞서거니 뒤서거니 떠나야 할 사람들이지. 그저, 당신이 이 고통을 잘 이겨내길 바랄 뿐이야."

아내는 남편의 품에 안겨 눈을 감더니, 지금까지 심각한 이야기를 했던 사람 같지 않게, 약기운 덕이었는지 스르르 잠들었다. 아내를 눕혀놓고 거실로 나갔으나 무엇도 손에 잡히지 않았다. 아내의 남은 날이 얼마가 될는지, 아내가 떠난 뒤의 삶은 어떻게 달라질 것인지 알 것도 같으면서 막막했다.

갑자기 숨 막힐 듯 답답했다. 무작정 덧옷을 들춰 입고 현관문을 열었다. 아내가 깊이 잠들었기만을 바라면서 열쇠고리 소리가 들리지 않도록 숨죽여 문을 닫고 돌아섰다. 불 밝혀진 기나긴 복도가 동굴이었다. 복도 양쪽으로 첩첩 닫힌 두꺼운 현관문이 문득 또다시 영안실의 시신안치실의 철문처럼 보였다. 엊그제도 삼층에서 시신 한 구가 떠나갔다. 노인들이 기어들어와 지내는 이곳은, 아직 숨을 쉬는 시신들이 안치된 곳이던가. 아, 어쩌다

땅끝의 달

가 허위허위 이 굴속을 찾아들어 왔던가. '시니어 아파트!' '시니어 아파트!'를 찾아 애달아했던 일들이 이런 것이었던가. 그는 달아나듯 밖으로 나갔다. 멀리 교회의 십자가 첨탑이 보였다. 하나님은 왜 인간이 이 지경이 되어 떠나가게 만들었을까. 생로병사의 순서를 착실하게 거쳐, 끝내는 비참하게 쭈그러든 육신을 거두어 가시는가. 인간이 태어나는 것은 결국 죽음을 향한 행진 이상의 의미가 없는 것인가. 개신교(改新敎)세례를 받고 교인이 된 지 30여 년인데, 아직도 천국과 부활이 믿어지지 않는다. 점점 더 인생대차대조에는 의문만 남았다. '아내의 짐작대로 내가 우울증에 빠졌는가.' 건넛마을 중학교 운동장에서 아이들이 야구로 떠들썩, 주변에 뭉게뭉게 모여 있는 어른들은 아이들의 부모들. 재깔거리며 웃어대는 소리가 비눗방울 무지갯빛을 띠고 공중으로 날아오른다. 활기차고 아름답다, 그런데 그 아름다움이 이승 같지 않았다. 잠깐 스친 환상, 지상(地上)에 무슨 기쁨이 있겠나? 우중충하게 흐린 숲속 마을은 속력을 낸 차들만 치달을 뿐 인적이 없었다. 그는 그저 들리는 것도, 보이는 것도 없이 걸었다. 허청 걸었다. 내일이 없는 정적(靜寂)속을 흘러가 듯 그렇게 걷는데 전화기가 울렸다. 현실! 신호음은 쥐어지르듯 그를 채근했다. 화들짝! 걸음을 멈추었다.

"당신 어디 계셔요?"

"아, 그냥 좀 걸으려고 나왔는데 당신 벌써 깨었어? 아파트 근

모루를 찾아서

처야 곧 들어갈게."

아내의 전화는, 바닥없는 허무감에서 벗어나는 구원이었다. 서둘러 돌아갔다. 한숨 자고 깬 아내는 다소 생기 띤 얼굴로 차를 마시고 있다가 남편에게 차를 권했다.

"국산 둥굴레차인데 구수해요. 엊그제 서울 다녀온 성혜 엄마가 선물이라고 들고 왔네요. 차 드실래요?"

"그러지, 차 향기가 고향 같네……"

그렇게 내외가 차를 들었다. 차를 마시던 아내 영신이 반가운 소식을 전하듯 밝은 얼굴로 입을 열었다.

"당신, 혹시 지하 1층에 도서실 열렸다는 소식 들었어요?"

"도서실이 열렸다고? 이런 아파트에 웬 도서실? 이 아파트 관리실에서 그런 배려까지 했어?"

"아니에요, 3층에 세입자로 들어온, 혼자된 어느 한국 여성이 서둘렀다네요. 어제 당신이 동창회 모임에 간 사이에 세입자 모임이 있어 오래간만에 참석했다가 광고하는 소리를 들었는데, 내가 깜빡하고 이제야 알려드리네. 한번 내려가 보세요. 한국 책도 적잖이 모았다고 그러던데."

"글쎄에…… 관리실하고 의논해서 개인이 만든 도서실이라면 뭐……"

"혹시 알아요? 나는 아직 들리지 못했지만 당신 책도 있을는지……"

땅끝의 달

남편은 생기로 잠깐 반짝이는 아내의 얼굴을 바라보며 미미하게 웃었다.

"무슨…… 옛날 서울 살 때 썼던 책들이 여기까지 흘러왔을라고."

정치부장 시절, 몸담고 있던 신문사에서 쓴 칼럼이며, 몇몇 잡지에 실렸던 글을 모았던 책이 몇 권 있었지만, 그는 그런 것들을 스스로 지워버린 지 오래되었다.

"어떻던 뜻밖의 일이잖아요? 혹시 당신이 읽을 만한 책도 있을는지 모르니까 한번 내려가 보아요."

"그러지……"

대답했지만 그저 그랬다. 누가 어떻게 생심을 내어 도서실을 만들었는지 모르지만, 눈 침침 기력 없는 늙은이들만 모여 살고 있는 곳에 무슨 도서실…… 오죽하겠나 싶었다.

3

그렇게 겨울이 깊었다. 날마다 득득 얼어붙기 시작하자, 아파트 공간에는 기대도 희망도, 추억도 머물지 않는, 숨죽은 건물이 되어갔다. 애탄개탄 추첨되어 이사하기까지 그렇게도 들떴던 부부의 흥분도 무겁게 가라앉았다. 항암치료로도 희망이 보이지 않는 아내의 통증에 인터벌이 짧아졌다. 담당 의사를 만나거나 통증 완화 치료를 받고 돌아와도 하루는 너무 길고 길었다. 생명이 차츰 스러져가는 아내를 지키고 있어야 하는 나날은 형벌이었다. '이곳이 종말의 종착역이라는 것을 모르고 달려들었다니…… 차라리 정원이 있고, 후원(後園)에 온실 있던 집에서 아내를 떠나보냈어야 옳았는데……'

　낯선 슬픔으로 전신이 무너지는 것 같던 날, 아내가 잠들자 남편은 답답함을 견디지 못하고 복도로 나섰다. 얼어붙은 밖으로 나가느니 문득 지하실에 생겼다는 도서실이 궁금했다. 아내가 도서실을 채근한 것도 얼마 전, 아내는 책 없이는 살지 못하던 남편이, 도서실에도 관심이 미미한 것 때문이었는지, 그 후로 다시는 도서실 이야기를 하지 않았다. 이사 반년 만에 처음으로 엘리베이터 지하층을 눌렀다. 지하실 복도에도 눈이 아프도록 환하게 불이 밝혀져 있었지만, 인적 스쳐간 일 없어 보이는 공간은 그대로 침체된 누기(漏氣)였다. 문득 섬뜩했다. 부질없는 짓을…… 도서실이라야…… 문을 열었다가 실망하게 될…… 그는 그런 느낌으로 발길을 돌릴까 했다. 그러다가 무엇이 기다리고 있는지, 기다려 온 어떤 것이 그를 잡아끌 듯, 그는 도서실 문 위에 걸려 있는 팻말을 바라보았다. 문 위에 나무 조각으로 무늬를 이룬 팻말에 영어와 한글로 도서실이라고 쓴 팻말이 걸려있었다. 그런데 무슨 일로 선 듯 문을 열 수가 없었다. 한참만에 무엇에 떠밀리듯 손을 내어밀어, 다소 무거운 문의 손잡이를 틀었다.

문을 밀어 열자, 넓은 실내에 환하게 밝혀진 불이 눈부셨지만 아무도 보이지 않았다. 불빛 혼자, 방문자인 그를 반기듯 했지만, 인적 없이 밝은 불빛으로, 갑자기 무엇을 들킨 듯 불편했다. 넓은 공간이 시원했고 한쪽 벽에 세워진 서가에는 책이 빼곡했다. 독서할 사람이 편하게 앉을 수 있는 안락의자와 책상이 있었고, 책상 위에는 그로커스 화분과 온실에서 자랐을 후리지아가 꽃병에서 향기로 살아있었다. 벽에는, 인쇄된 고흐의 액자와 드가의 발레리나, 르노아르의 액자가 걸려있었다. 서가에는 영문서적 두어 줄 외에 한국 작가들의 소설이며 시집, 수필집이 가득했다. '아, 종착역 같은 이런 아파트에서 이런 배려를 하는 사람이 있었을까…… 어떤 여성이…… 이렇게 정성껏…… 이 도서실을 만들었다는 인물이 한국 여성이라 했던가……' 한 권 한 권의 책을 모으고 아파트 관리 직원들과 의논 끝에 도서실을 만들었을…… 어떤 여성의 따뜻함이…… 모국어로 만들어진 책들만 가득한 서가에 기댈 듯 서 있는데 문득 문소리가 났다.

아뿔싸! 들키고 말았는가. 무엇을 들킨 사람처럼 움칠, 황망하게 고개를 돌린 순간이었다. 무심히 문을 밀고 들어오던 사람이 얼어붙었다. 한순간, 마주친 두 사람의 숨이 멎었다. 기나긴…… 지루한 잠에서 깨어난 순간. 드디어 생시에 눈을 뜬 듯─…… 기억의 순기능이 아니었다. 두 사람의 확대된 동공이 한순간 마주쳤으나, 숨이 멎은 채였다. 다음 순간, 꿈에서 깬 듯

모루를 찾아서

여자 편에서 먼저 숨을 가다듬었다. 반백의 머리, 반듯한 이마 아래로 흔들림 없는 고요한 눈빛이 세윤을 그윽하게 바라보았다. 그리고…… 그네는 얼마 만에, 어제 만났던 사람에게 다가오듯, 천천히 그리고 자연스럽게 한 걸음 두 걸음 다가왔다. 상대방의 발걸음이 가까워지자 세윤이 후르르 떨었다. 남자의 입술이 조금 열려 있었던가. 하지만 말이 만들어지지 않았다. 강……연화……가슴에서 천둥치듯 이름이 떠올랐으나 입술이 움직여지지 않았다. 그러는 남자를 바라보며 그네의 얼굴에 미미한 미소가 떠올랐다.

"이제야…… 네…… 이제야 오셨군요……"

미미하게 떠오르는 미소로 이어지는 그네의 음성이 몽롱했다. 아직도 입매에 어여쁨이 남아있는…… 반백의 그네…… 어디선가 불어오는 미풍처럼 귀에 익은 목소리— 얼어붙었던 세윤의 전신에서 혈류가 소리치며 돌기 시작했다. 그리고 빙하 속에 던져져있던 남자의 영혼에 불이 켜졌다. '바로 너였던가, 바로 너였던가…… 지금까지 내 영혼이 아득하게 바라보고 있던, 꺼지지 않는 불빛이 바로 너였던가……' 남자의 눈에 어룽어룽 눈물이 가득 찼다. 눈물에 잠겨 흔들리는 연화의 얼굴이 꿈속이었다. 그네가 다가와 남자의 두 손을 가만히 잡았다. 손이 따뜻했다.

"현실이에요."

그네가 세윤의 손을 잡고 말을 이었다.

땅끝의 달

"내내…… 꿈꾸어 온 현실……"

이곳이 이승인가? 얼얼한 얼굴로 그네를 바라볼 뿐 아직도 입을 열지 못하는 세윤을 이끌고, 그네는 안락의자로 가서 남자를 편하게 앉혀주었다.

"앉아계세요. 차 끓일게요. 지리산에서 온 녹차가 조금 남아있어요. 감추어 두었던……"

외출에서 돌아온 사람을 대하듯 그네는 일상처럼 잔잔했다. 소파에 앉아있었지만 세윤의 전신은 냉동에서 풀리지 않았다. 그네의 움직임과 몇 마디 말을, 남자는 꿈속인 듯 고르지 못한 숨으로 바라보았다. 물 끓는 소리와 공중으로 올라가는 뜨거운 물김이 안개 속이었다. 다기(茶器)가 그네의 손에서 익숙하게 다루어지며 두 사람의 찻잔으로 녹차가 채워졌다. 그리고 그네에게서는 그때부터 말이 없어졌다. 세윤은 떨리는 손으로 찻잔을 들어 한 목음을 넘겼다. 식도를 타고 흘러내리는 따뜻함이 현실이었다. 어떻게 이런 일이…… 어떻게 이런 만남이…… 놀라움도 기쁨도 아니었다. 이럴 수가…… 어떻게 이럴 수가…… 황망하고…… 무엇인 듯 낭패감으로까지 이어지는 이런 만남이ㅡ 비워진 찻잔에 다시 차를 따르고도 두 사람은 시선을 찻잔 위로 내린 채 묵묵했다. 얼마가 지났을까, 그네가 잔잔하게 입을 열었다.

"황망해 하고 있다는 것 알아요. 황망…… 얼마나…… 그래요. 나도 당신이 이곳 아파트에 입주했다는 소식을 들었을 때 그랬으니까. 나는 당신네보다 두 달 먼저 입주했거든요. 더구나 당신 아내가 어려운 치료를 받고 있다는 소문을 들었을 때, 나는 당신과 마주치기 전에 이곳을 다시 떠나야 하는 게 아닐까 한동안 심각하게 고민했어요. 당신네가 들어 살고 있는 에이(A) 동(棟), 3층 끝 방이 내가 살고 있는 공간인데, 너무 고통스러웠어요. 헤어져 사십여 년이나 되는 당신, 이 세상에서 당신을 그중 잘 알고 있다고 믿고 있는 내가…… 막상 이런 경우를 만나니까, 나 자신이 너무 생소하고…… 당신을 마주칠 일이 너무 너무 두려웠어요. 주차장에서 당신 승용차가 눈에 띌 때마다 숨듯이 달아나면서, 정말, 정말 이곳을 떠나야 하는 게 아닌가 계속 고통스럽게 고민했고요. 그러다가 나 스스로를 달래기로 했어요. 당신도 나도, 어느 편에서도, 이 재회를 만들어낸 것은 아니었기에. 점차 두려움과 설렘을 달래가면서…… 이 도서실을 만들었어요. 당신…… 아무 말도 하지 마세요. 그냥 앉아계세요. 그냥…… 내가 이렇게 말을 할 수 있는 것은…… 오래오래 당신과 마주칠 순간을 상상하며, 얼마나……, 얼마나……. 두고두고 대사를 외우듯 연습한 덕이에요. 아무 말 안 하셔도 알아요. 알고말고요……"

그리고 다시 침잠(沈潛). 바닥없는…… 찻잔을 내려놓던 연화가 세윤에게 손을 내밀어 그의 오른손을 잡아 탁자 위로 올려놓

땅끝의 달

았다. 그리고 그 위에 자신의 손을 올려놓았다. 세윤의 손이 심하게 떨렸다. 그 손등 위에 자신의 손을 얹은 연화가 가만히 입을 열었다.

"모루……"

모루…… 모루……아! 모루였다. 봄날 아지랑이 속으로 날아든 한마디. 모루. 어느 봄날, 소풍 떠났던 날. 민속촌의 대장간 앞을 지나가다 발길을 멈춘 것은 연화였다. 그리고 연화는 시뻘겋게 달은 쇠를 올려놓고 두드리는 대장장이를 한동안 심각하게 바라보았다. 뻘겋게 달은 무쇠를 두드리는 대장장이에게 연화가 물었다. "그 받침을 무어라 하나요?" "이거요?" 대장장이는 눈을 치뜨고 연화를 바라보더니 별…… 시답잖다는 표정으로 내던지듯 말했다. "모루요! 모루! 시쳇 여인네가 모루라 일러준다고 알아먹을는지 원……이건 알아 뭐 할 거요?" 연화는 무안해하지도 않고, 빨갛게 달은 무쇠가 모루 위에서 두드려 맞는 것을 계속 바라보았다. 대장장이가 웬 훼방꾼인가 못마땅해 하는 얼굴로 연화를 흘깃 바라보자, 연화는 그제야 발길을 돌렸다. 그리고 근처 시골 다방으로 들어갔을 때, 연화는 세윤의 오른손을 탁자 위에 올려놓고 그 손 위에 제 손을 덮고 말했다. "모루…… 세윤 당신은 연화의 모루예요. 연화를 두드려 세윤의 삶이 되도록…… 그렇게 만들어질 모루예요." 그때 연화는 눈물 그렁그렁한 눈으로 세윤을 바라보며 그렇게 말했다.

모루를 찾아서

연화는 세윤의 손등 위에 자신의 손을 얹은 채 고개를 숙이고 말을 이었다.

"그날…… 나룻배를 놓치고, 소나기를 만나, 강 건너 사찰 요사체에 머물던 밤…… 끝내 나를 품지 않았던 당신……"

그쯤에서 연화도 목소리가 떨렸다. 세윤이 다시 얼어붙었다…… 더는 듣고 싶지 않은, 들어서는 안 될 이야기라는 것을 알았다. 이 기이한 해후가, 사십 년 전 그날의 선고(宣告)를 몰고 오려는가. 세윤은 손등 위 얹혀있는 연화의 손을 밀어내고 일어서야 한다고 생각했으나 꼼짝할 수가 없었다. 잔잔한 연화의 말이 이어졌다.

"그날…… 끝내 나를 품지 않은 당신의 몸은, 이미, 누구인가를 받았음이라고…… 그래서 나를 품을 수 없음이라고…… 나에게 절망을……슬픔……을 안겨주고……"

세윤의 혈관의 피가 갑자기 하얗게 사위었다. 그날 밤, 뜨겁고 뜨겁던 연화의 몸과 넋이 그토록 외로웠던가. 그날, 그 자리에서 남자와 여자는 타인의 타인이었던가. 사십여 년 전, 그날 밤의 이야기를 들어야 하는 세윤은, 연화의 다음 말이 이어지기 전에, 차라리 그 자리에서 숨이 끊어지기를 바랐다. 갈애(渴愛)…… 너무 소중해서 흠집 낼 수 없었던…… 그래서 활활 타오르던 육신을 빗물에 적시며 밤을 새웠던 그날 밤이, 연화에게는 절망이었다니…… 오해의 바다 위를 제각기 떠돌던 젊음. 그리고 두 사

땅끝의 달

람은 키(操舵)도 없는 배에 얹혀, 각기 망망한 인생 대해를 향해 각기 흘러갔던가. 그렇게 사십여 년을 떠돌았던가.

연화가 세윤의 손등에 얹었던 자신의 손을 거두며 차분하게 입을 열었다.

"이제 저는 집으로 올라갈게요. 언제 다시 만나게 될지…… 오늘의 이 재회가 당신을 편안하게 만들어줄 때까지…… 오래오래…… 또다시 몇 개월이 될지, 몇 년이 될지, 아니면 이승에서 다시는 만날 수 없다 해도…… 그렇게 오래오래……"

더는 말을 잇지 못하는 연화의 목소리가 잦아들었다. 그네는 죽세공 바구니에 설거지할 다기를 담다가, 뒤도 돌아보는 일 없이 바람처럼 떠나갔다. 닫히는 문소리 뒤에 다시 텅 빈 공간…… 꿈이었던가.

나룻배를 놓치고 세찬 소나기로 젖었던 그날 밤, 너무 아까워, 안타깝도록 아까워 품을 수 없었던…… 사랑…… 열화 같은 몸을 식히기 위해, 요사체 툇마루로 나와서 목젖까지 타 붙던 고통을 견디던 그날 밤이 연화에게는 절망이었다니― 연화가 너무 아까워 품을 수 없었던 세윤은 불붙은 몸을 짓이길 듯 자학해가며, 신라 승려 조신(調信)의 설화로 밤을 새웠건만― 연화는 몸과 넋을 열어놓았던 자신을 품지 못하는 사내를 두고 절망했다고―

그 하룻밤, 사내와 여자 각자의 열화(熱火)가 40년의 헤어짐을 만들었다니— 휑뎅그렁 공간에 홀로 남겨진 세윤. 다시 꿈결이었다. 이 상황이 필연이라면, 사십여 년의 간극(間隙)은 이제 무엇으로 어떻게 이어질 것인가. 그는 넋을 놓고 다시는 움직이지 않을 사람처럼 그 자리에 앉아있었다. 두 사람만을 위한 기이한 공간처럼, 아니 기나긴 세월, 조세윤을 기다리던 공간처럼 그네는 이 공간을 만들었던가?

4

젊은 그들의 만남이 밀교(密敎)처럼 이어질 수밖에 없는 현실은 그들을 더욱 뜨겁게 만들었다.

그때, 늦봄 오후의 약속은 뚝섬 강 건너 절간 근처였다. 강 건너 오가는 나룻배 하나, 더러는 두 사람이 약속시간을 맞추어 가느라고 선착장에서 마주치는 일도 있었지만, 서로 다른 시간에 나룻배를 타고 건너는 애태움은 그들만의 설렘이었다. 그날 밤의 강 건너, 그 강은 그들에게 '레테의 강(江)'이었을까.

일간지에서 탄탄대로를 걷고 있던 기자와, 국내에서 선두를 달리고 있던 재벌의 작은 딸인 연화와의 만남은 주위가 온통 가시철망이었다. 대학 졸업 직후, 아버지가 추진하는, 만만찮은 경쟁사와의 혼담이 정략결혼이라는 것을 눈치 챈 연화는, 아버지의 반대를 뿌리치고 이름난 여성지(女性誌)기자로 입사했고, 특집 인터뷰의 여왕이라는 별칭이 붙을 만큼 활약 눈부신 여성지 기자가 되었다.

늦봄 오후. 수수꽃다리의 향기 몽롱한 선착장 언덕에는 만발했던 꽃잎들이 분분 날렸다. 선착장이라는 것은 그저 그렇게 이름 붙인 것뿐, 나룻배 하나가 강을 건너 오가는 사람들을 실어 나를 뿐, 서울 사람들에게 강 건너는 오지(奧地)였다. 인터뷰 기사를 쓰다 말고 세윤을 만나기 위해 서둘러 떠난 연화의 묵직한 가방에는 원고지가 가득했다. 연화는 선착장에서 혹시 세윤을 만나는 행운을 바라며 두리번거렸다. 그의 가방에는 아버지의 서재에서 훔쳐 온 브랜디와 안주감인 어란(魚卵)과 크래커가 가득했다. '차라리 선착장에서 만나서 함께 배를 타고 건널 것을……' 나룻배는 건널 사람들을 싣고 선착장을 떠난 직후였다. 바쁠 것 없이 천천히 노를 젓는 사공의 배는 건너편 기슭에서 사람들을 부려놓고 있었지만, 세윤은 보이지 않았다. 약속시간에 대느라고 늘 헐레벌떡 하는 세윤은, 오늘도 사색이 될 만큼 숨차게 뛰어오려나. 강물의 물비늘이 살아있는 물고기들처럼 반짝거렸다. 눈부시도록 아름다운 봄날. 가슴이 뻐근했다. 건너갔던 배가 선착장으로 돌아왔을 때, 사공은 연화를 보자, 싱글 웃으면서 반가워했다. "어! 총각은 벌써 건너갔는데, 오늘은 왜 처녀가 늦었는가?" 연화는 두 사람을 알아본 사공이 응원자가 된 듯 고맙고 즐거워, 뱃삯을 두둑하게 건넸다. 강을 건너고도 한 마장 더

모루를 찾아서

걸어가야 절 근처에 있는 허름한 가게가 보인다. 연화는 상거(相距)를 좁히기 위해 무거운 가방을 메고 달리고 달렸다. 멀리 시골 가게가 나타났고, 가게 좌판 옆 허름한 의자에 앉아있던 세윤이 연화를 발견하자 한달음에 달려왔다. "가방이 왜 이렇게 무거워?" 가방을 받아들며 연화의 손을 잡았다. 그리고 한 손으로 손수건을 꺼내 연화 이마에 송글송글 맺힌 땀을 조심스레 닦았다. "천천히 오지 뭐 그리 급해서 이렇게 땀까지 흘려가며……" '기다리던 사람은 시간이 아깝지 않았을까? 우리가 만나면 우리의 시간은 당신과 나의 시간이 겹쳐져 제곱의 덧셈으로 달아난다는 것을 몰라서?' 만남은 늘 애끓었다. 두 사람이 찾아가는 절간 뒤, 언덕의 숲은 떡갈나무며 소나무가 제법 깊었다. 소나무 그늘에 준비해 온 깔개를 펴는 연화를 도우며 세윤이 웃었다. "부잣집 딸이 이렇게 세심하게 살림을 할 줄 안다고? 신기하네……" "비꼬기에요?" "아니, 앞날이 황감해서야……" "너무 기대할 일도 아니지." 연화는 가방에서 브랜디 잔이며, 안주 담을 나무 접시까지 계속 들어냈다. "브랜디는 식후에 후식으로 마시는 술이라지만 향기도 좋은데다 술병이 작아서 훔쳐 오는데 부담이 덜했거든. 그리고…… 오늘은…… 우리들…… 무언의 약속을 다짐하는 날로 만들려고…… 조세윤이 날아가지 못하도록……" 연화의 말을 장난으로 돌리며 세윤이 웃었지만, 연화는 그 웃음에 얼 비낀 이상한 쓸쓸함을 놓지 않았다. 그들은 소꿉

　　　　　　　　　　　　　　　　　　　　땅끝의 달

노는 아이들처럼 웃었지만 철없는 아이들은 아니었다. 숲이 향기롭게 흔들렸고, 봄날 오후의 하늘이 숲 사이로 아롱아롱 흘러내렸다. 나무 그늘 아래 누워있는 연화에게서 현실감이 지워졌다. 손댈 수 없는…… 만져서는 안 될…… 한순간의 숨 막힘이었다. 그 아름다움은 손끝 하나 건넬 수 없는 생명 순화(純化)였다. 욕정의 군더더기를 용서해서는 안 되는 눈부심이었다. 세윤은 눈을 감았다. 살과 뼈가 떨려도 손끝 하나 움직일 수 없는 순결 앞의 순명(順命). 하지만 감미는 애달픔이고 애끓음이었다. 그러나 그들 앞에 눈 똑바로 뜨고 있는 현실은, 한순간이 지나자 그들 각자에게 끊임없이 엄혹한 해답을 요구했다. 팔베개를 하고 누워있던 세윤이 조심스럽게 입을 열었다. "아버지 회사 일…… 어떻게 되어 가?" 연화 아버지의 사업에 떨어진 세무조사는 매일 신문 사회면 머리기사였다. 나란히 누워있던 연화가 상체를 일으키며 눈을 크게 떴다. "세윤 씨가 더 잘 알고 있을 테면서! 도하 신문이 매일 떠들고 있잖아요?" 한참만에 세윤이 몸을 일으켰다. "실은, 내가 궁금한 건 회사일이 아니라, 집안에서는 어떤 대책을 세우고 있는지…… 연화의 입지는……" 연화가 세윤의 가슴을 주먹으로 밀어대며 짐짓 화를 낸 얼굴에 웃음을 띠었다. "우리집에서 누구도 날 건드리지 못한다고 했잖아요? 그 말 안 믿고 있었어요? 내가 오히려 궁금한 건 당신네 고향에서 당신을 무한정 기다리고 있다는 어린 시절 첫사랑이라고

모루를 찾아서

요…… 왜 그 일에 대해서 지금까지 해명 안 해요? 왜?" 얼마 전, 세윤의 동창생들과 함께 했던 자리에서, 고향 동기생이 놀려 대던 한 토막을 연화는 잊지 않았다. "그 녀석이 놀리느라고 한 말을 가지고…… 연화가 이런 어린애였어?" "어린아이 되어 나를 세윤 씨에게 전폭 맡길 수만 있다면 나는 갓난아기가 될 텐데?" 연화는 웃고 있었지만 속내에 결연함을 감추고 있었다. 고향의 첫사랑…… 어떤 여자일까…… 처녀의 짝사랑이었을까? 세윤에게도 첫사랑이었을까. 궁금했다. 그렇게 봄날은 걷잡을 수 없이 저물었다. 해가 이울면서 화창하던 봄 날씨가 갑자기 구름을 몰고 왔다. "이제 술 그만 해." 세윤이 말렸다. "안주도 아직 많이 남았는데?" "그만 돌아가자, 날씨가 심상찮다." "세윤 씨 무서워요?" "응" "무엇이?" "나 자신이, 내가 나를……" "믿을 수 없어서?" 세윤이 대답을 피하자 연화가 또 어린아이 같은 심술을 얹어 웃었다. "무엇을 망설이는지, 그 망설임을 던져버리면 무서울 것 없을 텐데?" "망설이는 것 아니라고." 연화가 자리를 걷으며 졸랐다. "너무 서둘지 말고, 저 가게 뒷마을에 있는 매운탕집에서 저녁 먹고 가면 안 될까?" "좀 그렇다…… 날씨가 수상해서…… 저 먹구름……" "아, 빡빡한 아저씨, 너무 그러시지 말고 마음 좀 쓰시지요. 내가 배고프다고요. 매운탕 값이 없어서 그래요?" "정말 이런 떼쟁이였던가?"

절간 입구 매운탕집 안방은 허리를 구부리고 들어가야 하는 토벽 집이었다. "아! 이런 집에서 단 둘이 살아갈 수 있다면 얼마나 평화로울까…… 우리, 이대로 이 집에 눌러 살면 안 될까?" 연화의 어리광이었다. "오늘은 세상에 둘도 없는 최고 지성의 아가씨가 무슨 일로 나를 이렇게 심하게 놀려대나?" "놀린다고요? 내 말이 놀리는 것으로 들렸어요? 그랬어? 정말……" 연화는 이래로 웃음도 말도 줄었다. 붕어 매운탕에 풋 열무김치 한 보시기뿐, 수저도 끝이 달은 놋수저에 낡은 나무젓가락이 전부였지만 매운탕 맛은 별미였다. "것 보아요. 맛있잖아요. 결단 잘 내렸지 뭐." 세윤은 자신의 우유부단이 민망했지만 부지런히 밥을 떠 넣는 것으로 대답을 대신했다. "술 남았어요. 마저 마시기에요. 짐도 덜어야 하고……" 매운탕 맛에 술은 안성맞춤이었다. 상을 물릴 때쯤 꾸물거리던 하늘이 비를 흩뿌리기 시작했다. "일어나자!" 매운탕 값을 치른 세윤이 연화의 가방을 정리해 주면서 잡아 일켰다. "이제 가방이 가벼워졌네, 그런데 우산 없이 선착장까지 가려면 비를 맞게 생겼는데?" 그들은 가겟집에서 낡은 비닐우산을 하나 얻어들고 서둘러 떠났다. 후둑후둑 빗줄기가 굵어졌다. 낡은 비닐우산 아래 어깨를 비벼대며 달리던 두 사람은 가난한대로 바랄 것 없이 행복했다. 그렇게 한 마장을 걸어 선착장으로 갔을 때는 날이 저물었고, 비 오는 밤의 사공 없는 나룻배는 건너편 기슭에서 한가롭게 흔들리고 있었다. 강

모루를 찾아서

을 건널 수 없으면, 오던 길로 다시 뒤돌아 멀고 먼 시골길을 돌고 돌아도 겨우 서울 외곽에 이른다. 어떻게 하나? 어떻게? 더욱 세윤에게 난감이었다. 뒤돌아보면 시골길 벌판…… 그리고 한 마장을 걸어야 절간 근처에 이른다. 난감해 하는 세윤을 연화가 달랬다. "나 때문이었네. 내가 매운탕 먹자고 졸라서 이 지경이 되었는데…… 화내지 말아요. 무슨 수가 있겠지. 어떻던 다시 돌아가는 수밖에…… 아까 그 매운탕집 가게 안방이라도 빌려 달라고 해볼까?" 매운탕집까지 가는 동안, 번개에 천둥까지 동반한 비가 요란하게 쏟아졌다. 비닐우산은 맥없이 찢어졌다. 어스름 어둠 속의 연화는 새파랗게 얼었다. 세윤은 찢어진 우산을 버렸다. 그리고 상의를 벗어 연화에게 입혀주고 가슴에 안고 뛰듯이 걸었다. 그렇게 한 몸처럼 되어 걷는 동안 연화는 새 새끼처럼 종알댔다. "아! 무지무지 진한 추억이 만들어지는 날이네!" "감기 걸리지 않게 해달라고 당신의 주님께 기도나 드려요. 이거…… 참 큰일 날 밤인걸……" "큰일은 무슨, 난 이 길이 끝나지 않았으면 싶은데?" 전신이 물에 빠진 것처럼 젖은 두 사람이 매운탕집에 도착했지만, 그들이 밥을 먹던 안방은, 하나밖에 없는 주인의 거처였고, 막일을 나갔던 남편이 돌아와 있었다. 난감해하는 그들을 민망하게 바라보며 주인 남정네가 차근차근 일렀다. "할 수 없네. 절간으로 올라가 봐요. 거기 요사체가 있으니, 혹불공꾼 없으면 방을 빌릴 수도 있을게요. 에그 어쩌다가 나룻배를

땅끝의 달

놓쳤을까. 어서 올라가 보슈. 츳츳 이 밤중에 우산도 없이……"

불빛이 흘러나오는 절간 승방 앞으로 뛰어들었다. 차마 그 행색으로 문을 두드릴 용기가 나지 않았다. 하지만 더는 떨고 있을 수가 없어 인기척을 낸 순간, 방문이 열리면서 중년의 공양주가 놀란 얼굴로 내달아 나왔다. "아니, 이게, 이게…… 어쩌다가 이렇게 젖어가지고…… 하이고오 시상에! 오갈 데가 없어졌구려. 저런, 저런, 하지만 잠깐 기다려요. 시님께 말씀드리고 올 테니." 비를 피해 대웅전 처마 밑으로 뿌르르 달려갔던 그가 얼마만에 돌아왔다. "따라와요. 마침 요사체에서 공부하던 사법고시생 하나가 집에 다니러 가서 방이 비어있어. 처마 밑으로 바짝 들어서서 따라와요, 시상에 저리 쫄딱 젖어가지고…… 큰일 나겠네……" 풍경(風磬) 옆 불빛 속의 빗줄기는 은주렴(銀珠簾)이었다. 절박함 속에서도 빗줄기는 가슴 얼얼하도록 아름다웠다. 젖은 몸으로 벌벌 떨며 세윤의 팔에 감싸여 걸으면서도 연화의 목소리는 살짝 들떴다. "아! 이 한밤의 빗줄기가 이렇게 아름답다니! 그리고…… 그리고…… 하나님께서 이런 절간의 방을 빌리도록 안내하시다니, 이 한밤의 기적이고…… 안 그래요? 축복이라고요! 우리를 위한 축복!" 요사체에 이르자 중년의 공양주는 두 사람을 다시 찬찬이 살폈다. "이 방에 어제까지 불을 넣었으니 냉골은 아닐게요. 그리고 빨아다 놓은 세수 수건도 몇 장

있으니 쓰도록 해. 내일 아침에는 큰시님께는 백배 인사를 드려야 하고, 알아 들었수?"

각자 젖은 옷을 벗어 횃대에 걸면서부터 두 사람은 조용했다. 세윤은 등지고 서서 자신의 옷을 대강 벗어 처리했지만 연화를 거들지 못했다. 숨 고르고 돌아서서 옷을 추리던 연화가 갑자기 돌아서서 쿡쿡 앝은 소리로 웃었다. "너무 하잖아? 첫날밤엔 신랑이 색시 옷을 벗겨줘야 한다는데?" 농담이라는 것을 세윤은 모르지 않았다. 그러나 그 한마디는 폭탄이었다. 세윤이 등진 채 가까스로 목소리를 가다듬었다. "아서, 장난 안 돼! 감기 들지 않도록 마른 수건으로 젖은 몸을 계속 비벼서 체온 회복하기야! 장난치지 말고!" 세윤은 이부자리 한 채에 연화가 눕게 만들고 자신은 벽에 기대앉았다. 간단없이 몸이 떨리는 것은 젖은 몸 때문이 아니었다. 이불 밖으로 살짝 들어난, 속치마 끈이 걸린 연화의 뽀얀 어깨가 눈에 띄었을 때, 그의 전신은 갑자기 걷잡을 수 없이 타올랐다. 야수(野獸)였다. 상대방을 집어삼켜야 하는 야수였다. 그때 연화가 토라진 목소리로 종알거렸다. "아까 술을 남겨 둘걸…… 이불을 덮었는데도 추워! 님 춥다고요! 내 몸을 녹여주려면 날 안아 재워야 해. 안 들어올래요?" 이를 악물고 눈을 감고 못 들은 체 하는 세윤을, 이불 속에서 살짝 나온 연화가 잡아끌었다. "자신 없어? 그렇게? 자신 없어요? 좀…… 비겁하다. 너무 뜻밖에……" 연화에게 끌려 들어갔지만, 불타던

땅끝의 달

세윤의 몸은 오히려 나무토막이 되었다. 숨을 쉴 수가 없었다. 뜨거워진 연화의 입술이 세윤의 귀밑을 스쳤을 때, 세윤은 진저리를 치며 반사적으로 연화를 밀어냈다. 갑작스러운 세윤의 동작에 무안했는지, 얼굴을 세윤의 가슴에 묻은 연화는 한동안 숨을 고르다가 돌아누웠다. 그렇게 등진 연화는 다시는 말을 건네지 않았다. 그리고 한동안이 지난 뒤 연화의 숨은 잔잔해졌다. 잠 들었을 리는 없었지만…… '대원정의 하루였으니…… 고단했지…… 하지만 연화에게 이렇도록 단순한데도 있었던가.' 세윤은 연화가 잠이 들었는지 깨어있는지 확인할 길이 없었다. 등지고 누워있는 연화를 지켜보며, 세윤은 불덩어리인 채 뜬눈으로 앉아있었다. 처음 겪는 고문이었다. 아깝고 소중해서 건드릴 수 없는 고문이었다. 세윤은 이를 악물었다. 연화의 고른 숨소리를 듣다가 밖으로 나갔다. 비는 여전히 추적추적 내리고. 절간은 주검처럼 깊고 고요했다. 뜨거운 가슴을 껴안고, 그는 그 옛날 신라의 승려 조신(調信)의 이야기를 더듬었다.

'세달사(世達寺) 승려였던 조신은 강릉에 있는, 절 소유의 농장 관리인이 되어 강릉으로 올라갔다. 세달사에서는 신실하고 부지런한 젊은 승려 조신을 장사(莊舍)의 지장(知莊)으로 올려보냈는데, 강릉에 도착한 얼마 후, 조신은, 불공을 드리러 온 태수(太守) 김흔(金昕)의 딸을 보는 순간 정신이 아득했다. 숨이 멎을 만큼 천지가 아득했다. 이런 세상이 있었던가…… 낮이고 밤이고 달례의 모습을 지울 수 없어 목숨이 졸아붙었다. 조신은 달례를 잊지 못해 애 끓이다가, 낙산사 용선대사를 찾아갔다. 큰스님 앞에서 참회하면 살길이 열릴는지…… 용선대사는 조신에게 그저 끊임없이 관세음보살을 외우라고 일렀다. 조신의 관세음보살이 고통스럽게 이어지는 가운데, 태수 일가는 다시 불공을 드리러 낙산사에 들렀고, 달례는 모례라는 사내와 정혼했다는 소식이 들린다. 기가 막힌 조신은 용선대사에게 달려가 달례를 아내로 허락해 주시라고 몸부림치며 눈물로 애걸했지만, 용선대사는 조신에게 우선 법당에 들어가 사흘 동안 관세음보살만을 외우며 참선을 하라고 떠밀었다. 참선 중 잠깐 깊은 잠에 빠졌던 조신은 법당 문 두드리는 소리에 놀라 깨어 문을 열었다. 뜻밖에 달례가 울고 서있는 것이 아닌가! "저는 부모의 말씀을 거역할 수 없어 정혼했으나, 당신의 사랑을 잊지 못해 이렇게 도망쳐 왔어요." '아! 드디어 부처님의 가피(加被)로다!' 무엇을 망설이랴. 조신은 그 길로, 김랑(金娘)을 데리고 태백산 깊숙한 산속으로 치달아 곧장 터를 잡았다. 그리고 아들딸 오 남매를 낳았다. 행복하여라! 하늘과 땅 사이에 저보다 행복한 사람이 또 있으랴! 가난한대로 사랑하는 아내에게서 태어난 자식 다섯은 보물이었다. 가난해도 자식을 다섯이나 두는 동안 두 사람의 사랑은 더욱 뜨거웠다. 그러나 가난은 사랑하는 아내와, 눈에 넣어도 아프지 않을 자식들

땅끝의 달

에게 나물죽도 못 먹여, 드디어 맏아들이 굶어 병들어 세상을 떠나는 지경에 이르렀다. 더는 버틸 길이 없어, 남편과 아내는 남아있는 네 자식을 둘씩 나누어 데리고 헤어지는 길목에 이르렀다. 사랑하는 사람을 이렇게 보낼 수밖에 없는 이 길이 삶이라는 말인가. 자식만 아니라면 차라리 죽는 길이 옳겠건만…… 그것도 뜻대로 할 수 없는…… 인생…… 아내와 갈림길에서 울고 있는데, 낙산사 승려 평목이 나타나 조신 내외를 겁박하며 길을 막았다. 그러지 않아도 슬픔을 참을 길 없던 조신은, 화를 참지 못하고 평목을 목 졸라 죽이고 시체를 동굴에 버렸다. 그리고 아내와 남은 자식을 이끌고 다시 움막으로 돌아갔다. 얼마 후, 달례와 정혼했던 모례가, 조신 일가가 살고 있던 근처로 태수와 함께 사냥을 하러 나타났다. 모례가 쏜 화살을 맞은 사슴이, 평목의 시신이 유기된 동굴로 들어가는 바람에 평목의 시신이 발각되고…… 관가에 붙잡힌 조신에게 참수형이 떨어졌다. 아내와 자식들…… 그들을 두고 죽을 수는 없었다. 아내와 자식을 위해 목숨만 살려주십사는 단말마가 하늘과 땅 사이를 뒤흔드는데, 갑자기 누구인가에게 엉덩이가 세차게 걷어채였다!. 발길질에 놀라 눈을 번쩍 떴다. 용선대사가 웃으며 서 있었고, 눈앞에 관음보살의 미소가 환하게 떠올랐다. 법당에서 잠깐 잠들었던 사이, 꿈속 40년의 삶이었다. 욕망의 덧없음, 허무함…… 세윤은 사찰 요사체 마루에서 젖은 몸으로 밤을 새웠다.

모루를 찾아서

며칠 뒤 연화가 서울에서 사라졌다. 무슨 방법으로도 연락이 닿지 않았다. 절간 요사체에서 하룻밤을 지낸 다음날은, 전날 천둥번개와 비바람이 거짓말처럼 맑게 갠 청명한 아침이었다. 매운탕집에서 아침을 먹은 뒤, 나루에서 배를 타고 서울로 돌아오는 길에서도 연화는 밝고 예사로웠다. 시내에서 각자 헤어질 때도 금방 만날 사람처럼 밝은 얼굴로 헤어졌다. 그렇게 헤어진 후, 찾을 길 없이 사라진 것이다.

못내 까닭을 알 수 없어, 허탈해진 세윤에게 바람결처럼 들려온 소문은, 갑자기 이민을 떠나는 부모를 따라 미국으로 떠나갔다는 소식이었다. 단 한마디 말없이, 비에 젖은 하룻밤, 뜨겁고 떨리던 기억만을 남기고— 어떻게 이런 일이, 어떻게 이럴 수가…… 세윤의 젊음은, 비에 젖은 채 다시는 마르는 일 없는 세월 속으로 한없이 흘러갔다. 무엇이었을까, 그렇도록 피차 열망으로 뜨겁던 연화가 단 한마디 말없이 사라진 까닭은 무엇이었을까, 어떤 상황 어떤 악조건에서도 갈라지는 일 없으리라던 피차의 약속이, 어떻게 단 한마디 소통 없는 파기라니!

5

"여보, 도서실에 내려가 보았어요?"

아내가 채근했을 때, 세윤은 주방에서 그릇을 정리하며 못들

땅끝의 달

은 체했다.

"여보, 도서실이 바로 우리집 거실 아래쪽이라고 하네요. 그래도 도서실을 애써 만든 사람의 성의를 생각해서 한번 내려가 보아야 하는 것 아닐까?"

"응 알았어. 내려가 볼게…… 무에 그리 급해? 천천히 두고, 두고 애용하게 될 텐데……"

도서실…… 집 바로 아래층의 도서실…… 그날 이후로 집에서 움직이는 세윤의 발걸음은 바늘 밭이었다. 발걸음을 옮겨 디딜 때마다, 연화의 머리를 밟는 것 같아서 다리가 떨렸다. 세상사 모든 것을 정리하고 떠날 준비를 해야 할 나이에, 이 무슨 시련인가, 아니면 레테의 강 건너 40여 년을 갑자기 되짚어 건너왔는가. 웬일로 아내가 채근했다.

"나도 아직 못가 보았는데 같이 가보아요."

"그러지…… 그렇게 하지……"

떨림을 갈아 앉히느라고 대답이 한참 걸렸다.

"지금 내려가요. 입주자들 말이 도서실이 늘 비어있다시피 한다고 아까워들 하던데요."

호기심이 발동한 아내는 당장 내려가겠다고 홈웨어 위에 가벼운 코트를 걸쳤다. 남편의 가슴이 내려앉았다. 아무런 대비 없이 아내와 함께…… 두려웠다. 아내는 결혼 전, 뜨거웠던 세윤과 연화의 연애에 대해 대강 알고 있었지만, 결혼 후 그 일을 입에

모루를 찾아서

올린 일은 없었다. 아내에게 남편은 삶의 전부였기에, 남편을 거
슬리는 일은 없었다. 결혼생활에서 대등했지만, 아내에게는 남
편과 아이들이 절대였고, 순종적이었지만 눈치를 보거나 자신의
뜻을 억지로 양보하는 일은 없었다.

　지하층 엘리베이터 단추를 누르는 남편의 손이 떨리는 것을
아내는 눈치채지 못했다. 혹여 연화가 내려와 있으면? 세윤의
가슴이 뒤채였다. 불륜의 현장을 들키는 일보다 더 두려웠다. 그
는 잠깐 눈을 감았다. '부디…… 철없는 소녀 같은 아내를 보호
해 주소서. 보호……' 어느 쪽이 꿈이었을까. 잃었던 연화를 사
십여 년 만에 만난 것이 꿈이었나, 아내와 가정을 이루어 자식
낳고 살던 사십여 년이 꿈이었나. 지하층 복도의 불빛은 여전히
눈부시도록 밝았지만 공기는 눅눅하고 무거웠다. 세윤이 도서실
문을 열었다. 아내가 소녀처럼 소리쳐 감탄했다.
　"어머나아!…… 세상에 어쩜 이렇게 아늑한 공간이 있을까.
그리고 이 도서실을 만든 그이는 참 대단한 사람이네! 아마, 글
쓰는 사람인가 보다. 그렇지?"
　아내는 다기(茶器)와 포트가 가지런한 탁자에서 물을 끓이며,
동화 속으로 들어선 듯 즐거워했다.
　"여보 이리 와서 앉아요. 안락소파가 우리집 것보다 더 좋다!
차 드세요. 벽에 걸린 그림들이 인쇄된 것이기는 하지만, 드가의

발레리나 그림이며, 소녀 취향 같지만, 르노아르의 복사판 그림들이 무겁지 않아서 좋네요. 이렇게 아늑하고 우아한 공간을 왜 이곳 사람들은 고마운 줄 모를까. 이렇게 방치해두다니 아까워라."

아내는 남편의 찻잔에 차를 따라주고 서가 쪽으로 가서 책을 둘러보다가 한국 작가의 소설 두 권을 골라 들었다. 세윤은 뜨거운 차를 넘기며 다시 눈을 감았다. '연화야, 우리가 마주치는 일이 없도록 도와다오. 부디……' 세윤이 아내를 한 팔로 감싸 안았다.

"당신 아직 책을 읽을 수 있겠어? 너무 피곤하지 않을까?"

"읽을 수 있을 때까지……"

아내는 잠깐 절절한 눈으로 남편을 바라보았다.

"내가 이제는 책도 읽으면 안 될 만큼 그렇게 나빠 보여요? 떠날 날을 그냥 무력하게 하루, 하루 지루하게 기다리라고?"

세윤이 아내를 가슴에 품었다.

"아니, 아냐! 그런 뜻이 아니라고, 당신이 피곤할까봐 그랬어…… 떠나는 얘기 그렇게 아무렇지도 않게 하지 마, 당신 그렇게 잔인한 사람 아니잖아. 괜찮아, 그래, 그래 당신 생각대로 해, 괜찮아, 괜찮아!"

가슴에 안긴 아내가 새삼 한 줌 새처럼 작았다. 남편의 눈시울이 뜨거워졌다. 슬픈 꿈같았다.

모루를 찾아서

"여보, 우리도 '아덜츠 데이 캐어(Adult day care)' 구경 삼아 한 번 가보면 안 될까?"

그곳 시니어 아파트로, 이른 아침마다 '아덜츠 데이 캐어'에서 승합차가 달려들어, 아침과 점심 식사 대상자들을 태워 가지고 떠나는 것을 구경만 하던 아내가 궁금해했다. 아파트에서 움직일 수 있는 노인들이 놓치지 않는 일과다. 한국 여성들은 기껏 호사한 옷에다 화장까지 요란하게 하고, 로비 밖으로 나가 차를 기다리고, 더러는 남편을 휠체어에 태워 데리고 나와, 승합차 기사의 도움을 받아 차에 싣고 떠난다. 매일 아침 세윤네 거실 창문으로 보이는 아침 풍경에 아내가 궁금증을 일으켰다.

"여보 우리도 저 사람들 다니는 곳에 한번 가보면 안 될까? 저이들 저렇게 오전 시간과 점심까지 먹고 난 뒤에, 더러는 수영장으로 가거나, 더러는 식료품 쇼핑을 하러가는 것까지 안내를 받고, 오후 프로그램까지 마친 뒤에 집에까지 데려다 준다네…… 참 미국이라는 나라…… 정말 희한한 나라지요. 저렇게 왕후장상 부럽잖게 대접받는 데를 우리는 왜 안 다녀요? 아깝고 억울하네."

"그렇게 궁금해? 그곳에서 주는 식사가 당신 식성하고 맞지 않을 것 같아서 신청하지 않았는데, 그렇게 궁금하면 날 잡아서 한번 가지 뭐."

"그래 주실래요?"

땅끝의 달

아내는 계집애처럼 즐거워했다.

세윤이 아내를 위해 '데이케어'를 신청한 날, 봄비답지 않게
비가 구성졌다. 아침부터 참가할 일이 아니어서 세윤은 점심시
간 맞추어 떠났다. 세윤이 운전하는 차가 빗속으로 들어서자 아
내가 들뜬 목소리로 소리쳤다.

"아, 비 오는 날 드라이브 정말 로맨틱하다!"

세윤의 가슴이 쓰리게 일렁거렸다. 주검을 앞둔 사람이 저렇
게 즐거워할 수 있는 여유는 무엇에서 오는 것일까. 아니면 아내
는 혹시 치유가 되고 있는 것일까…… 차는 빗속을 뚫고 남쪽으
로 30여 분간 달린 뒤, 거대한 창고형의 건물 앞에 멎었다.
〈ADULT DAY CARE - BRUNCH B- PLAZA〉 비에 젖은 묵
직한 간판이 입구를 가로막듯 나타났다. 주차한 뒤, 세윤은 우산
을 펼쳐 아내를 감싸듯 안고 건물 안으로 들어섰다. 덜컥 열린
실내에서, 미국 특유의 버터치즈 얼 섞인 음식 냄새와 눅눅한 공
기가 울컥 밀려나왔다. '어? 잘못 왔나? 왜 한국 사람들이 안 보
이지?' 하지만 그 실내는 미국 노인들의 영역 — 흑백의 노인들
이 울긋불긋한 옷차림으로 그들먹하게 식탁에 둘러앉아 있었다.
늙은이들이었지만 얻어먹는 사람들 같지 않게 당당하고 자연스
러웠다. 식사를 마친 테이블에서는 카드놀이를 하는 패거리도
있고, 퍼즐(PUZZLE)판을 앞에 두고 열심히 들여다보는 이들도

모루를 찾아서

있었다. 그중 누구도 불편해 보이는 이는 없었다. 한국 식당은
그 실내를 거쳐 안으로 훨씬 들어간 곳에 있었다.

아내는 미국 노인들의 점심 식사 풍경만으로도 발갛게 상기되
었다. 미국 측 식당을 누비고 안으로 들어가니 별천지였다. 훨씬
많은 한국 시니어들이 원탁에 둘러앉아 봉사자들로부터 점심을
배당받는 중, 더러는 새로 들어서는 부부를 흘깃흘깃 별로 반기
지 않는 분위기였지만, 한국 음식 냄새는 고향이었다. 그들이 들
어서는 것을 알아챈 봉사자가 그들 부부를 반갑게 맞이했다.

"잘 찾아 오셨네요. 며칠 전 신청하신 분이시지요? 잘 오셨어
요. 이 자리에 앉으세요."

그는 새로 등장한 부부를 살갑게 대하지 않는 사람들이 마음
에 쓰이는지, 서둘러 변명 삼아 소개했다.

"오늘 오신 이 두 분은 오늘만 잠깐 들러 식사하실 분…… 계
속 출석하실 분들은 아닙니다. 그래도 먼저 오신 분들이 이분들
께 이곳 소개를 잘 해드리세요, 부탁드립니다. 그리고 두 분, 식
사를 곧 드리겠습니다. 국은 두부 넣은 김칫국하고 미역국이 있
는데 어느 것으로 드릴까요?"

그렇게 준비된 점심은 검은 플라스틱 도시락에, 오징어 부침
개, 코다리 튀김, 무나물, 콩나물 등 반찬 네 가지, 밥은 흑미와
팥이 섞인 잡곡이었다. 아내의 시중을 들어주며 잠깐 실내를 둘

땅끝의 달

러보던 세윤의 가슴이 덜컥 내려앉았다. 막연하던 불안적중. 둥근 테이블 하나 건너에서 연화가 어느 노파에게 밥을 떠먹이고 있었다. 앞가슴에 턱받이를 두른 노파는 초점이 맞지 않는 눈을 허공에 던진 채 밥을 받아먹는데, 턱받이 앞자락에 음식이 반은 흘러내렸다. 연화는 수혜자가 아니라 봉사자인 듯— 바퀴의자에 앉아있는 노파에게 지극했다. '아, 이럴 줄 알았으면 다른 곳을 알아볼 걸……' 아내는 그 실내의 모든 것이 신기한 듯 눈을 반짝이며 음식을 맛있게 들었다.

"음식이 맛있어요. 집에서 어머니가 해주신 밥 먹는 것처럼……"

"음, 천천히 조금씩 들어."

"당신 왜 수저를 안 들어요?"

"응 좀 있다가 당신 끝나면 먹을게."

"나 혼자 잘 먹고 있는데……"

세윤은 간절한 시선으로 연화 쪽을 건너다보았다. '부디 우리를 눈여겨보는 일 없도록……' 아내가 연화를 알아볼 일이 두렵기도 했지만, 연화가 세윤 부부를 알아보는 사태도 피해야만 했다. 그러나 세윤의 초조함이 얼마간 가라앉은 뒤, 세윤이 다시 연화 쪽을 건너다보는 순간, 연화의 시선과 마주쳤다. 시선은 잔잔했다. 이미 세윤보다도 먼저 세윤 부부를 알아본 시선이었다. '이제 무엇을 두려워하랴. 이제 무엇 안타까울 일이 있을까······' 연화의 시선은 그렇게 말하고 있었다. 잔잔하지만 의연한 눈길이었다. 세윤의 가슴으로 슬픔이 차올랐다. 부끄러웠다. 아내가 옆에서 도시락을 먹고 있는 이 자리가 꿈인 듯, 허방을 짚은 자리 같았고, 건너편에서 이쪽을 잔잔한 시선으로 말없이 바라보고 있는 연화의 시선이 세윤을 기나긴 꿈에서 깨어나게 만든 듯 울렁거렸다. '걱정 마세요, 천천히, 당신의 아내가 이곳의 모든 순서를 다 체험하고 가도록 도와주세요. 이제 이쪽을 바라보는 일 없도록 하시고요' 연화의 시선은 그렇게 차분하게 일러주고 있었다.

점심이 대강 마무리된 뒤, 어마어마하게 크고 시커먼 비닐 자루가 나타났다. 사람 키만큼 큰 검은 비닐 자루는 음식물 담았던 플라스틱 쓰레기를 와락와락 쓸어 담는다, 사람이 먹던 음식의 열 배가 넘는 분량의 쓰레기. 반찬 네 가지와 밥을 담았던 검은 플라스틱 도시락, 국을 담았던 희고 큰 컵과 뚜껑, 후식으로 받았던, 종이 과일 접시와 플라스틱 숟가락과 포크······ 커피를 담았던 종이컵······, 두껍고 부드러운 냅킨 뭉치······ 한 사람이 한 끼 대접받았던 식탁 위에서 쏟아져 나가는 쓰레기는 무시무시했다. 당당하게 버리고 당당하게 쓸어 담는 시커먼 비닐 자루는, 그곳 현장의 악의(惡意)를 쓸어 담듯 섬뜩했다. 하지만 그렇게 한 끼를 때우고 입에 넣은 것의 열 배가 넘는 쓰레기를 만들어낸 장

땅끝의 달

본인들은 너무도 태연하고 의젓하게 다음 프로그램에 열을 올리고 있었다.

인도자를 따라 앞으로 나간 사람들은 신체 균형을 위한 원반 던지기며 몸풀기 운동을 하거나, 한옆에서 에어로빅을 배우거나, 각자 내키는 대로 참가한 뒤, 적당한 시간이 되면 빙고게임으로 들어간다. '빙고!'라야 대단할 것 없는 화장지나 치약 칫솔 같은 간단한 것들이지만, 자신이 줄맞춘 것이 대견한 당사자들은 환호성을 질러가며 의기를 채웠다. 노인들의 치매예방을 위한 프로그램들이었고, 참여하는 동안 성취에서 생기를 얻게 만들기 위한 게임이었다.

"오늘은 비 때문에 기온이 낮아 수영은 하시지 않는 게 좋겠는데요. 쇼핑하실 분은 주차장으로 모이세요."

담당자를 따라 쇼핑객들이 빠져나가면, 남은 사람들은 탁자에 준비해 두었던 퍼즐을 시작하거나, '퍼레이드 데이(Parade day: 깃발이라든가 과일, 구두, 물고기 등 그림에서 물건을 찾아내는 게임)'에 매달려 열중, 식탁 위에는 색연필 필통과 색종이가 수북하게 쌓여 있어, 그림을 그리기도 하고 색종이를 접도록 만들었다. 연화가 음식 먹는 것을 도와주던 자리에는 이미 환자도 연화도 보이지 않았다. 아내는 앓는 환자 같지 않게 생기를 띠고 퍼즐과 '퍼레이드 데이'에 열중했다.

"여보 당신이 좀 도와줘요. 여기 어디에 반지가 있지? 어디에

페인트 붓이 있어? 도저히 못 찾겠네……"

세윤은 아내가 열중하고 있는 퍼즐과 퍼레이드 그림을 들여다보았다. 치매예방을 위해 만들어진 프로그램이라던가. 창밖으로는 여전히 봄비답지 않은 주룩 비가 내리고…… 실내에서는 함께 늙어가는 늙은이들이 잠시나마 종말의 길에서 눈을 돌리는…… 슬픈 게임을 슬퍼하지 않고 몰입……이렇게 하루를 때우는 자리였다. 시한부를 잊고, 아내가 게임에 열중하는 것을 바라보며 세윤의 가슴이 저려들었다.

한옆에서 쇼핑몰로 몰려가는 노인들을 뒤로 하고, 세윤은 중환자 같지 않게 명랑한 표정으로 상기된 아내를 차에 태웠다.

"당신 여기가 그렇게 재미있었어?"

발그레 상기한 얼굴에 웃음 가득 띠고 아내가 대답했다.

"재미도 있었지만, 시름을 잊게 해주는 배려가 좀…… 슬프기도 했어요. 내색은 안 했지만……"

"그런데 당신 표정은 밝기만 한데?"

"미국이란 나라…… 정말 좋은 나라예요. 사람들 인생살이 어떻게든 쓸쓸하지 않게 만들어 주려고 온갖 배려를 다하는 나라…… 참 복받을 나라지요."

"그렇게 좋았으면 우리도 등록하고 자주 오도록 하지."

"글쎄……자주……"

땅끝의 달

아내의 표정이 갑자기 쓸쓸해졌다. '앞날이 얼마나 남았다고……' 아내는 그런 생각에 빠진 듯했다.

퇴근시간이 가까워진 길에는 차량이 늘어나, 세찬 빗줄기를 서로 튕겨 뿌려가며 달리고, 하늘은 다시는 열릴 것 같지 않게 무겁게 내려앉았다. 시니어 아파트로 가는 길은 4차선에서 2차선으로 줄어든 단선이었고 양옆으로 숲이 깊어 더욱 컴컴했다. 숲속에 드문드문 집들이 들어앉아 있었지만, 숲으로 이어지던 길은 공원이 되고, 공원이 나타나면, 간간이 〈CAUTION!〉 팻말이 나타났다. 이따금 느닷없이 튀어나오는 사슴을 경계하라는 팻말이다. 그 길에서 더러, 오버킬 당한 사슴 시체를 만나게 되는 일도 있어, 세윤은 늘 그 길이 조심스러웠다. 아내는 호기심으로 일일이 참견하고 좋아했지만, 데이케어 프로그램은 세윤을 우울하게 만들었다. 점차 늙어 쭈그러드는 시간을 달래가며, 생각 없이 막바지로 향해 밀려가도록 만드는 데이케어 — 노쇠를, 말년을, 기를 쓰고 외면하도록 만들어 주는 당국의 배려가, 그의 눈에는 차라리 비극적이었다.

부지런히 움직이는 와이퍼를 노려보며 침울한 빗길 운전이 이어지는데, 아차! 한순간! 차가 튕겨져 올랐다. 어마어마하게 둔탁한 무엇과 충돌, 튕겨졌다. 전복 직전. 충돌의 반동으로 차가 아슬하게 미끄러지는 사이에, 우측 길섶에 쓰러진 사슴이 보였

모루를 찾아서

다. 빗물 때문에 어지럽던 와이퍼만 보였을 뿐, 아무것도 눈에 들어온 것이 없었는데— 백미러에도 빗물만 흘렀을 뿐, 언제 사슴이 튀어나왔는지, 어느 순간에 우측 범퍼를 들이받았는지. 한순간 머릿속이 백지였다. 세윤은 충돌의 반동으로 서너 간통 미끌어져 나간 차를 세웠다. 두 팔에 얼굴을 묻은 아내가 사시나무 떨듯 떨고 있었다. 세윤이 아내를 감쌌다.

"놀랐지? 괜찮아, 괜찮아……미안해, 내가 미안해…… 하지만 괜찮아…… 괜찮다고……"

무엇이 왜 괜찮은 것인지 알 수 없었다. 다만 덜덜 떨리는 자신을 아내에게 들키지 않으려고 안간힘을 쓰면서 아내를 품었다. 그리고 한숨 돌린 뒤, 세윤은 경찰을 불렀다. 사고가 난 위치와 차량번호를 알려준 얼마 후 경찰차가 달려왔다. 길섶에 쓰러져있는 사슴은 이미 숨져있었다. 세윤은 죽은 사슴에게 시선이 닿지 않도록 고개를 돌리고 경찰을 만났다. 경찰이 사고 주위를 둘러보며 세윤을 위로했다.

"다친 데는 없는지? 차의 범퍼가 휘어졌지만 빗길 사고치고는 경미하다…… 동부(東部) 쪽 숲에는 사슴의 개체수가 계속 늘고 있어 자주 발생하는 사고다. 이런 일이 발생할 때마다 우리도 마음이 좋지 않다. 사고 차는 보험이 알아서 할 테고…… 우리가 죽은 사슴을 치울 테니 가던 길을 가도록……"

경찰은 든든하게 뒤처리를 장담하며 선선하게 세윤네에게 떠

땅끝의 달

나라고 일렀다. 운전석으로 돌아가던 세윤의 눈에, 길섶에 쓰러져 있는 사슴이 다시 눈에 띄었다. 가슴이 저려들었다. 저리도 날씬한 사슴 한 마리 — 이 빗길에 어디를 가려다 저 지경이 되었나? 이 대낮에 왜 주택가 길을 건너려 했을까. 순하디 순하고 날씬한 사슴 한 마리. 저 큰 몸집에서 생명이 떠나던 순간에 그 몸집에 들어있던 생명 빛은 어디로 갔을까. 세윤은 죽은 사슴을 외면하고 훌쩍 떠나기 미안하여, 빗속에서 한동안 우두커니 서 있었다. 그러다가 화들짝 놀라 차 안에 있는 아내를 돌아보았다. 아내는 양팔에 얼굴을 묻은 채 여전히 떨고 있었다. 비 오는 날, 데이케어에서 돌아오던 길, 차에 받혀 죽은 사슴과, 죽음을 앞둔 아내…… 불길한 예감이 덮쳐왔다. 그는 아직도 떨면서 얼굴을 들지 못하는 아내를 바라보며 서둘러 운전석으로 달려들어 시동을 걸었다.

봄비 같지 않게 빗줄기 무거운 길을 달리면서 세윤은 몇 번 눈물을 삼켰다. 인생이 왜 이리 못내 이렇게 서러운 것인가. 아파트 주차장에 주차 한 뒤에 아내에게 우산을 받쳐주며, 세윤은 자신도 모르게 연화의 방 삼층 창문을 바라보았다. 우련, 등황색 불빛으로 물든 창문— 아내의 치유를 기다리는 것이 아니라 아내의 임종을 기다리는 자신의 처지를, 연화의 가슴에 안겨 풀어놓고 울고만 싶었다. 안으로 들자 아내는 지친 듯 곧 잠들었다.

모루를 찾아서

창밖으로는 여전히 주룩 비가 내리고…… 하늘이 내려앉은 듯 천지가 무거웠다.

어느새, 손살피에서 줄줄이 흘러내려 간 곳 없어진 인생— '헛되고 헛되며, 헛되고 헛되니 모든 것이 헛되도다. 사람이 해 아래서 수고하는 모든 수고가 자기에게 무엇이 유익한고……' '다윗의 아들 예루살렘의 왕 전도자의 말씀이라?' 누구도 따르지 못할 세기(世紀)의 부유함을 누리고, 누구도 흉내 낼 수 없이 많은 처첩을 거느렸던 솔로몬 전도자(傳道者)의 말씀이라? '하기는 무엇을 누려본들 여한 없다 하겠는가. 솔로몬의 전도서에…… 일찍 죽는 자, 더구나 태어나지 않은 자가 행복한 자라 했던가……' 눈물이 흘러 얼굴을 적셨지만 그는 눈물을 닦을 생각도 하지 않았다. 아내가 떠나면 아내의 장사를 치른 뒤에 자신도 그 길을 따라가야 한다는 생각에 잠겼다가 문득 소스라쳤다. 한 가지 숙제가 남아있었다. 강나루 건너 절간 요사체에서 하룻밤을 지낸 뒤, 단 한마디 말도 없이 자취를 감춘 연화가 누구였는지 알아야 할 일 — 세윤의 삶에 목에 걸린 가시처럼 평생 걸려있던 아픔의 연화가 누구였는지 알아야 할 일이었다.

잠든 아내를 다시 돌보다가 거실로 나온 세윤은 불도 밝히지 않고 거실 의자에 쓰러지듯 앉았다. 희부윰한 창문으로 눈물 같은 빗방울이 계속 흘러내렸다. 한 줌 손안에 들었던, 한 줌 삶이,

땅끝의 달

손살피로 줄줄 흘러나가듯 허망했다. 그 자리에 앉은 그대로 흔적도 없이 쓰러졌으면…… 사슴은 그 순간에 왜 하필 세윤의 차를 들이받았을까. 충돌 순간의 둔탁한 충격이 아직도 살아있었다. 누구인가의 생명체가 죽기를 한사코 달려들었던 충격…… 피할 길 없던 충돌. 그저 제 갈 길을 가던 운전이, 살의(殺意)였다니? 도대체 그 순간은 누구의 시간표였을까. 그의 몸에는 충돌 순간의 감각이 아직도 고스란히 살아있었다. 더는 견딜 수가 없어, 그는 마시다가 둔 위스키 병을 더듬더듬 찾아 적잖은 분량을 유리잔에 따랐다. 삶은…… 얼음 없이 마시는 위스키보다 훨씬 독하네…… 빗물이 눈물처럼 계속 흘러내리는 창문을 바라보는 가슴이 점점 황량했다. 그렇게 밤이 깊었고, 약에 취해 잠든 아내에게서도 기척이 없어, 그도 취기에 얹혀 앉은 채 잠이 들었다.

꿈속이었다. 그는 어둡고 질척거리는 길을 혼자 헤맸다. 저승인지 이승인지 알 수 없는 어둠이었다. 눅눅하게 젖은 몸으로 향방 없이 우두커니 멈춰 서있는데, 문득 어디선가 신음이 흘러들었다. 가냘프고 애절한…… 신음인지 울음인지 애끓는……. 눅눅한 공기를 흔들며 끊일 듯 이어지던 울음 섞인 신음— 그는 꿈속 어둠 속에서도 아내의 신음인가 놀라서 눈을 떴다. 아직 어둠 속이었지만 조용했다. 귀를 기울여도 아내의 신음은 아니었다. 환청이었던가. 창문을 바라보니 흘러내리던 빗물이 방울방울 물방울로 맺혀 있어 비가 그친 듯했다. 한순간의 적요(寂寥). 비를 몰고 왔던 구름이 멀리 떠났는지, 창문으로 새벽 기운이 어리기 시작했다. '다시 날이 새는가…… 또 하루가 시작되려는가……' 그때 꿈속에서인 듯, 들었던 애련한 소리가 다시 들렸다. 깊고 깊은 동굴 어디선가 고통을 견디지 못해 새 나오는 신음이었다. 생명진액에서 흘러나오는 신음이었다. 아니 울음이었다. 환청이 아니었다. 아내인가, 다시 귀를 기울였지만 침실은 고요했다. 다시 귀를 기울였다. 신음이 아니라 소리 죽인 애절한 울음이었다. 그 울음에 이끌려 자리에서 가만히 일어났다. 그리고 울음이 밀려드는 창문 쪽으로 다가갔다. 창문 밖을 내다본 순간, 숨이 막혔다. 사슴이 서 있었다. 채 밝기 전 희부윰한 새벽빛 속에 사슴이 서 있었다. 사슴이 창문을 향해 고개를 들고 울고 있었다. 신음이 아니라 울음이었다. 뿔을 치켜든 사슴이…… 길고 긴 목에서 신음인 듯, 울음인 듯 애절하고 애잔한 울음을 계속 밀어내고 있었다. 이럴 수가…… 얼어붙은 세윤은 눈을 감았다. 잠이 덜 깬 환각이기를 바랐다. 그러나 신음을 닮은 애절한 울음은 점점 가깝게 밀려들었다. 화관 같은 뿔의 수사슴의 울음이었다. 그때 문득, 어제 오후 자기 차를 들이받고 쓰러진 사슴은 뿔 없는 사슴이었음이 떠올랐다. 암사슴이었다. 세윤은 그 자리에 주저앉았다.

땅끝의 달

하루가 지난 다음날, 앰뷸런스에 실려 간 아내는 고통 없이 새벽에 떠났다.

장례 뒤끝의 모든 절차가 끝나고, 비로소 혼자가 되었을 때, 세윤은 아내의 묘소를 찾아가려고 집을 나섰다. 다시 봄비답지 않게 무거운 비가 내렸다. 정작 홀로, 아내의 묘소 앞에서 전송(餞送)하고 싶었다. 주차장에 차를 세우고 묘역으로 들어섰다. 십자가와 성모상(聖母像), 천사 석물(石物)이 추적추적 내리는 비에 젖어 울고 있었다. 슬픔은 살아있는 자들의 삶이었고, 삶을 반납하고 떠나간 그들은 평화였다. 남아있는 자는 슬픔과 죄책과, 한없는 미안지심을, 갚을 수 없는 빚으로 짊어지고 살아가야 한다. 남은 자의 무거운 빚이었다. 아내의 묘지로 다가가던 그가 걸음을 멈추었다. 검은 옷차림의 여인이 아내의 묘지 앞에 서 있었다. 그는 백합과 카라로 만들어진 눈부신 꽃다발을 묘석 위에 올려놓고, 무겁게 고개를 숙이고 서 있었다. 우산도 없이 빗속에 서 있는…… 연화였다.

*모루 : 대장간에서 낫, 호미, 도끼 등, 불에 달군 농기구를 올려놓고 두드릴 때, 받침으로 쓰는 쇠덩이

모루를 찾아서

땅끝의 달

보름달이 올라오자 숨죽인 바다가 몸을 풀었다. 그는 해안선 건너편 바위등걸에 앉아있는 여자를 막막하게 건너다보았다. 달그림자에 육신이 서서히 녹아 없어질 사람처럼 여자는 가만히 앉아있었다. 달이 지면 여자도 쓰러질 그림자처럼—

*

"땅끝 마을이라고 해서 찾아왔는데, 바다가 시작이네요."

턱밑에서 얕은 파도가 찰싹거리는 가게, 플라스틱 의자에 허리를 걸치고 앉았던 여자가 늘 만나던 사람처럼 현서를 향해 그렇게 말을 열었다. 처음 만나는 사이 같지 않게 편했다. 오전 중,

바다 쓰레기를 처리하고 맥주를 마시고 있던 현서는 스스럼 없는 여자의 말에 순간 멈칫 했으나 금방 대답이 풀렸다.

"하기는 나도 땅끝이라는 이름에 끌려 왔소만……"

"아, 그러셨어요? 그러면 선생님도 이곳 주민이 아니네요."

그렇게 묻는 여자 옆에는 중간 크기의 여행 가방이 있어, 방금 도착한 여행객으로 보였다. 여자는 고개를 반쯤 숙이고 재차 물었다.

"오래 되셨어요?"

"군청에서 맡긴 일하면서 밥 먹으며 살고 있으니까 오래되었다 할 수 있겠네요."

"아!"

여자는 가벼운 탄성인지 궁금증인지를 잠깐 입 밖으로 낸 뒤, 무슨 일을 하느냐고 궁금해 할만도 한데 가만히 말문을 닫았다. 눈어림으로 여자의 나이 사십대 초반, 치마 아래로 드러난 다리가 탄력 만만했다. 점심때쯤, 관광버스 두 대가 들러, 해산물 점심을 먹고 난 뒤 버스가 떠났는데, 여자가 무슨 차편으로 왔기에 버스를 타지 않고 남아있는지 잠깐 궁금했다. 여자는 현서의 눈치에 미미한 미소를 띠었다.

"내 여행 가방이 궁금하신가 보네요. 사실은 관광모집 광고에 '땅끝 마을' 관광이라는 광고에 끌려, 그 관광버스를 타고 왔다가……아니, 계약을 할 때 편도만 이용하고 내가 내리고 싶은 곳에서 내리기로 약조를 했거든요. 그리고 땅끝이라는 곳에 어떤 끝이 있겠는지 궁금해서 아예 하차, 버스를 떠나보냈네요."

마주 앉아있던 두 사람에게서 대화가 끊겼다. 하지만 침묵은 거북하지 않았다. 다시 생면부지의 사람들처럼 시선 각각, 현서도 여자도 바다를 바라보았다. 오후의 바다는 늙은 개처럼 졸며 지루하게 늘어져 있었다. 가게 주인이 마른안주 접시에 땅콩을 보태주는 척…… 낯선 여행객하고 무슨 수작인지…… 현서와 여자를 힐끔거렸다. 둔해 보이지 않는 여자는 주인의 그런 분위기를 알아챘으련만 개의치 않고 조심스럽게 말을 열었다.

"혹시…… 조용하게 묵을 만한 펜션 안내해 주실 수 있겠어요? 죄송하지만……"

현서는 가게 주인을 흘깃 일별하고 다소 찜찜한 기분을 달래가며 대답했다.

"그러지요. 바닷가에서 떨어진 뒷산 중턱에는 이름난 펜션들이 꽤 있습니다. 그런데……내 차가 트럭이어서……"

"트럭이면 어때서요? 안내만 해 주신다면 너무 감사하지요."

여자의 말에 가게 주인 최 씨가 현서를 향해 눈짓을 건넸다. '숫기가 좋은 것인지, 다소 껄렁한 내용을 안고 살아온 여자인지, 조심하라고……' 처음 도착한 외지에서, 처음 만난 사람에게 너무 이무롭다 싶었는지, 가게 주인이 현서를 향해 심상찮은 눈짓을 건넸다. '조심하라고! 꽃뱀일는지도 모르잖아! 계집헌테

당한 것이 엊그제구먼……' 지난해 만나 몸붙여 살던 오십대의 여자가, 현서가 모아놓은 현금이며 금붙이를 몽땅 털어가지고 잠적한 것을 알고 있던 가게 주인의 경계였다. '아니…… 여자라고 다 같겠어요? 그저 펜션 좀 안내해 달라는 걸 가지고…… 펜션까지 데려다 주고 끝이에요. 걱정 마세요.' 현서는 눈으로 그렇게 건네고 일어서며 여자의 가방을 끌었다.

*

"아! 땅끝 마을이라더니 이런 깊은 산이 있었네요! 그리고 이 솔향기……"

산길로 들어서자 털털거리는 2.5톤 트럭 조수석에 앉아 창밖을 바라보던 여자가 의외라는 듯, 하지만 목소리를 낮추었다.

"맞아요. 이 길 이름이 '솔향기길'인데 향기를 금방 아는군요."

"솔향기길이었어요? 어쩌면…… 땅끝이라더니 이렇게 향기로운 산이 있었네요."

"바다를 향해 형성된 작은 마을을 그저 땅끝 마을이라고 이름 붙인 것이지, 해안을 끼고 있는 산은 제법 깊어요. 사람들이 별 기대 않고 다니러 왔다가는 다시 찾는 곳이 이 산이에요, 이 산에 반해서 삶의 터를 아예 옮겨온 예술가들도 적잖고요."

땅끝의 달

"예술가들이…… 삶의 터를 아예 옮겨온 사람들이라면 궁금하네요. 어떤 분들인지……"

소나무 숲으로 이어진 산록에서 솔향기가 진하게 차 안으로 스며들었다. 현서는 예술가에 대한 여자의 호기심에 대답을 할까 하다가 말을 삼켰다. 가게 주인 최 씨의 얼굴이 떠올랐다. 박현서가 이곳 태안 산골에 몸붙여 살게 되기까지는 천로역정이었다. 친구의 권유로 퇴직금을 털어 시작한 벤처가 일 년을 못 버티고 무너졌을 때, 아내는 눈에 새파란 불을 켜고 달려들었다. "어떻게 퇴직금을 아내와 상의 없이 몽땅 들고 나가 날려?, 당신 같은 사람하고 어떻게 노년을 함께 보내겠어? 더구나 살고 있는 집까지 아내 몰래 담보해서 은행돈을 빼어다 날리고!" 아내의 노발대발은 당연했다. 총각 때 선을 보았을 때 광대뼈가 단단해 보여 성깔 한번 만만찮겠다 싶었지만, 노총각 늦장가 형편에 그만하면 살림을 다구지게 할 것도 같아 토를 달지 않고 장가들었다. 첫인상대로 당길심 강해, 매사에 내주장이었지만 모든 것이 살림 키우기를 위한 것이라고 믿어, 현서는 내주장을 나무라지 않고 아내를 거들었다. 그러다가 퇴직금 사태의 막장에서는 피할 길이 없었다. "아들 형제를 낳아놓기만 하고 당신 한 게 뭐야? 대학 졸업하고 아직 직장도 얻지 못한 아들 형제를 어떻게 할 건데? 아들 짝 채울 일은 어떻게 하고?" 그가 집에서 밀려나는 데는 한 달도 걸리지 않았다. 주민등록증 하나 달랑 든 지

땅끝의 달

갑뿐, 여관잠은커녕, 여인숙 쪽방 값도 닿지 않는 신세가 되었다. 누구는 노숙신세가 되고 싶어 되는가. 노숙신세는 하룻밤 개인역사에서 음습하게 열린다. 벽촌 머슴에서, 귀농 집짓는 노동, 흘러, 흘러 '산야초효소연구소'에서 일을 도우며 효소 연구에 참여하기도 했고, 어느 노부부의 산골 온돌 연구를 도우며, 산언덕에 굴을 파, 효소저장에 앞장서기도 하다가, 바닷가 펜션을 돌보며 막일을 맡았다가, 착실하게 노동력만 빼앗기고 물러나면서, 트럭 한 대를 무기로 군청을 찾아갔다. 다행, 군(郡)단위 기간제(期間制)근무요원으로, 10월부터 6개월은 삼림감시로, 나머지 여름 여섯 달은 해안가 바다 쓰레기를 처리하는 일을 맡으며 생활의 터가 잡혔다. 짐 풀어 밥이라도 끓여먹을 집이라도 있어야겠기에…… 어느 문중 묘지를 돌보는 조건으로, 산언덕에 네 평짜리 컨테이너에 전기를 연결하고 지붕을 얹어 보금자리를 만들고 신산의 떠돌이가 안정을 마련했다.

"이렇게 깊은 산속에 펜션들이 있으면, 차 없는 사람들이 들고 나는 일은 택시를 의지하겠지요?"

여자가 계속 이어지는 산행이 조금 불안했는지, 아니면 한마디 말없이 운전만 하는 현서의 행색이 무안했는지 조심스럽게 입을 열었다. 생각 깊이 빠져있던 현서가 고개를 돌렸다. 옆으로 빗긴 햇살에 드러난 여자의 윤곽이 고혹(蠱惑)이었다. 문득 꿈인가. 홀연히 나타난 여자가 갑자기 놀라웠다. 지난해, 종중 묘지

땅끝의 달

컨테이너 살림살이에 덤으로 얹혔던 여자가 이천여만 원 모았던 돈이며 카드를 들고 잠적했을 때의 악몽이 아직 가시지도 않았는데…… '미친…… 또 무슨 여자……' 더구나 펜션을 찾아가는 옆자리의 여자는 사십을 갓 넘었을 이십여 년 나이 차…… 현서는 언덕길에서 스스로에게 욕을 퍼붓듯 악셀을 힘껏 밟았다. 차가 기우뚱하며 소리쳐 언덕으로 올라섰다. 여자가 잠깐 놀란 얼굴로 현서를 바라보았다. 울울 소나무 숲에 자리 잡은 펜션단지에 이르러, 현서가 다소 건조한 어조로 가까스로 입을 열었다.

"이곳이 펜션단지예요. 여기서 좀 떨어진 곳에도 몇 곳 있으니까, 당사자가 들러보고 찾아서 정하는 게 좋을 게요."

그리고 현서는 여자가 여행 가방을 내려놓는 일에도 간섭하지 않았다. 여자가 가방을 끌어내리며 운전석의 현서를 올려다보았다.

"아저씨 고맙습니다. 땅끝 마을 첫날에 만난 천사였어요, 정말 감사합니다. 조심해 가세요."

현서는 너무 무뚝뚝하게 굴던 것이 미안해서 긴장했던 얼굴을 풀고 대답했다.

"숙소를 잘 살펴 정해요. 이곳 인심이 험하지는 않지만 조심하고……"

진심이었다. 그렇게 일러주다 보니 조카딸을 염려하듯 가슴이

땅끝의 달

따뜻해졌다.

*

펜션단지를 떠난 뒤 차를 천천히 몰았다. 아직 10월 전이어서 삼림감시 일이 없었기에 산으로 들어올 일이 흔치 않았다. 펜션단지를 떠나 작은머리골 쪽으로 향하면 그대로 임도(林道)가 열린다. 혹여 산불을 대비하여 차들이 수월하게 다닐 수 있도록 만든 길이었다. 임도에서 사잇길로 빠지면 휴양산이고, 휴양산에 오르면 발치가 곧장 망망대해다. 휴양산 절벽 끝자락 바다는 섬뜩하도록 푸르다. 그는 바위 언덕 꾸지나무골에서 차를 멈췄다. 솔향기가 몽롱했다. 늘 다니던 길이었는데, 오늘, 지금, 이 향기가 새로운 것은…… 항구에서 만나 이곳까지 태워준 그 여자의 영상으로 이어지는 향기였나. 현서는 머리를 흔들었다…… 별…… 그는 생각을 날려버릴 듯 먼 수평선을 바라보았다.

서울 북촌에서 태어나 자란 그에게 바다는 향수(鄕愁)고 망망 꿈길이었다. 학교에서 세계사를 배울 때, 항해가(航海家) 앙리(Henri)에서 시작, 마젤란이, 아프리카 대륙을 찾아내고, 희망봉을 거쳐 인도로 가는 바닷길을 개척하고, 아메리카 두 대륙탐험으로 새로운 세계를 넓혀간 역사를 익히면서, 바다는 그의 망망한 꿈이었다. 그런데 노숙신세가 되어 막판에 찾아든 생계가, 죽어가는 바다에서 쓰레기를 치우는 일이었다, 바다를 실컷 유린한 휴가객들이 버리고 간 쓰레기는 지옥이었다. 들어내고 다시 훑어내도, 바다 쓰레기는 한도 끝도 없이 밀려와, 매일 그것을 치우는 일은 산목숨 버릴 수 없어 꿈지럭거리는 절망적인 작업이었다. 더구나 그 바다는 몇 년 전, 해안가에 정박해 있던 '허베이스피랏트호'라는 대형 유조선이 삼성중공업 크레인 바지선을 들이받아, 유조선에 실렸던 원유가 쏟아져, 검은 기름이 바다를 뒤덮었던 악몽의 바다였다. 전국에서 천여 명 봉사자들이 개미떼처럼 달려들어 기름을 퍼내고, 기름 뒤덮인 바위며 자갈 모래를 걸레로 닦아내고 닦아내도, 암흑악마의 검은 기름은 좀체 지워지지 않던 곳이다. 왜 하필……이곳에 정착하게 되었을까…… 한해가 다 가도록 현서는 다음 일자리를 찾아 떠나야 한다고 벼르기만 하다가 다시 해를 넘겼다. 무슨 인연이기에……그는 해가 기울어서야 산을 떠났다.

*

진입로는 탱자울타리의 좁은 산길이다. 집이 있을 것 같지 않은 산골길을 지나 언덕으로 오르면, 활짝 트인 언덕 위로 고만고만한 무덤이 널려 있는 종중 묘소다. 3, 4백 평 되는 밭을 끼고 있어 현서가 심은 갖가지 여름살이가 풍성했다. 묘지기를 위해,

땅끝의 달

종중에서 마련했다는 숙소였지만, 그가 들면서 지붕을 얹고 앞 뜰의 땅도 고르고, 밭도 틈틈이 갈아, 기름진 밭을 만들었다. 종 중에서 전기며 수도를 설치해 주어 큰 불편은 없었지만, 하루 일 과를 끝내고 들어설 때면 하늘과 땅에서 휘휘한 냉기가 몸을 휘 감듯, 늘 등덜미가 서늘했다. 아내에게 쫓겨나 홀 살이 십여 년 이 넘는 동안, 어떻게, 어떻게 사람 온기(溫氣) 곁에 살고지고, 정 겹게 다가오는 여자가 나타나면 흠뻑 빠져 맞아들였다가, 새콤 달콤한 맛에 길들여질 때쯤, 돈이며 쓸만한 것들 몽땅 챙겨 달아 나기 두 번— 달아난 여자가 밉기보다, 팔자에 없는 짓을 저질 렀는가 싶은 자괴감에, 한동안 심한 부끄러운 몸살을 겪던 일이 엊그제 같건만, 오늘…… 또 무슨 일로, 종아리 탱탱한 젊은 여 자가 나타났는지…… 우두망철 앉아있던 그는 머리를 설레설레 흔들고, 망상을 지워버리듯 세수간으로 들어가 활활 씻은 뒤, 수 건으로 젖은 머리까지 탈탈 털었다. 미상불, 저녁 끼니를 무엇으 로 때울까…… 주방이라고 싱크대 하나 얹은 부엌을 바라보며 또…… 라면 하나……하다가 문득 소스라쳤다. 아, 오늘이 수요 일…… 〈풀향기 공방(工房)〉모임이 있는 날임을 잊고 있었다 니…… 이럴 수가……항구(港口)주차장 가게에서 만난 여자 때 문이었을까. 주책머리…… 없기는! 누가 보고 있는 것도 아닌데 낯이 달아올랐다. 그는 서둘러 라면 한 젓가락으로 저녁 끼니를 치르고 서둘러 떠났다.

땅끝의 달

*

임도 갓길을 지나 전망대가 올려다보이는 마을길로 들어서자, 〈풀향기 공방〉의 가로등 불빛이 날아왔다. 불빛을 만나자 현서의 가슴이 흔들렸다. 가로등을 사이에 두고 집이 두 채, 그 앞을 지날 때 현서는 속력을 늦추고, 두 채의 집을 새삼스럽게 살폈다. 공방의 부부가 제각기 살고 있다는 집이었다. '아니? 왜 부부가 따로 살아?' 풀향기 공방에 들르는 사람들마다 이상하게 여겼지만 누구도 그 내막을 자세하게 알고 있는 사람은 없었고, 감히 당사자들에게 물을 수 있는 사람도 없었다.

남편은 이름난 도예가였고, 아내는 현대무용가로 얼마 전까지 무대에 섰던 춤꾼인데, 아무렇지도 않게 살림을 따로 살고 있다는 소문이 내내 떠돌았다. 귀농 귀착 때, 처음부터 가옥이 두 채가 따로 있었던 것이 아니고, 택지를 조성할 때부터 그렇게 부부가 헤어져 지내는 별채를 지었다는 소문이 꼬리를 물고 이어져 온다. 도예가 남편은 식물이며 수림(樹林)에도 조예가 깊어, 천여 평이 넘는 정원에 금강소나무 금송(錦松)이며 홍송(紅松), 모과와 자두, 청홍매화, 겨울에 어떻게 갈무리를 하는지 알로에까지 조화롭게 어울린 정원을 조성해, 도예 제자들이며 관광꾼들을 혹하게 만들었다.

현서가 풀향기 공방의 회원이 된 것은, 도예 제자로 이름을 올린 것이 아니라, 농악꾼으로 발탁되어, 도예가의 아내, 천주교 영세명이 실비아라는 선생에게 사물놀이를 배우라는 군청(郡廳) 직원의 안내를 받은 것이 첫걸음이었다. 얼마 전부터 군 단위 사물놀이 경연대회가 뜨겁게 달아올라, 각 군청이 눈에 불을 켜고 농악패를 결성, 근육질의 놀이패를 찾아다니던 끝이었다. 군청 직원이, 기간제 근무요원인 현서를 눈여겨보게 된 것은, 바다 쓰레기를 처리하는 현서의 일을 감시 감독하면서부터였다. 60대 초반 현서의 착실함과 건장한 체격에, 인부(人夫)를 자주 바꾸지 않아도 될, 안정된 인물임을 믿을만 해서였다. 군청 계장은 현서를 '아재'라 부르면서 살갑게 굴었고, 사물놀이패에 들게 할 때도 친근한 부추김으로 등을 떠밀었다. 현서가 "다 늙은 할아범에게 무슨 사물놀이…… 이 고장에 신명낼 만한 젊은 놈이 그렇게 없는가?" "아재, 젊은 놈이 왜 없겠어요? 그런데 아재만큼 진지하게 일을 맡아줄 인물이 그리 쉽지 않아요. 그리고 말이에요……" 계장은 잠깐 말을 끊었다가 한쪽 눈을 찡긋하고 말을 이었다. "사물놀이를 가르칠 선생님이…… 말이에요. 아재가 보면 반할만한…… 미인인데다가 정말 깜짝 놀라게 멋있는 분이란 말임다…… 이미 이름난 무용가란 말이에요. 내가 아재를 뽑은 건 여러 가지 뜻이 있었어요." "뜻은 무슨 놈의 뜻…… 이런 촌구석에서, 멋있는 분이, 더구나 무용가라고? 유명한 무용가가 군청이 부탁한 사물놀이를 가르친다고? 그런 여성이 냄새나는

땅끝의 달

사내들에게 사물놀이나 가르치고 있겠는가?" 현서의 트지한 반응에 계장이 목소리를 깔았다. "미리 선입감을 만들지 말고 얼른 가 보기에요. 나중에 싱숭생숭할 일 만들지 않으려면 맘 단단히 챙기시고요!" "원 별…… 다 늙은이에게 사물놀이를 떠안기면서 별 수상한 얘기를 꾸미기까지…… 거 그렇게 쓰잘 데 없는 농담 그만하고, 나를 소개할 때, 그 선생이라나 하는 이에게, 다늙은 내가 잘 따라 하지 못해도 지청구나 하지 말라고 부탁이나 하라고!" 그렇게 풀향기 공방으로 가던 첫날, 현서의 트럭에 실려 가던 계장의 시시덕거림에 어지간히 긴장이 풀어졌지만, 풀향기 공방 주차장에 주차할 때부터 현서는 기이한 동계(動悸)에 빠졌다. 정원 조경도 눈부셨지만, 황토 건물에서 흘러나오는 불빛이 가슴으로 날아드는 순간의 기이한 현상이었다. 그리고…… 실내로 들어가 계장이 소개하는 선생 앞에 섰을 때, 현서의 가슴이 갑자기 활랑거렸다.

"어서 오세요. 박 선생, 제 이름은 실비아예요. 군청에서 칭찬이 자자한 분 맞지요?"

그러면서 실비아는 손을 내어밀었다. 황망하게 그 손을 잡았을 때, 현서는 눈앞이 감감했다.

"정말 소문대로 건장한 분이네요. 군청이 나에게 사물놀이를 가르치라는 엄명을 내렸지만 저도 역시 처음 일이라 박 선생의 도움이 절실하네요. 박 선생이 팀장을 맡아주세요. 내 호칭을 선

땅끝의 달

생님……어쩌고 부르는 것이 거북할 것 같아서 영세명을 말씀
드렸어요, 세상 이름은 김은하입니다. 저 먼 하늘의 은하수를 늘
그리워하게 만드는 이름이에요. 저녁은 드셨나요? 이리 앉으시
지요. 이(李)계장도……녹차를 우릴게요."

탁자에 찻잔을 올려놓고 녹차 다관을 들고 오면서, 실비아는
오래전부터 만나오던 사이처럼 친근하게 입을 열었다.

"사물놀이할 사람이 왜 안 보이나 하시네요. 저 공방 쪽에서
물레를 돌리고 있는 사람들 틈에 섞여 있네요. 박 선생 기다리다
가 도예 제자들 따라 공방으로 갔거든요. 가서 불러 올게요."

실비아가 공방으로 건너간 뒤 녹차로 목을 축이면서 현서는
그제서 한숨 돌리고 실내를 둘러보았다. 따뜻하고 포근했다. 황
토 흙집은 향기로 가득했다. 도예가 남편의 작품인 듯 도예품이
진열되어 있고, 넓은 창문틀을 타고 올라간 줄기식물의 그림자
에는 귀를 기울이면 들릴 설화(說話)가 있었다. 그리고……한옆
에 실비아의 무용 포스터가 눈부셨다. 넓은 공간을 가득 채운 찻
잔 전시, 도예품 전시, 원목탁자와 의자들…… 실내공간이 거의
빈틈없이 채워져 있었지만, 모든 것이 제자리에 안존하게 앉혀
져 있어 여유로웠다.

실비아를 따라 중년 사내 둘과 삼십대 청년이 들어왔다.

"우선 둘러앉아 서로가 편안해 져야겠지요? 사물(四物)이 꽹과
리, 징, 장구, 북, 네 가지 풍물이라는 것이야 모두가 알고 있겠

땅끝의 달

고 대강 두드리면 사물놀이가 될 것이라는 생각이 들기도 하겠지만, 그렇게 단순치만은 않아요. 군청에서 뭘 잘 몰라서 나 같은 사람에게 이 일을 맡겼지만, 기왕에 시작된 일이니 성심껏 해볼 일 아닐까요?"

중년 사내 하나는 권(權), 그리고 다른 하나는 최(崔)였고, 삼십 대는 이(李)가였는데 그중에 누구도 밝은 얼굴을 하고 있는 화상은 없었다. 현서는 실비아를 바라보았다. '이런 무지렁이들을 데리고 군 단위 경연대회에 나갈 풍물패거리를 어떻게 끌고 가려는지……' 선생이 아까웠다. 매주 수요일, 각기 일과 끝난 시간인 7시에 모이기로 하고 헤어졌다. 숙소로 돌아오는 길에 계장은 올 때처럼 트럭 조수석에 홀쩍 올랐다.

"어땠어요? 아재, 내 말, 과장 아니었죠? 이제부터 아재의 생활에 활기가 뜰 겁니다. 그리고 패거리 중에 아재가 제일 어른이니 나머지 셋을 잘 거느리면 선생님도 힘을 덜어 좋아 할 일이고요."

현서는 계장을 중간지점에서 내려줄 때까지 입을 열지 않았다. 그리고 혼자되어 밤길을 운전하면서 한숨이 깊게 터지는 것을 막지 못했다. 무슨 한숨인지 알 수 없었다. 알 수 없는 설렘으로 동계가 이어지는가 하면 그저 막막했다. 그날 밤, 현서는 거의 잠을 설쳤다.

땅끝의 달

*

　수요일 첫 회동 때, 군에서 마련해준 사물이 두 짝이나 있었지만, 실비아는 그것을 비켜두고, 네 사람을 도예가 남편 청담(淸潭)의 공방으로 데리고 갔다.

　"이곳 공방의 주인 도예가의 호가 청담이니, 만나면 호칭을 그렇게 하시고요. 오늘 청담이 일이 있어 출타 중이어서 내가 이 방을 잠깐 빌렸습니다. 이제부터 내가 여러분과 같이하려는 일은 물레에 들어갈 점토(粘土)에 손을 깊숙이 담그는 일이에요. 아니? 사물놀이 패거리에게 갑자기 웬 흙이라니? 놀라시겠지만……우선 그렇게 따라 해주세요."

　실비아는 자신이 먼저 하얗고 섬세한 손을 점토에 깊숙이 집어넣었다. 그리고 네 사람도 따라 하도록 눈으로 재촉했다. 현서가 먼저 선 듯 따라 하자, 나머지 세 사내도 거북한 표정을 감추지 못하고 점토 그릇에 손을 집어넣기 시작했다.

　"손이 흙 속에 완전히 들어갔으면 이제 모두 눈을 감으세요."

　실비아의 목소리는 차분했지만, 네 사내는 우선 흠칫 놀랐다. '사물놀이 패거리에게 대뜸, 흙 속에 손을 담게 만드는 짓은 뭐며 이제 눈까지 감으라니……' 모두 그렇게 눈을 감았지만 내심 부글부글 불편했다. 그런데 그 후에 계속되는 침묵— 불편했지만 침묵이 계속 이어지자 차츰 고요해지고, 다섯 사람의 숨소리

마저 잦아들었다. 점토에 들어있는 자신의 손과 함께 현서의 전신이 점토 속으로 녹아들었다. 몸이 흙이었다. 시간도 공간도 없는, 슬픔도 기쁨도 고통도 없는 무상(無想)이었다. 졸음인지 꿈인지, 다시는 깨어날 것 같지 않은 침묵…… 그렇게 얼마가 지났을까, 실비아의 차분한 음성이 무상을 흔들었다.

"흙이 몸이에요. 몸은 소리를 내지 못해요. 소리는 몸을 만나러 오는 바람입니다. 그 바람을 몸이 잠깐 빌리는 것이 춤입니다. 우리가 만나야 하는 것이 흙과 바람 사이에 있는 나의 몸입니다. 단순한 징, 꽹과리, 장구, 북이 아니고…… 그것을 들고 있는 자신이 누구인지를 찾는 일이지요…… 자 이제 눈을 뜨셔도 됩니다. 사물놀이를 가르치겠다는 사람이 이렇게까지 아는 척해서 죄송해요. 짜증나서 속으로 화를 내는 분도 있겠지만…… 그래도 순명해 주셔서 감사해요. 나도 계속 배워가는 처지여서……"

모두가 눈을 뜨고 찰흙에서 빼어낸 손을 씻고 선생이 우려 주는 녹차를 마시면서, 남편 도예가를 소개하는 실비아의 이야기를 들었다.

*

도예가 청담은 '정원사 도예가'로 이름나 있었다. 산골 벽촌에

땅끝의 달

서 태어난 청담이 독일, 프랑스 등 유럽에 초대되어 전시를 했을 만큼, 그의 생태미술은 자연회귀와, 정원 설치에 대한 독특함에 서양이 먼저 눈을 떴다. 청담은 가마에서 꺼낸 도자기를 갯벌에 오래 매어 두어, 굴뻑이 달라붙고, 바닷물의 자연스러운 효과로 도예의 새로운 이미지를 창출하면서 국내에서도 갯벌도예를 촬영하며, 그의 작품이 '생태도예'라는 명칭을 얻었을 만큼 생태미술 분야의 개척자로 알려졌다. 청담은 칠십을 바라보는 나이에 머리를 길러 뒤로 묶었고, 수염도 길러 흡사 도 닦는 노인 같았다. 과묵할 만큼 말이 없었지만, 도예 제자들을 가르치는 일에만은 세밀하고 살가웠다. 남편의 예술세계를 소개하는 실비아의 진지한 모습을 바라보며, 현서는 점점 그야말로 그 부부의 삶의 생태에 대한 기이한 느낌을 떨칠 수가 없었다. 더구나, 매주 수요일에 시작된 사물놀이 연습이 이어지면서 현서는 점차 혼란에 빠졌다. 수요일에 참가하는 도예 제자들도 십여 명이 넘는데, 풍물보다 일찍 시작한 물레질이 끝나, 그들이 돌아갈 때면, 실비아는 번번이 공방으로 가서, 일일이 한 사람, 한 사람을 끌어안아 가슴에 품는 인사를 했다. 제자 중에는 남자도 있었지만 실비아는 너무도 자연스럽게, 남자 제자도 안아주는 인사를 마다하지 않았다. 처음으로 그 장면을 목격했을 때, 현서는 징을 두드리다 말고 얼굴이 달아올라 박자를 놓치는 실수를 저질렀다. 사물이 제각기 제 장단으로 돌아가다가 현서가 박자를 놓치는 바람에 연습 중단. 계장이 나무람 대신 현서를 향해 윙크를 대신하며 입을 열었다.

"아재? 놀랐어요? 실비아 선생님이 저렇게 사람들을 안아주는 게 이상해 보였어요? 저거⋯⋯서양에서 예사로 하는 인사예요. 영어로 '허그'라고 하는데⋯⋯이상할 거 없다구요. 하기는⋯⋯ 저 도예 제자들 중에 남자는 실비아 선생님의 허그를 못 잊어 계속 배우고 또 배우러 오는 화상도 있겠지만요. 말도 마세요. 아랍에서는 끌어안고 양쪽 뺨에 네 번씩이나 입맞춤도 하는데, 잠깐 끌어안는 허그쯤이야 뭐⋯⋯ 왜요? 우리도 연습 끝나면 그렇게 인사를 하자고 해 볼까요?"

더욱 낯이 달아오른 현서는 대답 대신 버럭 소리를 질렀다.

"잔말 말고 연습 계속해!"

"에에이! 공연히 화를 내고 그러시네⋯⋯"

대답 대신 현서가 두드리는 징은 징이 아니라 놋쇠를 부수고 말 것 같은 분풀이였다.

*

계장이 선생에게 무슨 말을 어떻게 했는지, 사물놀이 연습이 끝난 날, 실비아는 극히 자연스럽게 사물놀이 패거리 하나, 하나를 끌어안는 인사를 시작했다. 실비아가 먼저 중년 사내 권을 안

땅끝의 달

앉을 때, 현서는 숨을 삼키고 문밖으로 달아나려고 했다. 실비아가 달려와 장난기 섞인 웃음으로 현서를 안았을 때, 현서는 숨이 막혔다. 실비아가 현서의 귀에 대고 따뜻한 입김으로 말했다.

"팀장님, 팀장님은 사물 중에 무엇을 잡아도 가르칠 게 없을 만큼 박자며 두드림에 신명이 완전한데요. 그 신명을 지금까지 어디에 감추고 사셨어요? 그런데 연습에서는 징에서도 장구, 꽹과리에서도 팀장님의 분풀이 같은 것이 느껴지는데…… 왜 그렇게 화가 나는지……무엇이……"

현서는 저도 모르게 실비아의 품을 벗어나려고 실비아의 가슴을 밀어냈다. 달아오르는 얼굴을 감추려고 서둘러 밖으로 나갔다. 뒤따라 나와 현서의 트럭 조수석에 올라탄 계장이 또 느물거렸다.

"거 봐요 아재, 오늘 은하 선생님의 허그는 다른 연습생하고 다르게 아재에게 꽤 오래하던데요? 아재! 몰랐어요?"

"으이구, 이 웬수야! 지루하고 심심해? 그만 좀 울궈먹어라. 쓸데없이……"

"장난 아니에요! 선생님이 아재의 신명을 알아보았잖아요? 그런데 왜 아재는 번번이 선생님헌테 반동(反動)해요?"

"그만하고 어서 집으로 갈 생각이나 하라고!"

큰 길에서 계장을 내려주고 집으로 돌아오는 내내 현서는 덜덜 떨리는 것을 막을 길이 없었다. 사람마다 안아주는 인사였을

뿐이다. '모든 사람이 그저 예사롭게 그 인사를 나누고 헤어지
는데 왜 나만 이렇게 떨리는가?' 그는 씻지도 못하고 침대에 벌
렁 떨어져 몸을 틀었다. 가슴에 실비아의 온기가 그대로 살아있
었다. 자벌레처럼 몸을 동그랗게 말았다. 그리고 눈물이 흐르는
것을 버려두었다. '신명, 신명…… 그이가 말하는 내 신명이라
는 것은 어떤 것이었을까. 끔찍한 세파에 시달려, 억누르고 억눌
렀던 신명을 그이는 어떻게 알아보았을까.' 이래로, 사물놀이 연
습은 활화산으로 뛰어드는 설렘과 두려움의 고통이었다. 그런
가운데 지난해, 그가 출연했던 사물놀이는 경연대회에서 일등으
로 올라섰고, 군청이며 군민들의 환호가 그의 삶에 불꽃을 일으
켰다. 그 후로 경연대회뿐 아니라. 음력설이며 추석에서 풍물놀
이는, 그 군에서 군민을 위해 봉사하는 으뜸가는 놀이가 되었다.

그런데 오늘, 항구에서 나타난 여자의 출현으로 수요일 연습
을 깜빡하고 있었다니— 현서는 바다 쓰레기 일이 끝나지 않은
여름 끝자락의 연습이 늘 불편했다. 종일 바다에서 쓰레기와 씨
름하다가, 아무리 열심히 씻고 닦아도 쓰레기 악취가 몸 어딘가
에 배어있을 것 같아 불안했다. 그래서 사물놀이 연습을 10월부
터 하자고 발의를 했지만, 섣달에 치르는 경연대회 준비로는 8
월 시작도 늦다는 군청과 실비아의 고집 때문에 어쩔 수 없었다.

땅끝의 달

바다는 이제 옛날의 그 바다가 아니다. 하지만 바다는 지구라는 별의 생명시원(始原) 어머니였다. 이제 그 어머니가 쓰레기로 변하고 있다. 살인으로 시작된 인류 역사가 진보라는 이름으로 전쟁을 이어가면서, 폭파된 수백 척의 항공모함 침몰, 헤아릴 수 없는 여러 척의 잠수함이 터져 가라앉고, 뱃길 만들어 왕래하던 배들이 터져 가라앉고, 유조선이 부서져 악마의 검은 기름으로 바다를 뒤덮고, 어업으로 먹고 사는 고기잡이배들이 풍랑으로 깨어지고…… 풍랑 때 빠져 죽은 어부들의 시신, 바다를 휩쓸고 다니던 배들이, 전쟁으로 침몰하고 깨어지고 부서지며 수만 명의 수장(水葬)된 시신을 뜯어 먹고 살아있는 괴물들이 바다를 지치게 만들더니, 이제는 육지에서 살아가는 인간 모두가 매일매일 쏟아내는 쓰레기를 바다로 버리고 있다.

군청에서 바다 쓰레기를 처리하라는 기간제 일감을 맡겼을 때, 현서는 우선 떠돌이를 마감하고 살길이 열렸다는 안도감에 한숨 돌렸지만. 여름 휴가객들이 떠난 8월 말, 막상 바다로 나간 첫날, 그는 해안선 앞 모래사장에 주저앉았다. 더러 신문기사나 뉴스로 보기도 했지만 바다 기슭은 처참했다. 플라스틱 쓰레기 산이었다. 그래도 바다는 살아서, 쓰레기를 육지로 돌려보내려고 자분자분 밀려드는 파도로 쓰레기를 밀어올리는데…… 그렇게 밀려드는 쓰레기는, 플라스틱 페트병, 일회용 라면컵, 일회용 종이컵, 플라스틱 접시, 라면 껍데기, 은박지, 음식 담긴 일회용

그릇, 스티로폼 박스, 풀어진 밧줄, 폐타이어, 각종 음료 병, 플라스틱 숟가락 포크, 나무젓가락, 찢어진 수영복, 양말짝……찌그러져 얽힌 어망…… 5백 년을 두어도 썩지도 삭지도 않는다는 플라스틱 쓰레기 산을 이루었다. 인류, 진보! 과학! 혁명! 과학발명품 중에 가장 획기적인 발명품이라고 떠받들며, 인류가 온통 들썩하도록 쓰기 시작한 것이 플라스틱이다. 가볍고 깨지지 않고, 썩거나 녹슬지 않고, 비싸지도 않다. 한번 쓰고 아까워할 것도 없이 버릴 수 있어 맘껏 쓰고 쉽게 버릴 수 있는 물건이기에 풀풀 내던져 버리는 일에 중독되어 미친 듯 버리고 있다. 인류는 드디어 플라스틱 역습(逆襲)앞에 이르렀지만 별로 심각성을 모른다.

현서는 바다 쓰레기를 치우게 되면서 수산 회 센타 옆 가게에서 더러 묵은 신문을 들춰보면서 치를 떨었다. 플라스틱은 물에서 녹는 것이 아니라, 강이나 하천을 거쳐 바다로 흘러가, 파도에 맞아 부서지고, 태양빛에 조각조각 분해되면서 미세(微細) 플라스틱으로 심해(深海)에 가라앉아, 심해 새우의 먹이가 되고, 바다 생태계에서 가장 바닥에 있는 플랑크톤의 먹이도 되어, 그들이 참치, 고래, 바다표범 등의 먹이가 된다. 미세 플라스틱으로 배를 채운 물고기들을 먹이로 삼는다는 먹이사슬의 기사가 계속 눈에 띄었다. 참치, 고래, 바다표범의 몸에 축적되는 미세 플라스틱이 문제인가. 수산시장에 쌓이고 쌓이는, 인간이 먹는 숱한

땅끝의 달

생선 중, 오징어, 고등어, 갈치, 병어…… 회가 되는 광어 등의 살에는 미세 플라스틱이 들어있지 않겠는가. 세계에서 가장 깊은, 수심(水深) 1만 1천 미터가 넘는다는 마리아나 해구(海溝)에 사는 심해 새우 속에서도 미세 플라스틱이 나왔다. 햇빛이 전혀 닿지 않는 깊은 바다 속도 미세 플라스틱에서 안전하지 않았다. 마리아나 해구는, 해발 8848m의 에베레스트 산을 집어넣어도 수면(水面)까지 2000m 이상이 남을 정도로 깊은 바다다. 그 바다의 바닥이 미세 플라스틱으로 덮여있었다. 몇 년 전, 코스타리카 연안에, 죽어가는 거북이가 떠올랐을 때, 그 코에서 두 자 넘는 플라스틱 빨대가 걸려있는 것을 보도한 일이 있었다. 얼마 전, 영국의 세인트 메리 섬 해변으로 흘러온 바다표범은, 플라스틱 밧줄이 몸통을 조여 복부 근육이 파열되어 죽어가고 있었고, 태국에서 구조된 둥근머리돌고래의 뱃속에는 백여 장의 비닐봉지로 가득 차 있는 것이 방영되기도 했다.

인간이 만물의 영장이라고? 그래서 인간 이외의 생명체는 아무렇게나 짓밟고 얼마든지 죽도록 학대, 마구 써먹은 뒤에 함부로 버려도 된다고? 인간 역사 시작부터 서로 죽이고 또 죽이다가, 이제는 대량학살 무기 경쟁으로 어느 한순간 지구라는 별이 박살날 일도 머지않았는데, 만물의 영장이라는 인간이 얼마나 미련한지, 바다를 쓰레기로 채우고, 거기서 잡아올리는 생선을 먹어가면서 온갖 질병에 묶여 죽어가고 있는 것을 모른다.

땅끝의 달

현서는 여름 한철 바다 쓰레기를 처리하면서 나날이 절망의 수렁에 빠졌다. 도대체 인간이 진보(進步), 발전(發展), 개발(開發), 인간승리를 외쳐가며 배불리 먹고 지구가 좁다하고 의기양양 날아다니며 무슨 짓을 하고 있는지…… 1950년경부터 만들어진 플라스틱 제품 중 2015년까지 재활용된 것은 9.5% 정도— 90.5%는 쓰레기로 버려지고 그중 거의가 바다로 흘러 들어갔다는 전면기사(全面記事)가 나왔어도, 그 신문기사는 가벼운 일회용일 뿐, 뉴스도 가볍게 쓰레기로 버려졌다. 연간 플라스틱 바다 쓰레기 1300만 톤, 미국에서 버려지는 플라스틱 페트병, 1초에 6700만 개— 그것들이 바다로 흘러가고 있는 것을 인간은 아랑곳하지 않는다.

*

적치장에 쓰레기 마대를 부려놓고 나서, 현서는 바닷가에 주저앉았다. 그래도 파도는 힘없이 밀었다 당겼다…… 살아있다고, 아직은 살아있다고, 쓰레기를 조금씩 뭍으로 밀어낸다. 바다 쓰레기는 그대로 인간종말의 현장이었다. '왜 하필, 왜 하필, 내가 이 일로 먹고 살게 되었을까.' 바다 쓰레기를 치우면서 계속 눈에 띄는 것은 끔찍하기 이를 바 없는 환경 뉴스였다. 새끼를 밴 향유고래 위 속에 플라스틱 쓰레기를 가득 채우고 죽어있는

땅끝의 달

영상(映像), 굶어 죽는 바닷새가 한 해 동안에 100만 마리에, 비닐로 목숨을 잃는 바다거북이가 10만 마리라는—. 바닷새가 시꺼먼 원유를 뒤집어 쓴 괴물 영상도 이어진다. 그리고 낚시꾼들이 함부로 버리고 간 낚싯줄과 낚싯바늘에 애꿎은 새들이 낚여들어 죽는다. 오리, 기러기, 고니 등 수금류(水禽類)만 아니라, 도요새, 저어새, 왜가리 등, 섭금류(涉禽類)와 나무에 둥지를 틀고 살아가는 새들도 낚싯바늘을 삼켜 죽어가고, 부리, 다리, 날개가 낚싯줄에 얽혀 죽는다. 낚시를 즐기는 인간이 버리고 간 낚싯줄을 새가 둥지를 틀 때 물어 나르다가, 제 둥지에서 얽혀 죽는 일도 허다하다…… 인간이…… 인간들이…… 저 즐기면서 주변의 생명체를 무심코 빼앗고도 무심한…… 앞으로 인류는…… 인간은…… 이런 사태를 어떻게 헤쳐가려는지……영국의 어느 철학자가 '지구상에서 가장 포악한 포식자는 인간이다!' 기록한 기록이 과장이 아니다. 여름 장마철이 지나면, 서울시민과 인근 마을에서 먹는 팔당저수지가 어마어마한 쓰레기로 뒤덮인다. 분리수거는 당국이 조바심치는 권유일 뿐……그 팔당호가 산 같은 쓰레기를 담고 있다가, 정수장(淨水場)에서 정수되었다고 유유하게 마셔가며 살아가는 인간들이라니— 머지않아, 인류는 쓰레기에 깔려 죽어갈 것이 눈에 보이는 듯했다.

현서의 작업에는 60대의 여성 공공근로자들 네 명이 따라붙

　　　　　　　　　　　　　　　　　　　땅끝의 달

는다. 군(郡)에서 홀로 지내는 60대 여성에게 생계비를 주기 위한 배려였다. 옛날 60대 할머니들하고 완연하게 다른 공공근로자들은 바다 쓰레기를 줍는 작업이 낙이었다. 박현서를 따라다니며 쇠스랑, 삽, 호미 등으로 쓰레기를 긁어 자루에 담는 작업을 하는 동안, 집에서는 입에서 군내가 나도록 혼자 있던 여자들이 마음껏 희희덕거리며 활기를 띤다. 쓰레기로 가득 채운 자루를 트럭에 얹는 일은 현서의 몫이었고, 그렇게 트럭을 채우고 나면 그것을 적치장(積置場)까지 운반하는 동안, 여자들에게는 현서의 트럭에 실려 바닷바람을 쐬는 드라이브가 낙이었다. 그날, 바다 쓰레기 일이 거의 끝나갈 무렵, 토방네 라는 별명의 여자가 일손을 놓고 방정을 떨었다.

"아니! 이 바닷가에 웬 하이칼라 여자야? 저어기 저 바닷가 바위 등걸 위에 서있는 저 여자 말이야, 혹시 아저씨 손님 아니유? 아저씨 만나러 온 손님 같은데?"

"어디? 어디? 어디에 하이칼라 여자라구?"

여자들이 합창하듯 토방네가 가리키는 곳을 일제히 바라보았다. 삼형제섬이 건너다보이는 언덕 위에, 물빛 스카프를 바람에 날리며 서있는 여자가 보였다. 현서는, 그가 엊그제 만수항(港)에서 만나 펜션에 안내해준 여자라는 것을 알아보았다.

"워메! 워메! 밤이라면 여시가 나타났다고 허겠지만, 이런 날 이런 바닷가에 웬 여자여? 아무래도 박씨 아저씨 손님 아닌가

벼?"

현서는 고개를 돌리고 퉁명을 떨었다.

"웬 객쩍은 소리 그만하고 나머지 일이나 마저 끝내자고!"

"그럼 팀장님 객소리 안 할 테니 일 끝나면 시원한 것 사주기요!"

"언제는 맨입으로 갔는가? 공 없는 소리 하네!"

초로의 할매들이 깔깔 웃는 소리가 바다 저쪽으로 날아갔다. 현서는 건너편 바위 위에 아직 서있는 여자를 흘긋 바라보았다. 옷깃이 바람에 나부끼지 않는다면 깎아 놓은 듯 서있는 여자를—

*

이제쯤 사물놀이 연습은 각자 자신의 신명을 즐기는 시간이 되었다. 그날 현서는 몸에 배었을 쓰레기 악취를, 살갗을 벗기듯 씻고 또 씻고, 저녁도 혹여 라면 냄새가 남아있을세라 밥을 몇 숟갈 물에 말아 마시듯 하고 떠났다. 풀향기로 들어서던 현서가 멈칫, 걸음을 멈췄다. 창가에 앉아 차를 마시고 있는 것은 물빛 스카프의 여자였다. 여자는 현서를 기다렸던 듯 예사롭게 미소를 띠고 고개를 숙였다.

"스토커 같아 보이지요? 낮에 팀장님이 여자들 서넛 데리고 바다에서 일하시는 것 보았는데 이 저녁에 또 여기에 나타났으니…… 하지만, 저요, 여기 오늘 처음 온 거 아니에요. 사물놀이 연습 없는 날, 더러 콜택시 불러 안내받고 왔었어요."

왜 섬뜩했는지, 현서의 등골이 서늘했지만 선선한 대답을 만들었다.

"아, 이제 혼자서 관광도 다니고 그랬어요? 잘 됐네요."

그런데 여자의 행색에 이상한 느낌이 들어, 현서는 들키지 않을 만큼 재빨리 눈여겨보았다. 광목치마 위에, 소매 없는 기나긴 옷을 입고 있는 모양새가 처음 만났을 때와 달랐다. 도포자락처럼 생긴 덧옷에는 양쪽에 큼직한 주머니가 덧대어져 있었다. 문득 상복(喪服)이 연상되어 섬뜩했다. 광목옷을 더 이상하게 보이게 만드는 것은 물빛 스카프였다. 만날 때마다 새로운 의문부호를 만들어 가는……이상한 여자였다.

현서는 떨떠름한 기분으로 사물놀이 기구들을 찾아 배열하고 연습 준비를 했다. 연습 내내, 지켜보는 여자가 거슬리면 어떻게 하나…… 싶었지만 여자는 사물놀이에 관심 없다는 듯 공방 쪽으로 들어갔다. 그리고 연습이 끝날 때까지도 여자는 보이지 않았다. 사물놀이 연습장소를 피해서 뒷문 쪽으로 먼저 돌아갔겠지 싶어 마음이 놓였다. 그날따라, 풀향기에 나타난 광목옷의 물빛 스카프 때문이었는지 현서의 장단이 잠깐씩 흔들렸다. 연습이 끝나, 실비아와 허그 인사를 할 때, 실비아의 품에 안겼던 현서의 몸이 움츠러들었다.

"팀장님, 오늘 낮일이 고되셨던 모양입니다. 지난 수요일하고 다르게……힘들어 하시는 것 같아서……"

"아……아니……그저……"

현서는 반벙어리처럼 어름거리다가 말았다. 그렇게 연습을 끝내고 돌아오는 길, 계장이 중간지점에서 현서의 트럭에서 내릴 때까지 현서는 한 번도 입을 떼지 않았다.

"아재 오늘 왜 그래요? 무슨 일 있었어요? 왜? 오늘 좀 힘이 없어 보이던데……"

"아냐 아니라고…… 어서 내리기나 하라고!"

현서는 계장을 내려놓고 만수항(滿水港)으로 차를 몰았다. 어쩌자는 것인지 스스로도 알 수 없이─ 수산(水産) 회 센타 가게 옆에 차를 세웠다. 따갑도록 목이 말랐다. 맥주를 시켜 벌컥벌컥 들이키다가 사레들릴 뻔했다. 밤바다 건너편 바닷가 언덕 바위에 희끄무레하게 나부끼는 것은 틀림없는 광목옷의 물빛 스카프였다. 맥주의 차가움 때문이 아니라 현서는 흠칫 몸을 떨었다. 하늘에는 어린아이 그림 같은 초승달이 심드렁하게 떠 있었다. 귀기(鬼氣)! 헛것을 보았을까?

"오늘 웬 일여? 오밤중에 맥주를 다 마시고…… 요새 들어 담배도 끊겠다더니…… 돈 생겼남? 사물놀이가 재미 쏠쏠인가?"

가게 주인 최 씨는 늦은 밤, 심심하던 참에 들린 현서를 반기며 농을 걸었다.

"지난번에 펜션 안내해 달라던 그 꽃뱀 같은 여자 말여, 그 뒤로 들러붙지 않던가?"

"거 죄 없는 사람 공연히 헐뜯지 마세요."

"죄가 있는지 없는지 자네가 어떻게 알어? 펄펄 뛰는 걸 보니 예사롭지 않겠는데?……"

"밤늦어 손님도 없고 해서 심심해요?"

"허기는…… 오늘도 또 이렇게 하루가 가는구나아…… 세월아, 네월아……"

가게 주인의 한숨이 미미하게 허공을 흔들었다. 현서는 맥주 한 병을 더 시켜 마시고 일어났다. 그리고 아직도 광목옷의 물빛 스카프가 서있는 언덕길로 차를 몰았다. 언덕 바위 옆에 차를 세웠다. 여자가 기다렸다는 듯 언덕에서 천천히 내려섰다. 희부윰한 초승달빛 아래 여자의 모습이 눅눅한 안개 속이었다. 현서가 나무라듯 입을 열었다.

"이 늦은 밤에 왜 바닷가 바위 위에 그렇게 서있어요? 숙소로는 어떻게 돌아가려고?"

"걱정되셔요? 휴대폰에 콜택시 전화번호 있거든요."

"그래도 여자 혼자 이런 늦은 밤 바닷가에……"

여자는 대답 대신 어둠을 헤치고 현서를 바라보며 희미하게 웃었다. 초승달빛과 바다의 밤바람이 현서의 현실감을 쓸어갔

땅끝의 달

다. 저녁에 보았던 여자의 광목옷 주머니가 묵직하게 늘어져 있는 것이 이상했다.

"주머니에 무엇이 들었기에 그렇게 무거워 보여요?"

현서의 말에 여자가 희미하게 웃음을 띠고 머뭇거리다가 입을 열었다.

"몽돌이에요. 이 바닷가에는 예쁜 몽돌이 널려 있던데요. 파도가 얼마나 애태워 육지를 그리워했으면 바닷가 돌이 이렇게 닳았겠어요?"

"몽돌 줍는 거 불법인데…… 들키면 벌금 물고 귀찮아진다고요."

"걱정 매세요. 바닷속으로 돌려줄 거니까."

"물수제비 뜰 줄 알아요?"

"물수제비가 아니고……"

여자는 잠깐 생각에 잠긴 듯 고개를 숙이고 있다가 얼굴을 들었다.

"깊은 바다에 돌려줄 거예요."

"잠수해요? 해녀처럼?"

"아재! 팀장님은 참 상상력이 풍부하시네요. 혹시…… 팀장님, 영국 소설가 버지니아 울프를 아시나요?"

여자의 웃음이 쓸쓸했지만 그 쓸쓸함이 문득 아름다워 보였다. 버지니아 울프……, 버지니아 울프…… 소설을 읽은 일은 없었지만, 그 영국 여성 소설가가 2차 대전 중엔가 템스강에 투신했다는 기사를 읽었던 기억이 떠올랐다. '갑자기 웬 버지니아 울프는…… 아무래도 정신이 오락가락하는 모양으로……' 몽돌을 바닷속으로 돌려줄 것이라는 둥 이상한 말이 꺼림직했다. 여자가 그런 현서를 달래듯 말을 시작했다.

"사람들이 팀장님을 아재라고 부르던데 저도 아재라고 불러도 될까요? 오늘…… 저는 풀향기에서 참 행복한 사람 하나를 보았네요."

대답 없는 현서를 향해 여자가 한 걸음 다가서며 또 하얀 웃음을 띠었다.

"아재의 짝사랑…… 지금까지 내가 지상에서 처음 만난 가장 순수한 짝사랑…… 참 행복한 짝사랑을 보았어요."

말문이 막혀 굳어진 현서를 향해 여자가 말을 이었다.

"용서해 주세요, 용서해 주세요. 참으로 저는 오늘 아름다운 짝사랑을 선물처럼 받았기에……아름답고 순수한 짝사랑을 선물로 받았기에…… 아재는 정말 행복한 분이에요."

현서는 더 듣고 있을 수가 없어 목청을 돋우었다.

"혹시 술 마셨어요? 무슨 꿈같은 소릴……"

"저는요, 아재들의 사물놀이 연습 끝에, 실비아가 남자들과 허그로 인사하는 것을 보았거든요…… 아재를…… 실비아의 품에 잠깐 안겨있던 아재를…… 실비아도 아재의 짝사랑……짝사랑을 알고 있어요, 분명…… 그 짝사랑이 행복이라는 것을 알고 있는 분이에요. 그래서 더는 훼방하지 않을 사람이고요. 사랑이 서로를 익히고 그렇게 어울려 얼크러지면 사랑이 아니거든요. 사랑이 어울려 결혼이 되면 지옥이 되는 이치를…… 실비아라는 분, 그런 것을 누구보다 잘 알고 있는 분이라서 아재의 짝사랑을 훼방하지 않을 거예요."

현서는 어둠 속에서 덜덜 떨었다. 도대체 이 현장을 어떻게 마감해야 하는지 막막했다. 여자를 버려두고 달아날 수도 없는 일……

"내가 숙소로 데려다 줄 테니 어서 차에 타요. 아무래도 뭐에 취한 사람이네…… 어서 차에 타요."

여자는 현서를 물끄러미 올려다보더니 정색하고 고개를 숙였다.

"고맙습니다. 정말…… 아재는 정말 착한 분이네요. 그런데…… 한 가지만 부탁드려도 되겠는지요?"

잠깐 말을 끊었다가 입을 여는 여자는 무언가 비장한 각오를 한 듯 조심스럽게 말을 이었다.

"저를 다시 한번 만나주시겠어요? 며칠 후에, 이 바닷가 언덕에서 저를 한번 만나주실 수 있겠는지……저를 이상한 여자라고 의심하지 않으신다면…… 아니 그렇게 의심하실 수밖에 없겠지만요…… 제가 이 바다에 도착해서 처음으로 아재를 만났을 때, 고해성사를 드릴 수 있는 분이라는 생각이 들었어요. 어쩌면 하나님이 마련해 주신 인연이라는 느낌이 들었어요. 제 고해성사를 받아주세요. 부디……"

'고해성사……' 현서는 답답한 꿈속처럼 그 말을 속으로 우물거렸다. 그리고 한동안이 지나 악몽에서 헤어나듯 어눌하게 물었다.

"고해성사라니…… 가톨릭 신자였어요? 그러면 신부를 찾아갈 일이지……이 엉뚱한 바닷가 노동자에게 무슨 고해성사를……점점 알 수 없는 일…… 거 참 알 수 없는……"

숙소인 펜션에 이르기까지 여자는 무겁게 입을 다물고 있다가, 차에서 내린 뒤 얼굴을 들었다.

"저어…… 만월이 될 때까지 저는 매일 그 언덕 바위 위로 갈 거예요. 저의 고해성사에 대해 잊지 않으시고 마음이 내키실 때, 만나주시기를…… 어쩌면 오시지 않을는지도 모를 일이라는 것…… 알고 있어요. 하지만 기다리겠어요."

어둠 속에서 여자의 젖은 눈이 빛났다. 현서는 대답 없이, 벌컥 차를 몰았다.

*

여자를 내려놓고 밤길을 달리는 운전석에서 현서는 기침도 아닌 숨을 커어! 커어! 뱉었다. 탱자나무 울타리 골목길을 거쳐 묘지 마당으로 들어섰을 때, 무덤 위로 내린 초승달빛이 교교했다. 밤하늘이 물빛이었다. 그는 달빛에 잠겨 한동안 움직이지 못했다. 무슨 일이 일어나고 있는가. 무엇이, 누가, 어디로 떠밀고 있는가. 등 뒤 언덕 봉분의 무덤을 둘러보았다. 무덤 중에 누군가는 이 일을 알고 있을까. 슬픔도 아닌, 두려움도 아닌, 부끄러움 섞인 후회 비슷한 아픔이 가슴을 뒤틀었다. 이내가 옷 속으로 스며드는지 밤공기가 차가웠다. 무거운 걸음으로 집안으로 들어선 그는 입은 옷 그대로 침대에 쓰러졌다. 실비아의 가슴에 안겼을 때의 동계가 살아나면서 눈물이 흘렀다. '짝사랑이라고. 아름다운 짝사랑이라고.' 그는 눈물 흐르는 자신을 용납할 수 없어 벌떡 일어나 앉았다. 충분히 시달리고, 가차 없이 고통을 겪은 삶이 이제 와서 왜? 그는 자신의 몸이 달아오르는 것을 버려둘 수 없어 문을 박차고 밖으로 나갔다. 언덕 위 무덤 중 하나가 열리기를 바랐다. 그 속으로 가뭇없이 들어가 숨고 싶었다. 군청에서 시작된 사물놀이가 재앙이었다. 당장 그것을 때려치우고 어딘가로 달아나는 것이 살길이라는 생각에 빠졌다. 그는 현관문 앞 의자에 쓰러지듯 걸터앉았다. 눈물이 흘렀다. 무슨 눈물인지 알 수 없었다. 광목옷의 여자가 '무너져 가는 지구, 바다를 죽이는 인류의 몰락은 어차피 멀지 않았고, 그 마지막까지 머뭇거리다가 처참을 겪느니……더 살아남아 무엇을 누리겠다고……'라고 했

땅끝의 달

던가. 갑자기 만사가 허망해졌다. 바다 쓰레기를 치우는 일도, 가을부터 시작되는 산불감시근무요원의 일도, 그렇게 먹고 살기 위해 버둥거리는 꼬락서니도, 허둥거려가며 달려온 한 주먹의 삶이 허망했다. 결혼, 아들 형제, 퇴직금, 갑작스레 나타난 벤처라는 귀신, 폭망(暴亡), 아내에게 쫓겨난 노숙 일 년, 이곳, 저곳 노동으로 견딘 머슴살이⋯⋯ 그래도 늙마에 살붙이고 살자고 만난 여자의 등치기⋯⋯ 실비아가 알아보았다는 신명? 미친 꽹과리, 징을 두들기며 지낸 몇 해⋯⋯ 무엇으로 남겨질 것인지⋯⋯ 눈물을 흘리던 현서는 문득, 여자의 광목옷 주머니에 들어 있는 몽돌이 떠오르자 화들짝 놀랐다. 버지니아 울프라는 소설가⋯⋯ 주머니에 돌을 잔뜩 넣고 템스강으로 들어갔다는 그 여자⋯⋯ 주머니에 돌을 잔뜩 집어넣고, 강으로 걸어 들어간 버지니아 울프⋯⋯ 그리고⋯⋯광목옷 주머니를 늘어뜨린 몽돌⋯⋯

*

밤이 오는 것이 두려웠다. 하루 일을 끝내고 어둠이 시작되면 영락없이 바닷가 갯바위 언덕 바위 위에 서있는 광목옷의 물빛 스카프가 바람을 타고 현서의 눈앞으로 다가와 어른거렸다. 하루, 하루 초승달의 배가 차올랐다. 아무리 물빛 스카프의 흔들림을 외면하려 해도, 눈앞으로, 아니 머릿속으로 흔들려 다가오는 그것은 귀기(鬼氣)를 띤 손짓이었다. 하루, 하루 초조해지기 시작했다. '이렇게 시달리느니 차라리 하루라도 빨리 찾아가 그 고해성사라나 뭔가를 치르는 편이 낫겠다!' 열이틀 달이 올라온 날 현서는 갯바위 언덕을 찾아갔다. 갯바위가 보이자 소름이 돋았다. '그런대로 살아가던 나날에 무슨 동티가 난걸까' 주술에 말려들 듯 그는 갯바위 언덕 아래 차를 세웠다. 흔들리는 물빛 스카프가 갯바위 아래로 흘러내렸다. 여자는 말없는 합장(合掌)으로 현서를 맞이했다. 현서는 갯바위 편편한 자리를 찾아 자리 잡고 허리를 걸쳤다. 여자가 가만히 다가와 옆자리에 앉았다. 얼마가 지났을까, 현서가 침묵을 더는 참지 못하고 입을 열었다.

"만월이 가깝소."

여자가 가만히 말을 받았다.

"이제는 보름달도 어렸을 때의 달아달아 밝은 달이 아니네요. 계수나무 아래서 토끼가 방아를 찧고 있다고 믿었던 그런 달이 아니에요. 보름달이 뜨는 밤에는 늑대인간이 나타난다는 옛날이야기도 무섭기는 했지만, 늑대인간이 어떻게 생겼는지 늘 궁금했던 그런 달을 저는 지금도 그리워해요. 그래서 이번 길은 어렸을 때의 그 달을 찾아 떠난 길이에요, 땅끝 마을이라면 어렸을 때의 그 달을 만날 수 있을까 싶어……"

"요즘 들어 인간이 달을 향해 계속 쏘아대는 탐사선으로 달을 못살게 굴고 있어서……어차피 옛날 달이 아니오."

"네……제가 태어나기도 전인 50년 전, 아폴로가 달 착륙 한 뒤로, 조금 힘 있다는 나라마다 경쟁 속으로 탐사에 불을 붙이고 있지요."

"하기는, 1969년 미국 아폴로 11호의 암스트롱 등 두 사람이 인류 최초로 달 표면에 발을 디딘 후로 한동안 적막하더니…… 올해 초, 중국이 지구에서 보이지 않는 달 반대편에 탐사선을 착륙시켰고, 2월에는 이스라엘이 민간 최초의 달 탐사선을 발사해서, 달이 갑자기 인간들 등쌀에 몸살 날 지경이 되고……"

여자가 얼굴을 들어 현서를 올려다보았다. 달빛에 물든 여자의 젖은 눈이 흑요석 같았다. 그는 울먹한 목소리로 입을 열었다.

"저는 너무 늦게 지구에 태어났어요. 아폴로 11호가 달을 침탈(侵奪)하기 전 태어났더라면 얼마나 좋았을까 늘 생각해 왔어요. 그랬으면서도 '쥘 베른'이라는 프랑스 작가가 발표한 『달 가까이에서』라는 번역소설을 읽었어요, 혹시나……해서요. 신기하게도, 쥘 베른이 1869년에 그 소설을 발표했는데, 아폴로 11호 달 착륙이 그 소설 발표, 꼭 백 년 후라는 사실이 너무 신기했어요. 그것을 알아차린 저 자신이 대견했고요."

"달은 45억 년 전, 지구가 다른 천체에 부딪쳤을 때 떨어져 나간 조각이라는 것 알고 있어요? 지구는 달의 어머니…… 그런데 지구에서 38만 4천 킬로미터 먼 거리에 있다는 것도…… 그리고 밤에는 영하 180도의 얼음덩어리라는 것도 알고 있어요? 달은 얼음덩어리라고! 얼음덩어리! 그런 것을 알고 있으면 이제 쯤 옛날의 달을 그리워할 일도 아니런만."

"아! 역시…… 아재는 어떻게 달에 대해 그리 친근하신 지…… 달은 황량해 보이지만 대기(大氣)가 희박해서 태양광이 그대로 쏟아져 태양전지로 전기를 생산할 수 있다는 것도 배웠어요. 하지만 그런 모든 것이 제가 가고 싶은 달하고는 너무 삭막한 내용들이에요. 그래서 땅끝 마을의 달을 찾아온 거예요."

현서는 여자를 따라 정처 없는 이야기를 주고받는 것이 어이없어졌다.

"아니…… 고해성사를 하겠다는 게 이런 달 이야기였소?"

여자는 한동안 고개를 숙이고 미동도 하지 않았다. 무언가를 망설이는 듯, 그래서 화제를 다시 찾는 듯…… 그리고 그는 조금 움츠러든 목소리로 말을 시작했다.

"달 이야기 아니면…… 지구는 땅 지(地)둥근 구(球), 그렇게 지구라고 표기하지만, 바다가 70%가 넘어요. 사실은 지구가 아니라 수구(水球)라고 해야 옳아요. 내륙, 땅 위에 개울, 호수, 저수지 다 모아도 지구를 안고 있는 전체 물의 0.036%밖에 안 된다네요. 그렇게 지구를 안고 있는 바다가 지구 온난화로 생성된 열에너지의 93%를 바다가 흡수, 열 완충작용을 해 주기에 지구

땅끝의 달

가 이만큼이나마 견디고 있답니다. 바다가 이산화탄소를 빨아들이고 기온 상승을 지연시켜 주기에 망정이지, 아니면 지구는 벌써 결딴 났을 거라네요."

"웬 갑자기 달에서 지구로 내려앉았나?"

"달은 45억 년 전, 지구가 다른 천체에 부딪쳤을 때 떨어져 나간 지구의 딸이라면서요? 달에서 지구로 내려앉는 화제가 엉뚱할 것 없을 것 같은데요?"

"고해성사로 가는 길이 왜 이렇게 복잡한가?"

"고해성사로 가는 길이에요…… 어느 출판사가 번역서로 내놓은 『대멸종 연대기』라는 책을 사서 읽었어요. 지구 탄생 이후 생명체 75% 이상 몰살당한 대멸종이 다섯 차례나 있었다네요. 대기(大氣)중 탄소 농도가 높아진 것이 원인이었다는데, 지금 지구는 인류역사 어느 때보다 화석연료를 정신없이 캐내고 미친 듯 태우고 있잖아요. 땅에서는 흙바닥이 보이지 않을 정도로 자동차들이 얽혀 돌아가고, 하늘에서는 여객기, 전투기, 인공위성이 뿜어대는 연료가 끊이질 않고…… 다섯 번 거쳐 갔다는…… 생명의 씨를 깡그리 말려버리는 대멸종이 눈앞에 보이지 않으세요? 더구나 아재는. 팀장님은, 아니 선생님은 바다 쓰레기를 치우시면서, 한여름 내 절망 또 절망을 겪고 계실 테면서…… 이런 지구에 더 머물러 무슨 낙을 보겠어요? 무너져 가는 지구, 바다를 죽이는 인류의 몰락은 어차피 멀지 않았어요. 그런데 미련을 두고 머뭇거리다가 처참한 멸망을 겪느니…… 더 살아남아 무엇을 누리겠다고……"

물빛 스카프의 이야기를 듣는 현서의 뼛속이 저려왔다. 허튼 소리는 아니었는데 더 듣고 있기 두려웠다.

"한밤중 바닷가에서 느닷없는 학술세미나에 끌려든 것 같구 먼, 나 참……"

"죄송해요, 그래도 조그만 더 들어 주세요. 학술세미나가 아니 라 제가 살아오던 동안 고통스러웠던 생각들을 정리해 보았어 요. 여자 말 많은 것 질색하시겠지만…… 누구하고도 나누어 본 일 없었던 고독한 고민…… 이상하게 아재와 마주친 첫 순간 제 내면의 실타래가 풀리기 시작했어요. 아재, 팀장님…… 바다에 서 오랫동안 일하시면서 물고기들이 눈을 감는 것 보신 일 있으 세요? 제가요…… 얼마 전 너무 쓸쓸해서 열대어를 키워본 일 이 있었거든요. 꼬리지느러미가 화려하지만 구하기 쉬운 구피도 키워보고, 샛노란 골드피시도 키워 보았어요. 그런데 뭐가 잘못 되어, 열대어가 죽어 둥둥 떠 있는 것을 보고 깜짝 놀랐는데요, 죽은 열대어가 살아있을 때처럼 눈을 동그랗게 뜨고 있는 거예 요. 개가 죽기까지 얼마나 아팠을 텐데, 그 고통을 소리쳐 호소 했어도 들을 수 없는 것이 인간의 청각, 그들과 소통할 수 없는 것이 인간이었어요. 비명을 지르지도 눈물을 흘리지도 않는 생 명체……그저 아무런 표정 없이 눈을 동그랗게 뜨고 헤엄치고 다니니까…… 사람보다 편하고 행복한 줄 알았지요. 그런데 그때, 눈을 동그랗게 뜬 채 죽어있는 물고기를 보고, 이 세상의 생명체, 눈에 잘 띄지 않는 불개미와 지렁이까지도, 이성과 감성이 있을 것이라는 생각이 들었어요. 듣고 계세요?"

현서는 으스스한 한기를 느끼며 먼 바다를 바라보았다. 바닷새도 달가워하지 않는 듯, 땅끝의 바다에는 그 흔한 갈매기도 눈에 띄는 일이 없다. 해무(海霧)가 낀 것도 아닌데, 삼형제섬이 부끄럼 타듯 바다 밑으로 가라앉을 듯 흐릿하다. 바다는 뒤척일 힘도 없는 듯 잔잔하고, 등성이로 지나가던 바람도 숨을 죽이고, 바다는 조금씩 달빛에 취해가고 있다. 땅끝으로 흘러와 생계라고 만난 것이 바다 쓰레기를 치우는 일과, 기간제 근무요원 산불감시 일로 생계를 해결해가며 그럭저럭 살아가고 있었는데, 무슨 일로, 어디서 불시에 날아든, 삶의 의문부호(疑問符號)같은 여자. 도무지 갈피를 잡을 수 없는, 놀랍도록 똑똑한가 하면, 어딘가 으스스하게 느껴질 정도의 귀기를 거느리고 있는…… 어쩐지 그 자리에 더 있다가는 무엇에 말려들고 말 것 같은 불길함까지 치밀어, 현서는 자리에서 일어났다.

"아, 참을 수 없으셔서…… 하지만 이제 정작 고해성사를 받으실 차례인데……"

여자는 앉은 자리에서 고개를 들고 지금까지와는 다르게 간절한 어투로 입을 열었다. 현서는 묵묵하게 여자를 내려다보았다.

땅끝의 달

그렇다면 순서를 이어가자는 뜻이었다. 여자가 다소곳이 일어섰다. 그리고 간신히 입을 열었다.

"제가요…… 제가요…… 사람 둘을 죽인 살인자예요."

아니 이건 또 무슨 소리야? 세상에! 현서가 부르르 떨었다. 드디어…… 드디어…… 사단이 시작되는가. 이 밤에 살인자와 함께 주저리, 주저리 떠들고 있었다니. 이런! 이런! 도대체! 어쩌자고! 그러면 그렇지…… 살인자가 수사(搜査)의 손길을 피해 찾아왔다는 자리가 땅끝이었나.

"놀라셨어요? 놀라셨겠지요. 무서워하고 계시네요. 죄송해요. 이제 말씀드릴게요."

"아니, 아니……이건 또 무슨…… 고해성사라면서, 왜……"

현서는 전신의 힘이 빠져 다시 바위등걸에 주저앉았다. 여자도 따라서 가만히 자리를 잡았다. 그리고 숨을 가다듬어 가며 긴 한숨 끝에 말을 시작했다.

"……남편의 사랑은 독점욕이었어요. 처녀 때 만난 남자의 열정이 그런 것이려니 했지요. 열화 같은 열정에 이끌려 결혼했지만 삶은 힘들었어요. 아이도 생기지 않고…… 아니, 내가 남편의 아이를 가져서는 안 되겠다는 결심으로 아이를 갖지 않기로 몰래 결심했지만…… 제가 생계를 돕겠다고 취직한 회사가 작은 무역회사 경리 자리였어요. 사장은 저보다도 서너 살 아래였는데 미혼인데다 부드러움을 갖춘 지성인이었어요. 일이 많아

땅끝의 달

늦게 끝나는 날이면, 포도주 바에 가서 포도주를 즐기도록 안내할 줄 아는 상사였어요. 내심이 어떠했는지…… 조심스러웠지만 사장은 다른 직원을 따돌리고, 저만 데리고 다니기를 자주하는 편이었지요. 그저 그가 하자는 대로 따라하면 삶이 넉넉하고 즐거웠어요. 내가 모르던 세상이었어요. 포도주를 곁들여 저녁을 먹을 때면, 신간(新刊)을 읽은 책 이야기를 자주해서, 나로 하여금 그에게 지지 않을 정도로 책을 사서 읽는 부지런을 가르치기도 했고요. 점차…… 그가 나를 유혹하는 것이 아니라 내가 그에게 흡입되는 상황…… 사랑에 빠지는 정황을 비켜갈 수 없게까지 되었네요. 몸과 넋을 아낌없이 던지고 싶은…… 남녀의 사랑을 처음 알아본…… 우리는 두려움 없이 너무도 당연한 순서처럼 극히 자연스럽게 밤을 함께 지내는 사이로 진입…… 저는 남편을 더 이상 속일 수 없어 주검을 각오하고 고백한 뒤 이혼을 요구했어요. 그리고…… 몇 개월, 남편은 아무 일 없었던 것처럼 이상하리만큼 잠잠하다가…… 몇 번 사장의 뒤를 밟았는지…… 사장의 아파트에 숨어들어가…… 살해……"

여자의 술회는 거기서 끊어졌다. 달이 중천으로 올라왔고, 달빛에 물든 바다는 참고 참아오던 신음을 더는 견디지 못하고, 들릴 듯 말 듯 수면 위로 우우 신음을 올려 보냈다. 현서는 숨을 몰아쉬었다. 사랑을 살해당한 여자의 숨 막힘이 전이되어 꼼짝할 수가 없었다. 여자에게서 흐르던 귀기(鬼氣)는 바로, 사랑을 살해

땅끝의 달

당한 한(恨)이었나. 침묵은 한동안 이어졌다. 이야기를 어떻게 이어가야 할는지 두려워하는 기색이 역력했지만 얼마 만에 목메인 목소리가 이어졌다.

"저는 그때, 내 사랑을 따라 갔어야 했어요. 남편 옆에 한시도 있을 수 없는 죄책감과 두려움과 증오, 원통함으로 영혼이 망가지고 있었어요. 고통과 슬픔을 차단할 수 있었던 최후의 그리고 최선의 기회를 놓쳤지요. 머뭇머뭇 살아남았다가, 남편의 주검까지……경찰 수사는 오래 걸리지 않았고, 경찰이 집으로 남편을 체포하러 온 오후, 남편은 아파트 팔층 발코니로 나가 투신…… 그렇게 사건은 싱겁게 마무리가 되고…… 저는 사람 둘을 죽인 살인자로 남겨졌습니다."

세상 법은 그 여자를 살인자로 묶을 수 없었겠다. 하지만 그가 두 남자의 주검을 짊어지고 살아갈 길을 찾을 수 없어, 주검의 검은 그림자를 끌고 땅끝을 찾아왔는가. 여자에게 땅끝은 무슨 뜻이었기에 땅끝을 찾아왔을까. 현서는 도대체 이 배역이 왜 자기에게 맡겨졌는지를 알 수 없었다. '왜 하필 고해성사의 대상이 나였는가? 왜 하필…… 그럭저럭 살아가고 있는 나에게 왜?' 들이대고 싶었지만 울렁거림과 어지러움을 달래며 간신히 입을 열었다.

"이제 그만……숙소로 가십시다."

여자는 현서의 말을 알아듣지 못한 사람처럼, 달빛으로 넘노

땅끝의 달

는 먼 바다를 바라보며 가만가만 말을 이었다.

"바다는 어머니에요. 생명시원(始原)…… 엄마 뱃속의 양수(羊水)는 바다였어요. 몇십억 년 전, 어떤 미생물이 바다에 적응해 가며 진화된 생명체가 사람이라네요. 정자와 난자가 합쳐져 엄마의 몸속에서 자라는 열 달은, 그 수십억 년을 응축한 역사겠지요. 저는요……사람 둘을 죽인 저는요…… 매일 바다로 돌아가는 꿈을 꾸고 있어요. 갈 곳이 결국 바다뿐이잖아요. 땅끝의 바다를 찾아왔고, 아재, 팀장님을 만나서 고해성사를 마쳤네요. 아마 아재는 전생에서 내 아버지였는지도……"

여자는 잠시 고개를 숙이고 있다가 현서의 트럭 조수석으로 올라갔다. 펜션이 가까워지자 그때까지 숨도 쉬지 않는 사람처럼 말이 없던 여자가 입을 열었다.

"아재……아재가 살고 있는 집에 가고 싶어요."

화들짝! 현서는 차를 멈추었다.

"아재의 집은 종중 무덤이 있는 산속이라면서요. 무덤이 궁금해요. 데려가 주세요."

현서는 무엇에 씐 듯 시동을 걸어 방향을 틀었다. 탱자울타리 무덤 언덕에 이르기까지 두 사람은 아무 말도 하지 않았다. 무덤 언덕과 마당에 달빛이 물속이었다. 달빛 물속에 잠긴 두 사람은 한동안 가만히 서 있었다. 달빛이 뼛속으로 스며들 듯 몸이 얼어들자 여자가 현서를 바라보았다.

"추워요."

현서는 말없이 현관문을 열었다. 안으로 따라 들어온 여자가 침대 앞에서 잠시 눈을 감고 서 있었다. 그리고 얼마 후 옷을 벗기 시작했다. 한 겹, 두 겹, 마지막 속옷까지. 그가 나신(裸身)이 되기까지 현서는 들숨도 날숨도 없이 서 있었다. 어떻게 여자를 품었는지 모른다. 여체(女體)는 주술이었다. 더는 채울 것 없는 충일(充溢). 그리고 황홀한 주검이었다. 죽은 듯 엎드려 있던 현서는 여자가 콜택시 부르는 소리를 들었지만 꼼짝도 할 수 없었다.

"마지막 고해성사……아재의 짝사랑을 내가 안고 갑니다."

*

보름달이 올라오자 숨죽였던 바다가 몸을 풀었다. 해안선 건너편 바위등걸에 서있던 여자가 천천히 기슭으로 내려갔다. 그리고 몽돌로 늘어진 광목옷이 느릿느릿 바다로 걸어 들어갔다. 어머니의 품으로—

몰이꾼(驅軍)

1

"아! 아니라고! 아니라고! 나는 아니라고!" 진동주가 단말마의 돼지들 속으로 떠밀리고 있다. 시청 공무원들이 달려들어, 페이로드 안으로 떠밀어 넣는 돼지들 속으로 진동주를 떠밀고 있다. 아무리 버둥거리며 목청껏 소리쳐도 동주를 눈여겨보는 사람은 없었다. 세상에! 몰이꾼들은 모두가 축산과의 동료인데도 얼굴은 가면이다. 어마어마한 페이로드에 떠밀려 들어간 돼지들은 대형 트럭으로 쏟아져 들어갈 차례에서 천지를 뒤집을 듯 절규, 동주도 그 절규 속에서 목이 찢어져라 소리쳐 댔다. "아니라고! 나는 아니란 말이야! 나는 아니라고! 미쳤어? 날 떠밀지 말라고!" 대형 트럭에 처박힐 처지에서 그는 단말마의 외침으로 몸부림쳤다. 살처분 될 돼지들과 함께 진동주를 떠밀어 넣는 페이로드가 대형 트럭으로 기우뚱하는 순간, 동주의 목구멍에서 핏덩어리가 터져 나왔다. 그 순간, 누구인가 그를 흔들었다.

"여보, 왜 그래요? 왜 그래요?"

아내가 남편을 흔들어 깨웠다.

"세상에! 무슨 악몽이길래 이 땀 좀 봐, 식은땀이 소나기 맞은 것 같네…… 당신 어디 아파요?"

그는 아내에게 흔들리며 눈을 멀건이 뜨고 숨을 들이켰다.

2

"구덩이를 파! 깊이 파라고!"

"총동원! 총동원! 어떻던 속전속결! 빨리 묻는 일이 최우선이라고!"

포클레인이 동원되고 삽이며 곡괭이도 한몫이었다. 국유지의 계곡과 등성이가 곳곳이 파헤쳐져 어마어마한 대형 돼지 무덤이 만들어지고 있다. 수천수만 마리의 살아있는 돼지를 묻는 무덤을 만들고 있다. ― 마을이 내려다보이는 언덕에 자리 잡은 돼지 농장은 조등(弔燈)만 걸려있지 않았지, 상(喪)당한 집이다. 농장주는 멀거니 공무원들이 하는 짓만 바라볼 뿐. 정신 나간 사람이

땅끝의 달

다. 구덩이를 파는 일군(一群), 돼지를 구덩이로 몰아가야 하는 패거리가 정해졌지만, 우왕좌왕 일손을 제대로 놀리지 못하기는 마찬가지였다.

구덩이를 판 쪽에서 무전(無電)연락이 오면서, 돼지몰이는 본격적으로 시작되었다. 육성돈(肉成豚)으로 팔려갈 때도 그랬지만, 200kg 이상 되는, 젖을 출렁출렁 늘인 어미 돼지들을 트럭에 연결시킬 페이로드에 밀어 올릴 때쯤이면, 축사 밖으로 나올 때 신이 나서 꿀꿀거리던 소리가 급작스럽게 절규로 바뀐다. 그 길이, 주검의 길이라는 것을 어떻게 감지했는지, 돼지들은 트럭에 오르지 않으려고 필사적으로 버둥거리며 저항. 인간의 몸무게 세 배 네 배 되는 덩치 큰 짐승들의 저항은 미물이 아니었다. 그 길이 죽음의 길이라는 것을 알아차리고 필사적으로 소리 질러 천지를 뒤흔들며 버둥거린다. 돼지들의 단말마로 하늘이 뒤집히고 땅이 기우뚱거렸다. 그렇게 버둥거리는 돼지를 페이로드 바가지에 세 마리 네 마리를 싣는 일만으로도 공무원에게는 절체절명의 현장. 힘이 달리는 인간의 의무와, 생명을 빼앗기지 않겠다는 돼지와의 싸움에서 인간은 열세였다.

"서둘러! 서둘러! 빨리빨리 서둘러! 오늘 안에 칠천 마리 다 처분해야 한다고!"

팀장은 이미 터진 입술에 바짝 마른 입으로 소리쳐대지만, 돼지들의 아우성 속에서, 공무원들의 안간힘은 점점 쳐지게 마련

몰이꾼(驅軍)

이다. 시청 직원들이 양쪽으로 울타리를 만들어 돼지들이 뛰어 달아나지 못하게 가로막았지만, 앞서 실린 돼지들의 절규가 천지를 흔들며, 뒤에 쳐진 돼지들에게 절박한 상황을 알려 주면, 페이로드 앞까지 밀려들었던 돼지들이 길길이 뛰며 이리저리 달아나기 시작. 어느 놈은 달아나기를 포기하고 코를 땅에 틀어박고 꼼짝도 하지 않는다. '잡아 잡수!' '까짓 죽일 테면 죽여라!' '어차피 죽으러 갈 길이라면 이 자리에서 죽겠다!' 길을 가로막고 꼼짝 않는 돼지에게 사람 서넛이 달려들어도 오불관언. 시청 직원들은 시뻘겋게 달아오른 얼굴을 서로 마주볼 뿐 허탈하다.

"세상에! 이 고집 센 놈 좀 보라고!"

직원 하나가 기막혀하며 소리쳤지만, 돼지에게는 고집 아닌 생명 저항이었다. 어떤 몽둥이질에도 꼼짝 않고 미동도 않는 저항. 굵은 몽둥이를 휘둘러대도 돼지는 꿈쩍도 하지 않는다. '때릴 테면 때려보라고!' 몽둥이를 휘둘던 직원 중 하나가 맥없이 주저앉는다. 돼지는 어떻게 죽음의 길이라는 것을 알았을까, 매몰 구덩이 앞에 이르러 운반 차량에서 내몰리기 시작하면 돼지들의 울부짖음은 천지를 벌겋게 물들였다. 수백 명 시청 직원들과, 총동원된 축산과 직원들이, 살아있는 돼지를 무덤에 몰아넣기 위해 날뛰는 모양은 이미 인간의 그것이 아니었다. 필사적인 저항으로 죽지 않겠다고 날뛰는 돼지를 생매장 구덩이로 몰아넣어야 하는 인간의 안간힘은, 난리치는 돼지보다 나을 것이 없었다. 인간과 돼지들 간의 괴기의 씨름 현장이었다.

　축산과 계장 진동주는 동료들의 얼굴을 바로 볼 수가 없었다. 돼지몰이 동료들의 얼굴을 차마 볼 수가 없어 눈을 질끈 감고 숨을 헐떡거려가며 돼지들을 몰다가, 문득 눈을 뜬 순간 괴성을 질러대는 돼지 한 마리의 시선과 마주쳤다. 시뻘겋게 핏발 선 돼지의 눈. 눈이 핏빛이었다. 당장 피가 쏟아질 듯한 눈이었다. 그 큰 몸집을 흔들어 대면서, 전신을 쥐어짜듯 절규를 내지르며 쏘아보는 눈에서 곧 피가 쏟아질 형국이었다. 하늘도 땅도 없어졌다. 사람도 중장비도 보이지 않았다. 오직 돼지의 핏발선 눈이 천지를 가득 채웠다. 동주는 숨을 들이켰지만 시선을 피할 길이 없었다. 천지를 가득 채운 돼지들의 절규 속에서, 그는 문득 자신도 그들을 따라 살처분 구덩이로 쓸려 들어가야만 할 것 같았다. 숨이 막혔다. 핏발선 돼지의 시선을 간신히 피했을 때, 돼지몰이로 날뛰는 인간군(人間群)안에 자신이 서 있었다. 인간 의성어로 표현할 방법이 없는 돼지들의 절규를 몽둥이질로 몰아가며, 돼지들보다 더 날뛰는 인간 속에 자신이 서 있었다. '저 살자고! 인간이 저 살자고! 인간이 살아가게 될 앞날을 위해! 인간이 살아남겠다고, 동물보다는 인간이 살아보겠다고……' 수천 마리의 돼지를 생매장 구덩이로 몰아가는 인간 속에 자신이 섞여 있었다. 처음 구제역(口蹄疫)이 발생했을 때만 해도, 전염되지 않은 돼지를 안락사 시키기 위해 일일이 주사를 썼다. 하지만 칠천, 팔천, 일만 마리 농장 돼지들을 깡그리 살처분해야 할 일이 생기자, 안락사를 위한 주사약도 모자랐지만 일일이 도살할 일손도 시간도 태부족이었다. 〈마땅한 국유지에 구덩이를 파고, 구제역 발생 돼지농장 돼지들을 몽땅 몰아다가 살처분하라!〉 추상같은 당국 명령이었다. 떼 주검을 면하겠다고 길길이 날뛰는 돼지들 앞에서, 돼지들을 몰살해 가며 살아보겠다는 인간은 돼지보다 나을 것이 없었다. 키워 잡아먹던 돼지 수천 마리 수만 마리씩 생매장하는, 인간이 그렇게 포학한 짐승으로 전락한 현장이었다. 그렇게 살생하고 있는 무리 속에 자신이 서 있었다. 돼지들의 핏발 선 눈보다 더 무서운 눈, 살기등등한 눈으로 돼지몰이로 날뛰는 무리 속에…… 진동주 자신이 섞여있었다. 인간이라고…… 사람이라고…… 누가 이름 붙였나…… 앞으로 이 인간은, 이 치사한 싸움을 얼마나 더 이어가려는지, 차라리 눈에 핏발을 세운 돼지에게 잡아먹히고 싶었다.

*

살처분 작업은, 잡히지 않겠다고 길길이 날뛰며 목숨 걸고 도망치던 돼지들과의 씨름으로 자정이 될 때까지 겨우 반 정도로 마감되었다. 투입되었던 공무원들은 축사 가까운 건물 뒷마당에

땅끝의 달

서 속옷까지 벗고, 신고 있던 신발까지 활활 타오르는 소각장에 던져 넣었다.

"아니, 오늘 첫날 작업복도 없이 각자 집에서 입고 온 한 벌로 종일 떨다가 빵 한 쪽하고 우유 한 팩으로 끼니를 때운 사람에게 입었던 옷까지 태워버리라니……"

"그래도 나라가 어지간히 살만해서 내일 입을 방역작업복 대령이야! 내복도 대령했네! 자아, 새 내복으로 갈아입으라고! 집에 가서 빨래하라고 마누라 들볶지 않게 됐으니 좋지 뭐!"

건물 뒤 마당에서 한 무더기의 옷을 소각하는 불길이 밤하늘을 우련 붉게 만들었다. 옷을 갈아입고 사무실로 들어가 창밖을 내다보던 진동주는, 그 불길 속에서, 아우성치는 돼지들의 절규가 시뻘겋게 타오르는 환각에 사로잡혔다. 구덩이에 파묻은 돼지들이 들고 일어나, 지상(地上)으로 튀어 올라, 다시 괴성을 질러가며 인간을 향해 습격하는 환각에 빠졌다.

"이봐! 뭘 그렇게 넋 나간 얼굴로 바라보나? 어서 퇴근하라고! 잠을 자 두어야 내일 다시 나올 것 아닌가? 어떻던 우리 몫이라니, 계속 이 일을 해야만 목구멍에 거미줄 치지 않을 것 아닌가?"

과장이 동주의 어깨를 치며 달래듯 말했다. 순간 동주는 그 불길 속에서 시체가 된 자신이 타오르는 것을 보았다. 인생……별것 아닌데…… 숨 끊어져 화장터로 가면 저렇게 불길 속에서 연기로 쓰러질 목숨이…… 이렇게 생목숨의 돼지를 수천 마리씩 죽여가며…… 그는 처연하게 홀로 중얼거렸다.

"참, 사람 살아가는 것…… 별것 아니네…… 인간이라고……
별것 아니네……"

그는 집으로 돌아가기가 두려웠다. 어떤 얼굴로 아내와 가족을
대해야 할는지 난감했다. 수천 마리 살아있는 돼지를 깊은 구덩
이에 쓸어 넣은 자기 얼굴이 어떻게 변해 있을는지, 몸에서는 어
떤 냄새가 날는지. 가족 앞에서 돼지들의 단말마가 되살아날 것
만 같았다. 주검의 너울이 씌어있을 몸을 어떻게 처신해야 할는
지…… 승용차에 올라 시동을 거는데도 다리가 떨렸고, 운전대를
잡은 팔이 덜덜 떨렸다. 집 뒷마당에 도착했지만, 운전대에 엎혀
있는 두 팔에 얼굴을 묻고 한동안 일어나지 못했다. 얼마가 지난
뒤, 천근 몸을 일으켜 대문께로 다가가는데, 울타리에 꽃잎을 열
기 시작한 진달래가 그의 앞을 가로막았다. 몸이 부르르 떨렸다.
진달래꽃이 핏빛으로 뭉그러져 보였다. 돼지들이 꽃더미 속에서
피맺힌 눈을 부릅뜨고 있었다. 적어도 인간으로 태어나, 미래를 향
해, 안전과 나름의 행복 비슷한 것도 누릴 수 있겠다는 기대와 희
망을 가질 수 있었던 그의 삶은, 2002년 5월에 그렇게 끝이 났다.

3

진동주(秦東宙)가 축산과를 졸업하면서 곧바로 A시 축산정책

과에 취직이 되었을 때, 일자리 구하기 쉽지 않던 다른 인문계 동기생들이, 조금은 동주를 부러워했다. "시골이라지만 공무원이잖아! 일단 자리를 차지하고 나면, 나가라 들어가라 할 일 없는 당상 자리를 꿰찬 거야! 차라리 대기업 자리보다 안전하지! 너는 무슨 예지력(叡智力)을 타고 났기에 일찌감치 축산과를 택한 거야?" 예지력은 무슨 예지력, 시골 토박이로 면장까지 지낸 아버지가, 끝내 놓지 못한, 수십 두의 젖소목장 때문에 어쩔 수 없이 떠밀려 들어간 전공과였다. 졸업할 때까지 내내 동주는 아버지에게 날개를 묶인 새처럼 우울해 했다. 멀리 상거(相距)에서 여학생이 나타나면 얼른 눈에 띄지 않을 길로 피해 다녔다. '축산과? 축산과? 별…… 잘해야 목장주나 될 남자를 요즘 여자들이 왜 쳐다보겠어?' 하지만 동주는 외아들이라 일선 근무 아닌 방위병을 거친 뒤 학교를 마치자, A시 축산정책과에서 모셔가듯 했고, 아버지는 당신의 계획이 맞아떨어졌다는 것을 자랑스러워했다. 축산과의 직책이라야, 근동(近洞)곳곳에 있는 목장, 양계장, 돼지 축사를 돌면서 혹시 병든 가축이 있으면 질병관리본부에 연락하여 공수의(公獸醫)를 파견하고, 치료 과정과 결과보고서를 제출하는 정도여서, 고달플 일도 상관 눈치로 시달릴 일도 없었다. 역시 삶에 대한 아버지의 계획과 판단은 옳았다는 생각으로, 동주는 미래를 보장받은 듯 내심 든든해 하기까지 했다. 그렇게 그는 안전과 미래를 보장받았다는 느긋함을 누리며 공무

몰이꾼(驅軍)

원 틀이 잡혀갔다.

　겨울을 지낸 산천이 기지개를 켜고, 얼었던 무논에 물이 차며, 겨우내 얼었던 밭이 푸실푸실 몸을 풀기 시작하면서 삭정이 같던 나뭇가지에서 잎눈 꽃눈이 눈을 뜨기 시작했고, 일손이 다소 바빠지는 철이었는데, 갑자기 날벼락이 떨어졌다.

　"축산정책과 전원 비상! 모두 율곡리 산 중턱 돼지농장으로!"

　"뭐야? 뭐야?"

　직원들이 수군거리자 과장이 굳은 표정으로 무겁게 입을 열었다.

　"구제역이야! 구제역 발생!"

　"아니 갑자기 우리나라에 웬 구제역?"

　"갑자기는 아니지, 교육받았던 것 잊었나?"

　"대체 그 보이지도 않는 바이러스가 어떻게 우리나라까지 쳐들어 와서 갑자기 이 난리를 치게 만들어?"

　"귀신곡할 노릇이라는 게 이런 거여!"

　지금까지 없던 일이었다. 교육받을 때, 구제역에 관한 것을 배우기는 했지만, 도대체 그것이 얼마만큼 심각한 것인지, 어떻게 방역을 해야 하는지, 전 세계 70여 개국 발생 사례가 있다는 것을 일단 교육받았다지만, 막상 현실로 닥쳤을 때, 치밀하게 대처할 능력이라는 것이 발동하기는 쉽지 않았다. 하루 사이에 전국

미디어에 불이 붙었다. 난리는 난리였다. A시 산골에서 발생한 구제역이지만 사람의 내왕과 차량에 의해 급속도로 전염된다는 외국 사례가 전국을 얼어붙게 만들었다. A시 곳곳 차량 통제, 길마다 통제초소 설치. 주민들 내왕 통제. 계속 확산되는 심각한 긴급상황이었다. 서울로 출퇴근하는 주민들의 아우성이 이어지고, 통제 상황과 전염 통로에 대한 보도 경쟁으로 차량 통제초소에 돌진하듯 달려드는 보도 차량들 때문에 통제초소에는 군대(軍隊)가 동원되었다. 사람들은 당분간 돼지고기를 먹을 수 없게 된 일과, 갑자기 들이닥친 일상의 불편 때문에 난리지만, A시의 축산과 직원들은 지옥의 불구덩이로 한꺼번에 내몰렸다.

"살처분! 모조리 살처분이다!"

중앙농림부의 삼엄한 명령. 당국도 갑자기 닥친 일이라 명령체계도 일사분란하고는 거리가 멀었다. 수천 마리가 넘는 돼지농장에서, 생목숨으로 우글거리는 돼지를 한꺼번에 몰아다 파묻으라니─수천 수백 마리 축사에서 단 한 마리만 구제역이 발견되어도, 나머지 멀쩡한 수백, 수천 마리의 생물들이 주검의 구덩이로 쓸려 들어가야 했다. 칠천(千) 마리, 만(萬) 마리가 문제가 아니었다. 삼죽면 율곡리 산언덕에서 발생한 발생 원인은 오리무중. 보이지도 만져지지도 않는 그 바이러스가 어디서 어떻게 유입이 되었는지 누구도 찾아내지 못하고 전국이 술렁거렸다. 형체도 보이지 않고, 총소리도 군화 소리도 없는 기이한 전쟁이었다.

몰이꾼(驅軍)

4

우주에서 유일한 인간으로 일컬어지는 사람이 만물의 영장인 줄 알았다. 인류는 멸망할 일 없이 계속 진화 진보해 가며 신의 영역에까지 도전하겠다고 덤벼들었다. 복제인간을 만들어내고, 줄기세포를 이용해 불치병을 없애겠다고 기염. 그런데…… 지상(地上)의 꽃들이 절기를 만나 꽃을 피우려고 벙글고 있는데, 이상기온으로 매일 기온이 떨어지고 있어 숨이 막힌다. 구제역은 봄철 추위 때문에 앞이 보이지 않는다. '제발, 제발! 꽃들이 마음 놓고 활짝 피도록 날씨 좀 따뜻해져라!' 방역팀은 숨죽이고 매시간 일기예보를 지켜보았다. '제발, 제발! 기온상승!' 여기저기 걸려있는 온도계를 수시로 체크했지만 날씨는 좀체 누그러지지 않았다. 봄인데도 계속 냉랭한 날씨가 방역팀의 숨통을 조였다.

구제역(口蹄疫). 발굽이 두 쪽으로 갈라진 가축(소, 염소, 돼지 등)의 발굽과 입에 수포가 생기면서 죽어가는…… 상상할 수 없는 속도로 전염 확산, 일단 발생하면 예방은 허사, 발생 지역 단 한 곳으로 근처 전역에 전염이 된다고 판정되는 치명적인 바이러스다. 지금까지 병원균이라는 것은 더운데서 기승하는 줄 알았는데, 냉기(冷氣) 속에서 미친 듯 번지는 바이러스가 구제역이라는 병균이다. 인간이 추위에 움츠러들 때, 구제역 바이러스는 살판

땅끝의 달

난다. 그것도 가축들끼리 전염시키는 것이 아니라, 사람과 차량에 의해 확산된다니, 통제초소를 계속 늘리고, 밤이면 군대가 동원되어 보도 차량을 통제해야 했다. 미디어 종사자들도 구제역에 대해 아직 무지해서, 보도 경쟁에 뒤질세라 눈치 없이 달려들었다. 군인들은 보도 차량을 감시하고 돌려보내는 일에 진땀을 흘렸다.

2002년 5월. "월드컵을 앞둔 서울. 붉은악마가 서울을 휩쓸고 있네! 밤이면 서울 장안의 호프집마다 빨간 티셔츠 차림의 젊은이들이 맥주로 목욕을 하고…… 그런데 우리는 죄 없는, 막상 병이 든 것도 아닌 돼지들까지 생매장하느라고 밤을 새우다시피 하고 있으니. 사람 팔자 누가 정하는 것인지……" "그러게 티브이는 왜 자꾸 보는 거야? 차라리 한동안 뉴스를 안 보면 될 거 아냐?" "티브이를 안 보아도, 대한민국이 우승하기를 바라는 '오! 필승! 코리아!'가 계속 귓속으로 파고드는 걸 어떻게 해요?" "그러게 귀 막고 눈 감고, 돼지만 몰아!" 과장은 스스로를 쥐어박듯 그렇게 소리 질렀다. A시의 직원들은 살생이 이어지는 산천(山川)에서 식욕을 잃고 악몽에 시달리며 날을 새웠다. 하지만 월드컵 구호에 귀가 열린 듯, 그들은 하릴없이 자주 서울 쪽을 바라보았다. 월드컵 응원복은 붉은 티셔츠. '붉은악마'로 정하자, 빨간 티셔츠가 천지를 물들이고, 수십만 명이 한 덩어리

몰이꾼(驅軍)

가 되어 "대애한민국! 짝짝짝! 짝짝! 오! 필승 코리아!"를 외쳐
대는 소리가 천지를 흔들었다. 대한민국 역사상 이렇게 뜨겁게
뭉쳐지고, 이렇게 한 덩어리로 신난 일이 없었다. 월드컵을 무사
히 치르기 위해서라도 하루빨리 구제역을 종식시키지 않으면 안
될 의무는 공무원들만의 일이었다.

　수천수만 마리의 돼지를 한 구덩이에 쓸어 넣는 살처분 살육
이 이어지고 있는데, 대도회에서는 건국 이래 처음으로 초치한
월드컵 경기를 앞둔 흥분이 절정이었다. 혹여 구제역이 월드컵
에 해를 입힐까 걱정이지, 돼지야 수천 마리를 죽이던 수만 마리
가 생매장되든 남의 나라 일로 오불관언, 밤이면 맥줏집에 모여
'오! 필승! 코리아!'를 외쳐가며 젊음과 삶을 여한 없이 구가하
는 대도회는 행복의 절정이었다. 휴일이면 가족끼리 구제역하고
는 상관없이 들이나 강가, 공원으로 나가 '오! 필승 코리아!'를
외쳐가며 마시고 먹고 즐겼다. 세상사 참 이상하지, 바로 옆에서
는 수천수만 생목숨을 구덩이에 쓸어 넣느라고 사생결단인데,
전 세계는 공 하나를 따라 미쳐 돌아가니…… 참 이상도 하다.
진동주는 우울했다.

5

'여자가 한을 품으면 오뉴월에도 서리가 내린다!'는 속담을

따랐는가, 어느 여자가 어떤 한을 품었기에 오월 추위가 이렇게 끈질기게 물러가지 않는지, 날씨는 좀체 정상으로 돌아갈 기미가 보이지 않았다. 통제초소마다 뿜어대는 소독약은 인근일대를 소독약 안개를 만들었고, 생필품을 구입하러 다니는 주민들은 시와 면에서 완전 소독된 차량으로만 내왕이 가능해, 모두가 분무기로 쏘아대는 소독약을 허옇게 뒤집어쓰고, 조합을 만들어 생필품을 구매하러 다녀야 했다. 외부에서 들어오는 차량은 면사무소 한옆에 주차, 차량 안에 있던 물건은 들여갈 수 없었고, 다시 분부기로 쏘아대는 소독약을 전신에 뒤집어쓰고서야 공용(公用)으로 허락된 차량으로 귀가했다. 통제소를 지나다니는 승용차의 안과 밖에도 소독약 분사(噴射)가 의무여서 승용차는 순식간에 허연 소독약을 뒤집어썼다. 구제역의 심각성을 알고 있는 차주(車主)는 씁쓸해하면서도 참고 지나가지만, 더러는 통제소 근무의 공무원에게 욕설을 퍼붓기 예사였다.

"야! 우리가 가축이야? 어디다 대고 소독약을 뿌려? 이거 다 씻고 치우지 못해?"

2002년 5월 3일 A시에서 첫 발생한 구제역은 그렇게 황당하게 전개되어갔다.

농촌 노인들의 경로당이 폐쇄되고, 우체국 직원의 우편배달이 중단되었다. 경로당 폐쇄나 집배원의 일손을 중단시키는 정도는

몰이꾼(驅軍)

그럴 만도 했지만, 초상집의 장례는 날벼락이었다. 문상객을 맞이할 수도 없었고, 제수품(祭需品)구입이며 입관절차까지 진행 중단. 마을 어른의 5일장(葬)이 그렇게 가족들만의 쓸쓸한 장의 절차를 거쳐 장지로 떠나던 날, 상주들의 눈물은 그래서 더욱 쓰라렸다.

진동주는 그렇게 떠나는 장의차를 바라보며 가슴이 무너졌다. '차라리…… 저렇게 이 세상을 떠나간 분은 이런 꼴 저런 꼴을 볼 일 없으니 복된 분이네…… 우리네 살림이 앞으로 무슨 일을 또 만나게 될는지……' 하지만 그렇게 끈질기게 계속되는 구제역 전투가 길어지면서 살처분 과정이 나름 체계를 잡아갔다. 나라가 살만해지더니, 구제역으로 살처분된 비육농가에 살처분 보상이 이루어지기 시작했고, 보상금평가 문제가 시청 공무원들을 또 한 차례 어지럽게 만들었다.

'오! 필승 코리아!'가 하늘을 찌르던 6월이 되어서야 구제역은 숙정되었다. A시의 공무원들은 월드컵의 흥분을 구경할 힘도 없을 만큼 지쳤다. 진동주는 활기를 잃었다. 살처분 기간 동안 잃었던 식욕이 좀체 회복되지 않았고, 밤이면 계속 악몽에 시달렸다. 핏발 세운 어미 돼지의 부릅뜬 눈이 달려드는 꿈에 쫓기다가, 식은땀에 젖어 깨어나면 다시 잠을 이루지 못했다.

"진 계장! 뭘 그래? 살처분 저 혼자 겪었나? 사람 할 짓 아닌

땅끝의 달

살육 현장을 몇 개월 겪은 우리 모두가 거의 신경쇠약에 걸려있어! 저만 그런 거 아니라고! 하지만 어떻게 해? 살아야지! 힘내라고 진 계장! 씩씩하던 사람이잖아?"

A시 공무원들뿐 아니라 적십자 직원, 보건소 의사들, 일반 자원봉사자들까지 집단 충격에서 쉽게 벗어나지 못한 가운데, 농업진흥국 국장이 진동주를 그렇게 격려했다. 시간이 약이었을까, 인간 내면에 잠재해 있는 치유력의 덕이었을까. 여름을 거쳐 가을 겨울로 접어들면서 진동주의 악몽도 점차 뜸해지면서, 아침이면 떨치고 일어나 출근했다. 사람들이 하는 대로 먹고 마시고 잠도 자고, 동료들이며 친구들과 어울리기도 했지만, 혼자가 되면, 다시 검은 연기 같은 불안에 에워싸였다. 그래도 동주의 아버지는 아들을 보며 가슴을 쓸어내렸다. "하늘이 우릴 도왔다! 하늘이 우릴 도왔어! 돼지농장만으로 끝이 났으니 말이지, 구제역이 목장으로까지 밀고 들어왔으면 우리라고 별 수 있었겠니?" 다행스럽게 구제역이 목장까지 쳐들어오지 않았기에, 동주네 목장은 아슬아슬하게 넘어갔지만, 동주의 부모는, 구제역을 치른 뒤 사람이 달라진 듯 우울해하는 아들이 영 걱정스러웠다. 아들의 우울증은 쉽게 갈아 앉지 않았다. 축산과를 택하게 한 아버지의 선택을 은근히 고맙게 여기던 아들의 내심도 뒤집혔다. 언제 또 들이닥칠는지 모르는 구제역에 대한 불안과 두려움이 끊임없이 그의 꿈자리를 뒤숭숭하게 만들었다.

몰이꾼(驅軍)

편리가 늘어나는 일상에서, 먹고 마시면서 육류에 눈을 뒤집어쓰게 된 인간, 매일 고기를 먹어야 한다고 기름기 연기를 한없이 공중으로, 공중으로 쏘아 올려 가며 입을 번드르르하게 만드는 인간을 위해, 공장보다 더 큰 규모로 축사를 늘려, 돼지며 소를 양산(量産)하다가, 그중 단 한 마리만 병이 들어도 백 마리 천 마리 생매장을 하는데도 인간은 그 심각성에 전혀 눈길을 건네지 않는다. 잠시도 뒤돌아보는 일 없이 승승장구. 경제성장, 자본주의, 복지(福祉) 등 새로 등극한 신(神) 앞에 합장굴복하고, 꾸역꾸역 돼지보다 더한 식탐에 빠졌다. 인류가 세계화를 외치며 소비의 벼랑길로 치닫는 현장이었다.

진동주는 점차 근동의 축사며 목장을 둘러보는 일이 지겨워졌다. 살아 움직이는 생물. 생명체들…… 아버지의 일손을 돕기 위해 소들에게 사료를 먹이는 일도, 그렇게 되새김질하며 우물거리는 소를 보는 일도 역겨웠다. 결국은 잡아먹히기 위한 생명체들이다. 동주네 암소들이 새끼를 만들기 위해 치러지는, 수놈 찾아가는 일을 동주는 그동안 별로 관심하지 않았다. 하지만 구제역 이래, 꾸역꾸역 먹어가며, 새끼를 만들기 위해 암수가 자연스레 어울리는 것이 아니고, 발정한 암소가 목장주에게 끌려가, 어느 낯선 수놈에게 강간당하듯 어거지로 교미를 치른다. 그리고 눈물겨운 산고(産苦)를 치러가며 새끼를 낳고, 그리고 때가 되면 도살장으로 끌려가야 하는, 주검의 고리를 끊지 못하고 꾸물

땅끝의 달

거리는 생명체들…… 도대체 언제까지 이 직업에다 목숨 걸고 살아가야 하나…… 그야말로 목구멍이 포도청이라 당장 그만 둘 수도 없고…… 진동주의 우울증은 점차 그렇게 깊어갔다.

6

수의과(獸醫科)를 졸업한 여직원이 A시 축산과로 들어온 것은 진동주의 아들이 다섯 살 때였다. 한참 아버지를 알아보고 아버지를 따르던 아들 재미에 빠져있던 때였건만, 축산과로 들어온 여직원을 처음 본 날, 진 계장은 까닭 없이 가슴이 덜컥 내려앉는 이상한 동계(動悸)에 빠졌다. 우선 아름다웠다. 화장기 없는 얼굴에다 아직 학생 티가 남은 듯 교복처럼 수수한 옷을 입고 있었지만 청초했다. 과장에게 이끌려 과원에게 인사를 할 때, 무엇이 부끄러운지 약간 물든 그네의 목덜미가 동주의 가슴을 흔들었다. 그동안 과(課)별로 채용된 여성 공무원은 적잖았다. 하지만 축산과에 여성이 들어온 것이 처음이기도 했지만, 다른 과의 여성 공무원에게서는 느껴본 일 없었던 아련한 향기 같은 어지럼증이 일었다. 과장의 소개에 이어 당사자의 인사가 이어졌다. 약간 미소를 띠고 입을 열어 '신은수'라는 자기 이름을 소개하는 목소리가 방안의 공기를 차분하게 갈아 앉혔다.

"자, 자 궁금한 것이 많겠지만, 오늘 저녁은 우리 과의 환영회

몰이꾼(驅軍)

겸 회식 자리에서 구체적인 인사를 더 나누기로 하지! 회식비는 '더치'니까 그리 알고…… 그리고 진 계장 당신 수하의 직원이니 진 계장이 더 자세한 업무를 일러 주도록……"

과장은 소개 인사를 마치자 은수를 그의 책상으로 안내해 앉혔다. 계장 책상에서 곧바로 마주보는 자리였다. 진동주는 데스크 탑 쪽으로 얼굴을 내리고 숨을 가다듬었다. 중학교 때, 건너편 여자중학교의 어떤 여학생 때문에 한동안 설레던 사춘기를 보낸 뒤로 꿈도 꾼일 없던 동계였다. '무슨……' '왜 갑자기……' 그는 자신이 표정관리를 제대로 못할까 두려웠다. 저녁 회식 자리가 될 때까지는 예사로움을 회복해야 한다고 자신을 타일렀다. 그리고 얼마 만에 얼굴을 들고 은수에게 말을 건넸다.

"첫날이라 좀 서먹할 겁니다. 하지만 요즘은 특별하게 복잡한 업무가 없어요. 교육을 받으셨겠지만 무엇 궁금한 것 있으면 서슴지 말고 묻고 알아보고 그렇게 하시지요."

자신이 생각해도 어딘지 차분하지 못한 목소리가 들떠 있다는 느낌이 들어, 동주는 그렇게 말을 해놓고 서둘러 자리를 떴다. 그러나 퇴근 후 회식 시간까지가 지루하게 느껴졌다. 축산과 직원이라야 십여 명, 오래간만의 회식 자리이기도 했지만, 여직원의 환영회라 역시 다른 때 하고는 무어가 달라도 달랐다. 평소에 말수가 없던 사내도 이말 저말을 만들어 떠들고, 맥주 몇 순배 돌아가자 은수에게 직접 묻는 질문이 늘었다. 한 사내가 작심한 듯 눈을 동그랗게 뜨고 물었다.

"하고 많은 전공과목 중에, 여성이 왜 하필 수의학과를 지원했어요?"

과장이 그 직원을 나무랐다.

"아니 무슨 질문이 그래? 이렇게 우리하고 일을 하게 된 것도 보통 인연이 아닌데. 하필 묻는다는 게 그 모양인가?"

그러자 은수가 미소를 띠고 활달하게 대답했다.

"괜찮습니다. 대학교 입학시험 면접관하고 같은 질문을 하셨네요. 시험관이 엄숙한 표정으로 왜 하필 수의과 지망이냐고 따지듯이 물으셨거든요."

그렇게 운을 떼어 놓고 잠시 웃음을 참는 듯하다가 나직하게 말을 이었다.

"좀 건방지다고 하실는지 모르지만…… 조심스럽네요…… 이런 고백을 해도 되는지…… 이미 그 나이에 인간 세상이 믿을만한 세상이 아니라는 생각이 들었어요. 그래서 동물 세상은 어떨까 하고…… 어느 티브이 프로에서 방영하던 동물의 세계를 열심히 보다가 그 세계가 아름답게 느껴졌어요. 아마 여러 선생님들 중에도 그 프로를 좋아하시는 분이 계실걸요? 동물 세계로 깊이 들어가 보면 무언가 새로운 가르침을 얻을 수 있겠다는 생각이 들었어요. 오래 생각하고 생각하던 끝에 내린 결심이었어요. 첫날 만나 뵌 선배님들께 제 대답이 당돌했습니다. 용서해

주세요."

"아! 좋아, 좋아! 우리가 오늘 대단한 동료를 맞이했어! 믿음 직하고 든든해!"

과장이 손뼉을 치자 일제히 함성을 질러가며 모두가 손뼉을 쳤다. 처음 등장한 새내기 여성 공무원 치고는 다소 길다고 느껴 지는 대답이었지만, 담담하나 소신 있는 대답에다 차분한 음성 에 설득력이 있어, 수줍게만 보이던 그에게서 묘한 위엄 같은 분 위가가 일었다. '만만찮겠다…… 보통내기가 아니겠네…… 그 런데 대학 입학시험 면접 자리였다면 열여덟이나 아홉, 스무 살 도 안 되었을 나이에 인간 세상을 믿을 수 없었다면…… 인간 세상에 회의를 느꼈다면, 그 어린 나이에 무슨 일을 겪었을 까……' 그런 상념에 빠져들면서 진동주는 문득 신은수가 안쓰 럽게 느껴졌고, 한편 그가 겪었을 인생사가 어떤 것인지 궁금했 다.

*

이래로 진 계장의 출근길은 이전하고 달라졌다. 구제역을 치 른 뒤에 가까스로 회복은 되었지만 충격의 여파는 오래갔고, '시골 시청 공무원이라는 것이 역시……' 싶은 생각을 벗어나지 못해, 먹고 마시고 잠자고 아이 낳고, 부모 섬기고…… 친인척

땅끝의 달

알은체하고…… 등등 인생살이 모든 것이 관성(慣性)에 떠밀려 가듯 하던 일상이, 신은수가 나타난 이래 출근길에 활기가 생겼다. 눈 뜨고 일어나는 일이 가벼워졌고, 집을 나서서 승용차에 시동을 걸 때부터 전신이 싱그러워졌다. 막연했지만 신선한 무엇이 기다리고 있을 것만 같은 출근길이 되었다. 근동 몇 곳의 축사며 양계장을 둘러보기 위하여 시청을 떠나, 산골이나 마을 길을 돌 때에도 이전 같지 않게 늘 보아오던 산천이 아름답고 싱그러웠다. 늘 숨을 죽이고 있는 것만 같던 산과 들이, 그를 향해 이야기를 풀어내는 듯 싱그러웠다. 삶이 새롭게 눈을 뜨고 살아나는 것 같았다. 우선 일이 즐거웠다. 마지못해 떠밀리듯 가던 길이 아니었다. 하루가 경쾌했고 짧았다. 새로 나타난 한 여직원으로 인해 자신의 삶에 빛이 스며든 듯한 그 상황이 다소 황당하게 느껴지기는 했지만 설마, 무슨 일이야……

부서마다 명패가 따로 있지만, 책상은 칸막이 안에 따로 있어, 각자 고개를 숙이고 컴퓨터 앞에 앉아 있으면 얼굴이 보이지 않는다. 신은수의 책상도 그렇게 칸막이 안에 있었지만, 진동주의 책상에서 고개를 치켜들면 은수의 책상이 반쯤 넘겨다보였고, 거기 은수가 그렇게 있는 것만으로 진 계장에게는 새 세상이었다. 화장기 없는 은수는 옷 입성이며 머리 모양 등 수수했지만 그의 등장은 A시 공무원들 사이에 은밀한 시선들을 모으는 초점이 되었다. 조금도 나대는 일 없이, 오직 주어진 일을 묵묵하게 수행하는, 누구보다 착실한 여성 공무원이었지만 그에게서는 형언할 수 없는 어떤 향기가 스며나는 듯했다.

어느 날, 근동(近洞)목장에서 축산과로 다급한 연락이 왔다. 출산을 앞둔 소에게 문제가 발생, 난산을 하게 생겼다는 연락이었다. 목장주는 난감해했다.

"초산이어서 어미를 달래가며 거꾸로 앉은 새끼를 돌려보려고 손을 넣어 돌리려 했지만 영 안 되네요. 좀 다급합니다."

은수는 목장주의 전화를 받고 차분하게 정황을 물어가며 메모를 한 뒤에, 꼼꼼하게 약을 챙겨들고 나섰다. 진 계장이 현황을 확인할 겸 은수를 차에 태웠다. 목장에 이르기까지 은수는 아무 말도 없었다.

"걱정되어서 그래요?"

진동주의 물음에 은수는 담담하게 입을 열었다.

"걱정이야 되지요. 사람도 아기를 낳을 때면 조심스럽고 어렵 듯이 소들도 마찬가지에요. 소도 사람하고 같다는 것 아시지요? 멘스도 그렇고, 수정이 되면 285일 만에 출산을 하는데 초산에 난산인 경우가 더러 있거든요. 목장주의 이야기로는 새끼가 위치를 잘못 잡은 것 같다네요. 여러 해 소를 다루던 사람이라 촉진(觸診)끝에 손을 넣어 돌려보려 했던가 본데 잘 안 되는 모양이에요."

진동주는 은수가 들어오기 전에도 여러 번 겪은 일이라 그런가보다 싶기도 해서 위로한다는 뜻으로 대화를 이어갔다.

"A시에 오기 전에도 경험은 많았을 테니 크게 긴장할 일은 아니겠지요."

"글쎄요…… 생명에 관계되는 일에서는 언제고 느긋해지지 않아서……"

은수는 흘러가는 시골길을 바라보며 나직하게 말을 이었다.

"계장님, 동물들의 눈에는 슬픔이 있어요. 사람들은 소나 돼지를 짐승이라고 부르지만, 저는 그들을 짐승이라고 부를 수가 없네요. 가금류(家禽類)의 눈도 그래요. 제가 이상한 소릴 하는지 모르지만…… 가축들의 눈에는 슬픔이 있어요. 그 슬픔을 달랠수 있을까 해서 수의학과에 입학했지만 저도 별수는 없네요. 인도(印度) 일부에서 하얀 소를 신으로 섬기면서, 그 소들 옆에서 기근으로 굶어 죽는 사람들의 심정을 알 것도 같지만…… 키우던 가축을 도살해 잡아먹는 인간을 점점 더 알 수가 없어지네요."

"그러면…… 은수 씨는 채식만 합니까?"

"주의라고까지 할 것 없이 그저…… 육고기 말고도 먹을 것이야 흔전만전 아니던가요?"

진동주의 가슴이 아릿해 왔지만 무어라 대답을 할 수가 없었

　　　　　　　　　　　　　　　　　몰이꾼(驅軍)

다. 문득 가축들의 눈에서 슬픔을 알아내기보다 신은수의 맑은 눈에 슬픔이 깃들어 있다는 느낌이 들었다. 은수는 목장에 도착하여 목장주의 안내를 받고 축사 안으로 들어가자, 곧 새끼를 낳게 될 어미 소 앞으로 조심스럽게 다가갔다. 그리고 어미 소의 머리를 가만가만 쓰다듬다가 그 머리를 제 가슴으로 가만히 안았다. 그리고 속삭이듯 입을 열었다.

"힘들지? 무섭고…… 하지만 걱정 말고 나에게 맡겨, 잘될 거야…… 좀 힘이 들겠지만……"

은수보다 몇 갑절 덩치 큰 소가, 은수의 말을 알아들은 듯 머리를 다시 한번 은수의 가슴에 비벼대며 눈물 그렁그렁한 눈으로 은수를 바라보았다. 출산을 앞둔 어미 소와 은수의 모습을 지켜보던 동주의 가슴이 얼얼했다. 눈물 그렁그렁한 어미 소를 따라 동주의 눈시울도 뜨거워졌다. 동주에게 소의 눈이 그렇게 슬퍼 보인 것도 처음이었다. 그들을 지켜보던 목장주가 신기해하며 은수에게 다가갔다. 그러자 은수가 목장주를 돌아보며 웃음을 띠었다.

"걱정 마세요. 소가 순하네요. 어미도 어지간히 힘들 텐데, 저를 믿겠다잖아요. 새끼가 거꾸로 들어앉아있네요."

"아니 그 소가 그렇게 순한 소가 아니거든요. 더구나 초산이라 되게 예민해져 있었는데…… 목동들 중에 따로 통하는 목동 외에는 근처에도 못 오게 하는 까다로운 놈이었는데…… 거 신기하네…… 의사 선생님을 알아보는 모양인지……"

은수는 익숙하게 소독약을 쓰고 자궁수축 주사를 놓는 동안, 여러 번 어미 소의 엉덩이를 쓰다듬어 주고 배를 어루만지면서 속삭였다.

"자아, 애야 아가야, 이제는 세상 밖으로 나와야지. 엄마 힘들게 하지 말고…… 이렇게 오래있으면 너도 힘들고 엄마도 힘들어. 착하지, 몸을 돌려 머리를 내밀어라, 착하지……"

그렇게 처치를 하면서 은수는 진동주를 돌아보았다.

"사무실로 먼저 들어가세요. 저는 출산하는 것까지 확인하고 갈게요. 제가 여기서 퇴근하도록 허락만 해 주시면…… 차편 걱정은 안 하셔도 되겠어요. 출산만 무사하게 끝나면, 큰길까지 이 댁 트럭이라도 타고 버스 정거장으로 가겠어요."

명령 아닌 제안이었지만 거역할 수가 없었다. 목장주는 고맙기도 하고 미안하기도 한지 서둘러 만류했다.

"그럴 것까지 없습니다. 자궁수축 주사를 놓았으니 좀 기다리면 출산하겠지요. 걱정 마시고 함께 가세요. 더구나, 언제 낳게 될는지도 모르는데……"

"그래서 제가 남아 있으려고 그러는 거예요. 어미가 불안하다고 그러네요. 이 어미의 눈을 보세요. 절 보고 가지 말라네요."

어미 소의 눈에 눈물이 계속 그렁그렁했다. 목동들과 대여섯 사람들이 둘러서 있었다. 동주는 은수를 남겨놓고 돌아오며 울

몰이꾼(驅軍)

렁거리는 가슴을 쉽게 추스르지 못했다. 출산 앞둔 어미 소하고 이야기를 나누던 은수의 얼굴이 계속해서 어른거렸다.

7

"아아! 우리 아빠는 우주인! 아빠는 우주인이다!"

늦장가를 가서 삼십 중반에 얻은 초등학교 1학년짜리 아들이, 하얀 방역복에 헤어 캡, 눈가리개로 고글까지 쓰고, 이리 뛰고 저리 뛰는 아비를 티브이에서 본 뒤, 우쭐해서 내지른 소리였다.

"아빠! 아빠는 우주인 맞지요?"

매달리며 좋아라! 경정거렸을 때, 그저 잠깐 웃었지만, 다음 순간 아들의 천진한 모습은 아비의 가슴에 칼이 되어 날아왔다. '어쩐다…… 아들이 살아가야 할 앞날을 어쩐다?……'

"비상(非常)! 초비상!"

〈A시(市), 고병원성 확진에 구제역 동시 발생! 축산업계 피해(被害) 눈덩이처럼 불어나!〉〈지난 2008년, 9건의 AI발생으로 179 농가에서 78만 3천 마리의 닭과 오리 살처분, 334억 원 직간접 피해 입었고, 금년 11월, A시 S면(面)의 오리 1천여 마리 폐사, 고병원성 H5N1형으로 확진. 116개 농가에서 키우는 닭과 오리 530만 마리 중. AI 발생 농가 인근 500m 내에 있는 닭

땅끝의 달

5만 5천 마리 살처분 예정〉

　11월로 접어들며 날씨가 급격하게 영하권으로 내려가자, A시 축산과에 걸린 비상은 전투 개시 발령이었다. 경북에서 발생한 구제역이 파주를 거쳐 A시로 달려든 것이다. 그러지 않아도, 고병원성조류인플루엔자 발생! 집집마다 김장으로 바쁜 철에 계사(鷄舍)의 주인과 오리농장 주인들이 정신없이 뛰던 발길이 숨 돌릴 사이도 없었는데, 조마조마하던 일이 드디어 여보아란 듯이 달려들었다. 고병원성조류인플루엔자에다 구제역이라니!

　고병원성인플루엔자는 인수(人獸)공통 전염병으로, 닭이나 오리 등으로부터 사람에게 전염되면 사망으로까지 가는 전염병이다. 전 세계적으로 사망자가 늘고 있어, 역병(疫病)이 들렸다 싶으면 쉽게 확산되어 세계가 긴장하는 전염병이다. 더구나 공중으로 마음 놓고 날아다니는 철새들이 옮겨주는 병이어서, 공중에서 퍼뜨리는 바이러스를 지상(地上)에서 잡는 일은 초급 단계를 뛰어넘을 방법이 전무했다. 위험한 병원균이 지구를 에워싼 하늘을 함부로 날고 있다. 지상에서 꿈틀거리는 인간들에게는 뾰족한 대책 없이—

　A시 축산과는 비상! 비상! 숨 돌릴 겨를이 없었다. AI 발생지가 나타나면 수천 개의 부직포 포대를 끌고 계사로 달려간다. 컨베이어 벨트, 산란계(産卵鷄) 케이지에서 닭을 꺼내 자루에 담기,

넓은 계사에서는 계사 입구 하나만 열고, 공무원들이 아구리를 열어놓은 부직포 포대 쪽으로 닭을 몰아간다. 새까만 눈을 또록 또록, 영문 모르고 공포에 질려 푸드득 푸드득 입구 쪽으로 쫓겨 가던 닭들이 포대 속으로 휩쓸려 들어가면, 날갯짓으로 아우성 치는 닭들의 버르적거림을 막무가내로 아구리를 악착스럽게 꽁 꽁 눌러 묶는다. 닭이며 오리를 장대로 몰아가는 몰이꾼들은 한 마리라도 놓질세라 눈에 불을 켠다. 포대 아구리를 열고 닭을 쓸 어 모으는 사람은 한 마리라도 더 포대에 담기 위해 눈에 불을 켜고…… 수천수만 마리의 닭들 중 어느 놈이 병든 닭인지 식별 할 겨를이 없다. 그저 몽땅 죽이자! 깨끗하게 죽여 없애는 방법 밖에 인간이 살길이 없으니까! 수천수만 마리가 오글오글 살아 가던 계사(鷄舍)는 죽기 살기의 살벌한 씨름 현장. 생체(生體)를 몰살해야만 하는 인간의 잔학은 하늘을 찌르고, 날개 달린 닭이 며 오리들은 죽기 살기고 한번 날아보겠다고 버르적거리는 전투 장. 살아있는 닭을 쓸어 담은 포대가 수백 개, 영문 모르고 태어 나 인간의 입치레를 하던 일에는 명분이나 있었다. 이건…… 어 느 한 마리가 병들었다고, 한꺼번에 살생당하는 포대 자루에서 닭이며 오리들은 날갯짓마저 빼앗긴다. 그렇게 대형 트럭으로 올라가면 트럭은 당당하게 닭 무덤을 향해 달린다.

"말도 말아요! 생매장지로 옮기는 운반차량 안에서 죽으러가 는 닭이라고 똥오줌을 안 싸겠어요? 만일 닭이며 오리가 죽으러

땅끝의 달

가는 것을 알고 있다면, 그들이 싸지르는 똥오줌에 얼마나 무서운 독이 섞였겠어요?"

농과대학 축산과 졸업 후에 공무원 시험을 치르고 들어온 신입(新入)의 기염이다. 푸득푸득 아우성치는 닭을 부직포 자루째 매장지에 쓸어 넣고 나면, 운반차량에는, 닭 오리가 공포에 질려 버르적거려 가며 싸지른 오물이 덕지덕지, 이동 경로부터 차량을 소독하는 일 또한 간단치 않았다. 인간이 저 잘 먹고 입맛 돋아가며 살자고 꾸역꾸역 가금류를 키우다가, 수틀려 생매장하고 난 뒤처리가 깨끗하고 간단할 리 없었다. 횟수 거듭되는 생매장 뒤처리에서 인간은 조금씩 약아지고 꾀가 늘었다. 매몰구덩이 바닥과 측면에 혼합토를 덮고, 그 위에 고강도 비닐 방수포를 깔고, PVC 등 재질로 만든 홈통을 이용하여 사체(死體)에서 흘러나오는 가스와 용출수를 뽑아내는 배수관을 설치한다. 고병원성은 날이 갈수록 극성이고, 전국 AI 발생지도는 갈수록 늘어, 25개 시, 군, 구(區) 53개 농가에 발생, 발생지를 표하는 전국 지도에 붉은 점이 계속 늘어갔다.

아직 전염 확산이 되지 않은 지역에서는 닭, 오리 등에 대한 혈액, 분변(糞便)검사, 모니터링 확대실시, 종계장(種鷄場) 종(種) 오리농장에 대한 조류인플루엔자 일제검사 추진, 종 오리농장 채혈은 계군별로 20수 이상 균등 분할하여 채취할 것. 육용 오리농장 및 도축장 오리는 농장 당 20수 이상 채취할 것…… 그렇게 고병원성인플루엔자로 직원들의 밤샘이 늘어가는데, 엎친 데 덮쳐 구제역까지 발생, 비상! 비상! 인간이 허둥거리고 뒤집어엎을 듯 난리를 치는 가운데, 진군(進軍)하는 그것들은 총소리도 군화 소리도 없이, 형제도 없이 밀려들었다.

A시의 공무원들은 한숨이 아닌 낙담으로 한동안 주저앉았다. 영육(靈肉)이 함께 지쳤다. 그래도 1차 경험에서 얻은 지식을 철저하게 이용해야 했다. 관심의 초점이 된, A시(市). 신문이며 방송, 티브이는 A시의 구제역 현황 보도로 영일이 없었다. A시 시장(市長)은 초주검 된 모습을 가까스로 추스르고 직원들을 독려했다.

"너무 걱정 말아요. 구제역방역초소 근무를 자청하는 사람들이 늘고 있어요. 시청 공무원 전원, 농협 직원, 축협 직원, 자원봉사자, 동네 주민들이 팔 걷어붙이고 나섰습니다. 힘내세요. 다만 각자 철저한 소독으로 건강관리를 잘 하는 일과, 교대 근무자와 교대한 뒤에는 무조건 휴식하며 영양 보충을 착실하게 하여 체력 소모가 되지 않도록 하깁니다. 여러분 모두는 나라를 위해 전쟁터에 나선 전사(戰士)들입니다. 아시겠습니까?"

눈에 보이지도 않고, 들리지도 않는 적과의 전쟁. 인간 삶의 현장이 갑자기 전쟁터가 되었다. 상부에서 파견된 축산정책관은

땅끝의 달

핏줄 뻗힌 눈으로 살기를 띠고 기계처럼 명령을 거듭했다. 현장 기동조치팀에는 군(軍) 경(警)지휘관급을 거느리고, 시장이 팀장이 되어 중앙초등대응팀, 상황총괄팀, 이동통제반, 소독실시반, 매몰지원반, 역학조사반을 지휘했다. 축산정책관은 이 모든 일들을 칼날처럼 다그쳤다.

8

하지만 살처분 현장에 투입되기로 한 봉사자들도 점점 수효가 줄었다. 살생(殺生) 현장이 상상을 초월한 처참이어서, 아무리 강심장인 봉사자도 더는 참가할 기력이 떨어졌기 때문이다. 공무원이 아닌 자원봉사자 동원 일력이 겪는 충격을 달랠 방법이 없었다. 어려운 상황에서 자원봉사자로 나섰던 봉사자들은, 가금류와 돼지가 매몰지로 끌려가는 현장을 한두 번 보고 나면, 귀가 후에 병석으로 쓰러지기 예사였다. 사람이라고…… 사람의 양심이 고통으로 쓰러지는 어쩔 수 없는 현장이었다.

한파 속 24시간 방역은 체력을 바닥냈고, 어제는 공무원 한 사람이 과로로 숨지는 사태까지 발생. 달리는 일손을 일용직 근로자로 채우다 못해, 하루 14~15만 원으로 외국인 근로자를 작업장에 투입했다.

몰이꾼(驅軍)

"구제역 및 방역기자제와 소독약품 완전합니까?"

"살처분 매몰자재 및 통제소설치용 소독시설 확보되었습니까?"

"매립용 FRP 정화조, 20톤짜리 20기, 매몰용 천막(특지 380g 50*15m) 20개! 겨울입니다. 전국이 얼어붙어요! 결빙방지용 소독시설 20기, 소독처소 대인(對人)소독시설 20기 확보 확인하세요! 구제역, AI 방지용 소독약품 2천kg, 생석회 5천 포 확보되었는지, 그리고! 인력 보호장구(藏救) 6백 세트 및 타미플루 4백 명 분이 확보되었는지, 확실한 점검 끝났습니까? 확실합니까?"

"확인, 다시 확인하세요!"

바이러스가 만든 노비(奴婢)와 포로…… 모두가 죄인이었다. 밥을 어디서 먹는지 잠을 어디서 자는지, 추위가 기승을 부리면 부릴수록, 바이러스는 호기롭게 퍼져, 전국 공무원들은 허둥지둥― 인간군(人間郡)이 아무리 일사불란해도, 휴전(休戰)은 있을지언정 종전(終戰)없는 싸움이 계속되었다.

〈한국 AI 첫 발생 2003년 12월, 다음해 3월 20일까지 102일 간, 10개 시(市), 군(郡)에 19건 발생, 역학적 상황 따라 닭, 오리 등 392 농가(農家), 한두 집이 아닌 사백여 농가에서 살처분 매몰한 숫자 52,850수(首). 5천 수가 넘는 닭이며 오리를 생매장. 발생 원인 및 전파 양상은 철새, 텃새를 통해 농장에 유입된 경우와, 이미 오염된 차량과, 불시에 오염된 것을 모르고 이 나라

저 나라로 떠돌아다니던 사람을 통해 감염, 더러는 동물 등에 의해 인근 지역에 퍼진 것으로 추정되기도. 살처분 보상금 첫해에 1천531억 원. 이어서 2006년, 11월 다음해 3월까지 104일간, 2008년 4월부터 5월까지 42일간, 살처분 보상금 582억 원과, 3,070억 원, 3차에 걸친 두꺼운 비닐 방수포 등 사용, 3차에 걸친 보상금 5,183억 원―〉 나라가 이만큼이나마 살만해서 보상금이나마 지급되지만, 앞으로 닥칠 일은 또 얼마나 지루한 싸움이 될는지 막막했다. 나라를 뒤흔드는 이 바이러스 전쟁을 언제까지 치러야 할는지 알 수 없는 일이었다.

불과 반세기 전까지만 해도, 닭은 시골집 마당이나 뒤꼍에서 구구구구 벌레를 찾아 쪼아 먹고, 알 겼는 소리로 횃대에 올라 알을 낳고 나면, 활활 홰를 쳐가며 으스대듯 알 낳았음을 알리는 암탉의 홰치는 소리가 한가로운 세상이었다. 외양간에는 식구보다 더 소중한, 농사 돕는 소 한 마리가 있거나 새끼를 품는 암소 한 마리 정도가 든든한 재산이었다. 외양간은 없어지고, 육우(肉牛)를 꾸역꾸역 키우는 대형 목장과, 앞마당의 어미 닭은 사라지고, 공장에서 기계로 알을 깨고 나온 닭이 수천수만 마리로 늘어나, 닭 공장 안의 케이지에 한 마리씩 갇혀, 자동화 기계로 돌아가는 컨베이어 벨트 사료 통에 고개를 틀어박고, 찢어지게 밝은 전등 불빛 속에서, 스물네 시간 사료를 쪼아 먹고, 알을 낳는 것이 아니라 줄줄이 알을 빠트린다. 어둠이 무엇인지, 알을 낳는지 빠뜨리는지, 횃대도 없이 잠이라는 것을 아예 잃고 알을 쏟아낸다. 그렇게 살다가 튀김공장으로 넘겨지거나 털 뽑힌 날 닭이 랩에 쌓여 시장이나 마트로 가 인간의 입치레로 마감되는 생명체였다. 병아리 감별사에게 감별된 암평아리는 그렇게 자라, 닭 공장으로 가고, 수평아리는 태어나자마자 마대 자루에 쓸려 들어가 그 길로 비료 발효기로 들어간다. 그렇게 수평아리를 쓸어 넣은 발효기가 돌아가기 시작하는 순간, 수평아리들이 삐악, 삐악거리는 마지막 생명울음이 기계 소리에 말려들어가…… 다 자라지도 못한 중닭은 수천수만 마리가 삼계탕이 되어 인간의 배를 채운다. 닭도 오리도 까만 눈 말똥말똥한 생명체다. 그것을 인구 폭발로 늘어난 인간이 배를 채우겠다고, 기하급수적으로 숫자를 늘려 꾸역꾸역 키우다가, 그중 단 한 마리라도 전염병에 걸리면, 수천수만 마리를 한꺼번에 살처분해 버리는 일이 일상사가 되었다.

어른 아이 할 것 없이 게임 중독에 걸려, 밤이고 낮이고 게임기 앞에서 "죽여! 죽여!"를 외치던 일상이, 게임판에서만이 아니라 일상에서 생명체를 살처분하는 풍속(風俗)이 되어, 생각도 감각도 없이 이어지고 있다…… 인간은 드디어 지구상에서 가장 흉악하고 포악한 포식자(捕食者)가 되었다. 그러나 밤낮 육식으로 미식(美食)을 만들어 포식하기 위해 그렇게 어마어마한 숫자의 생명체를 죽이고 있으면서도, 자신들이 무엇을 저지르고 있는지 두려움을 모르는 이상한 동물이 되어가고 있다. '어쩌자고 나는 축산과 직원이 되어 닭이며 돼지를 살처분 무덤으로 몰아가는 몰이꾼이 되어 밥벌이를 하게 되었는가. 이 일을 대체 언제까지 해야 하는가……' 진 계장의 회의(懷疑)는 어둠이었다.

　미친 듯이 달리고 달리던 하루를 보내고 잠자리에 누우면, 진동주의 잠은 잠이 아니고 악몽의 수렁이었다. 자신이 세상에서 가장 흉악하고 괴이한 짐승이 되는 꿈이었다. 평화스럽게 놀고 있는 닭이며 오리를 한 마리도 남기지 않고 구덩이에 쓸어 넣어 죽이고, 돼지와 소를 구덩이로 몰고 가는 몰이꾼의 꿈이었다. 살겠다고, 살겠다고 길길이 뛰며 아우성, 단말마의 소리를 질러대는 돼지며 소를 악착같이 주검의 구덩이로 몰고 가는 꿈이었다. 그러다가 돼지와 소가 질러대는 단말마 속에서 자신도 돼지가 되고 소가 되었다가 다시 오리며 닭이 되어 살처분장으로 끌려가는 꿈이었다. 끌려가지 않겠다고 발버둥 치며 소리치다가 전신이 소나기 맞은 것처럼 흠뻑 젖어 깨어나고는 했다. 그렇게 눈을 뜬 아침이면 당장 축산과 출근을 그만두고 싶어졌다. '도대체 인간 하나 하나, 인간이 살아가는 동안 육류를 얼마나 소비할 것이며, 단순 사육(飼育)이 아닌 대형 공장 수준의 인간 탐욕의 현장에서, 생명체를 생매장으로 살처분하는 일이 얼마나 더 이

몰이꾼(驅軍)

어질 것인가.'

9

　A시, 산언덕 한옆에 자리 잡은 넓은 돼지농장— 7천 마리 중 구제역에 걸린 것은 두어 마리라는데, 멀쩡한 7천 마리가 한꺼번에 구덩이로 들어가야 했다. 한번 홍역을 치른 경험을 살려 A시 축산과는 일사분란. 돼지들이 뿔뿔이 달아나지 못하도록, 돼지들을 구덩이로 몰고 가는 길에 지주목을 박고 차수막(遮首幕)을 쳤다. 몰려 들어가는 돼지들의 아우성을, 새로 실려 오는 돼지들의 눈에 띄지 않게 하여 소란을 줄일 계획이었다. 그러나 돼지들도 무슨 낌새를 챘는지 그 길을 곧바로 가려고 들지 않았다. 그 많은 돼지들이 일제히 그야말로 돼지 멱따는 소리를 질러대면 천지는 금방 핏빛이 되었다. 그리고 그 길을 가지 않겠다고 유난히 뒤뚱거리는 돼지에게는 여러 사람이 달려들어 몽둥이질을 해야만 했다. 축산과 직원들뿐 아니라 시청 직원들이 동원되고, 일부 차출된 군인들까지 동원되었지만, 필사적으로 죽음의 길을 피하겠다는 돼지들을 구덩이로 몰아가는 일은 살벌한 전쟁이었다. 더러 어린 새끼들은 얼마 전까지 미리 주사기로 처분했지만, 젖을 먹이던 어미 돼지가 목놓아 소리치는 단말마는 몰이꾼들을 주저앉게 만들었다. 살처분 작업은 지상명령이지만, 이

럴 수가…… 이럴 수가…… 인간이 탈을 쓰고 생명을 이렇게 무더기로 살생을 하다니— 시퍼런 하늘 아래. 무시무시한 살육 현장에서, 인간이야말로 포식자 중에 가장 포악한 포식자가 되는 현장에서, 진동주는 계속 전신을 떨었다. 한동안 조용했기에, 설마…… 했더니, 병원균은 편안해 하는 인간의 꼴을 더는 방치할 수 없겠다고 확실한 진군(進軍)을 시작한 것이다.

밤에 악몽에 시달리다 식은땀에 젖어 깨어나면, 그 자리가 이승인지 저승인지……며칠 전, 악몽으로 몸부림치던 남편을 흔들어 깨운 동주의 아내가 어둠 속에서 숨을 고르더니 한숨 끝에 조심스럽게 입을 열었다.

"당신 이러다 무슨 일 나겠어서 너무 무서워요. 내가 무슨 말로 당신을 위로하고 무슨 말로 힘이 되어 드리겠어요. 그저…… 기도할 뿐이네요. 그런데 지난 주일 목사님 설교에 기가 질렸어요. 요즘…… 세상을 뒤집는 구제역 때문에 목사님도 걱정이 되셨는지……〈전도서 3장에 있는 말씀하고 시편 36편에 있는 말씀〉이 주제였어요. 〈하나님은 사람이 짐승과 마찬가지라는 것을 깨닫게 하시려고 사람을 시험하신다……〉 그리고 시편 36편에서는 〈……주님의 공평하심은 깊고 깊은 심연과도 같습니다. 주님, 주님은 사람과 짐승을 똑같이 돌보신다.〉 지금까지 우리는 짐승이 사람 위해 태어나고 사람 위해 도살되는 존재라고만 알

몰이꾼(驅軍)

았었는데…… 목장을 경영하시는 아버님과 시청 축산과에서 일하는 당신이 한없이 든든하고, 우리 목장의 소들이 대견하기만 했는데…… 당신이 이렇게 고통스러워하는 일을 겪으면서…… 어떻게 해야 할는지……모르겠어요."

진동주는 어둠 속에서 멀거니 눈을 뜨고 아내의 말을 들었다. 성경에 그런 말씀이 있더라고? 하지만 축산(畜産)…… 어차피 잡아먹히기 위해 태어나 도살당하기는 마찬가지 아닌가? 하지만……잡아먹히기 위해 목숨 내놓는 것과, 수천수만 마리가 한 구덩이에 생매장당하는 것이 같을 수는 없지…… AI는 인수공통전염병(人獸共通傳染病)이라니, 인간이 소 돼지 닭, 오리들과 함께 그 병으로 죽을 수도 있다니…… 인간이 닭이나 오리하고 크게 다를 것도 없단다. 사람이 조류인플루엔자에 걸리면 살아남기 어렵다니, 죽은 뒤에, 닭하고 오리들의 혼(魂)과 뒤섞여 쪼이고 밟히는 일은 없겠는가.

그는 자리에서 일어나 아내가 들고 다니는 성경을 펼쳤다. 〈……사람에게 닥치는 운명이나 짐승에게 닥치는 운명이 같다. 같은 운명이 둘 다를 기다리고 있다. 하나가 죽듯이 다른 하나도 죽는다. 둘 다 숨을 쉬지 않고는 못 사니 사람이라고 짐승보다 나을 것이 무엇이냐? 모든 것이 헛되다. 둘 다 같은 곳으로 간다. 모두 흙에서 나와서 흙으로 돌아간다. 사람의 영은 위로 올라가고 짐승의 영은 아래 땅으로 내려간다고 하지만 누가 그것을 알겠는가?……그리하여 나는, 사람에게는 자기가 하는 일에서 보람을 느끼는 것보다 더 좋은 것은 없다는 것을 알았다. 그것은 곧 그가 받을 몫이기 때문이다. 사람이 죽은 다음에, 그에게 일어날 일들을 누가 그를 데리고 다니며 보여주겠는가?〉

그랬던가, 인간이 금수(禽獸)하고 다를 것이 아무것도 없었던가…… 무심히 책장을 넘기다가 전도서의 5장 20절이 눈에 들어왔다.〈……덧없는 인생살이 크게 마음 쓸 것 없다……〉그는 다시 불을 끄고 어둠 속에서 하염없이 우두커니 앉아있었다.

*

A시(市)기동방역기구 인원 편성에서, 이동통제반에는 건설행정팀장과 교통행정팀장이 주동이 되고, 상황총괄반에는 축산과장과 동물방역팀장이 배정되었다. 살처분반(班)이 구성되는 즉시, 해당 농가에 살처분 명령서와 함께 준수사항이 전달된다. AI가 발생하거나 구제역이 발생하면, 그중 막중한 몫을 감당해야 하는 곳은 당연히 축산과였다.

신은수는 진동주 계장을 따라 나서면서 백랍처럼 얼어붙은 얼굴을 들지 못했다. 수천 마리를 한꺼번에 생매장 매몰해야 하는 명령장을 전달받게 될 농가 주인을 만날 일이 난감했다. AI 확진 농가에 도착, 생닭, 살아있는 오리를 부대에 쓸어 넣는 현장 입구에서, 마대 자루 아구리를 틀어잡고 있던 은수가 정신을 놓았는지 잠깐 주저앉았다. 은수의 얼굴은 살아있는 사람의 얼굴이 아니었다. 진동주는 은수를 그곳까지 투입시킨 과장을 향해 소리 질렀다.

"아, 여직원을 여기에 투입시키면 어떻게 해요?"

"일손 달리는데 어떻게 해? 고양이 손이라도 빌릴 지경이라는 것 몰라?"

진동주는 계사 뒤쪽으로 은수를 끌고 갔다.

"아무 말 말고 여기 앉아 쉬어요. 꼼짝 말고!"

은수는 초점 흐려진 눈을 멀거니 뜨고 허공을 바라볼 뿐 말이 없었다. 그로부터 세 곳 계사(鷄舍)의 오리와 닭을 처리한 뒤, 일단 시청 사무실로 돌아올 때까지도, 은수는 정신 나간 얼굴로 줄레줄레 따라 왔을 뿐 입을 열지 않았다. 하지만 축산과 직원들을 기다리고 있는 것이, 이번에는 닭이나 오리가 아니라 그 무시무시한 덩치의 돼지들이 살처분이었다. 아직 해가 남아있는 동안 단 한 곳이라도 돼지들을 매장지로 몰고 갈 일이 남아있었다.

"자! 자! 정신 바짝 차리자고! 구제역 바이러스와의 싸움이지 살아있는 돼지들하고의 싸움이 아니라고!"

"너무 하잖아요? C도(道) 시청에는 전기 충격기하고 이산화탄소가 배정되어, 매장지로 가기 전에 돼지들을 안락사 시켜 수월하게 시체를 옮긴다는데…… 그래서 비록 돼지들이 고통스럽게 죽기는 하지만 매장지로 몰려가고 몰아가는 피차 끔찍한 전쟁은 면하고 있다는데, 왜 우리에게는 배정이 안 됩니까? 우리한테 무슨 미운 털 박혔어요? 우리가 당국에 무엇 잘못한 것 있느냐고요?"

축산과 직원 하나가 억울하고 분해서 펄펄 뛰었다. 한두 마리 병든 것 때문에 멀쩡한 생물을 생매장하는 일에서, 그나마 안락사에 많이 쓰이는 것은 이산화탄소였는데, 그것을 배정받지 못한 항의가 빗발쳤다.

"낸들 알겠어? 모두가 죽이는 일에 눈이 뒤집혀 미쳐 돌아가는데, 어디서 무슨 일이 어떻게 벌어지는지 모를 수밖에! 자! 자! 어떻든 오늘 운수에다 맡기고 어서 출발!"

과장은, 시퍼렇게 얼어붙다가 터진 입술에 침을 발라가며 독려했다. 며칠째 밤을 새운 과장의 초췌한 모습과 터진 입술을 외면하고 은수는 무겁게 고개를 숙였다. 이론대로라면 수천수만 마리를 매장지로 몰고 가서 살처분 생매장하는 이 짓은 인간이 할 일이 아니었다. 유럽 등 축산 선진국에서는, 이런 경우에 질소가스 거품을 개발해서 쓰고 있다. 그것은 동물이 고통을 느끼기 전, 폐사(廢死) 직전에 무산소증으로 기절하게 만들어 고통을 덜어주는 약품이었다. 진동주는 돼지몰이에 나설 때, 은수에게 상사(上司)답게 명령조로 말했다.

"그냥 사무실에서 기다려요. 누가 무어라 할 사람도 없어요. 어차피 은수 씨가 무슨 기운으로 돼지몰이에 끼겠어요? 정 미안하면 이따가 방역초소 근무 때나 합류 나오도록 하고……"

A시는 전국의 축산 약 3%에다, 경기도 안에서도 13%를 차지하는 도농(都農)복합 시(市)로, 사육 규모뿐 아니라 두(頭) 수에서도 다른 지역과 비교가 되지 않을 만큼 사육장이 많은 곳이었다. 그렇게 숫자가 많다보니 감염에 쉽게 노출될 가능성도 컸다. 그리고 일단 감염이 되었을 경우 걷잡을 수 없을 만큼 확산이 빠를 수밖에 없었다. 고병원성 AI에다 구제역까지 덮친 A시의 공무원 중에서도, 축산과 직원들은 지옥의 바닥을 헤맸다. 사람답게 살아가는 것이 어떤 것인지를 까맣게 잊어버린 나날이 이어졌다. 방역상황실과 현장 모두가 아수라장. 질서, 체계, 명령하달, 상관, 부하, 그저 이리 뛰고 저리 뛰며 서로를 제대로 알아볼 엄두조차 낼 수가 없었다. 가축 매몰지(埋沒地)조성 관리지침에 따라 정해진, 사체(死體) 매몰처리를 위한 준비는 차수막(遮首幕) 설치부터 시작되었다. 아직 전염이 되지 않은, 몸무게 2백 킬로가 넘는 거구의 어미 돼지들이 젖을 출렁출렁 늘이고 우리에서 나올 때는, 우리 밖 세상에서 무엇이 기다리는지도 모르고 다소 들뜬 듯 꿀꿀거리며 몰이꾼들 앞으로 줄레줄레 밀려가다가, 대형 트럭에 옮겨 싣기 위해 페이로드를 들이대면, 그 장비 앞에서

갑자기 집채만 한 몸뚱이가 얼어붙는다. 무슨 낌새를 채고 숨죽여 멈춘 채 꼼짝도 하지 않는다. 몰이꾼들도 숨이 멎는다. 떠밀어도 꼼짝 않는 돼지. 몰이꾼들이 몽둥이를 들고 달려들어도 '잡아 잡수!' 꿈쩍 않는 물컹한 생체(生體)가 바윗덩어리다. 처절한 전쟁의 시작. 주검의 구덩이로 몰아가려는 사람과, 그렇게 죽을 수는 없다고 어마어마한 덩치로 버티는 가축과의 대결이다. 몰이꾼들의 눈에 핏발이 서기 시작. 목구멍 포도청! 직업을 잃지 않고 살아가기 위한 투쟁이다. 떼를 지어 몽둥이를 들고 달려드는 인간군(人間群)과, 떼주검을 면하겠다는 돼지들과의 사투(死鬪). 그래도 죄 없는 짐승보다, 시간은 악착스러운 인간의 편이었다. 하늘과 땅 사이에서 생명이 생명을 몰살하겠다는 인간의 의지는, 무시무시하게 저항하는 돼지들을 끝내 페이로드에 밀려 올리는데 성공한다. 그렇게 장비에 실린 돼지들을 대형 트럭에 쏟아놓으면 돼지들의 단말마는 하늘과 땅을 뒤흔든다. 그렇게 앞서간 돼지들의 단말마는, 뒤에 줄지어 있던 돼지들에게 사태 파악을 알리는 신호. 새로운 사투(死鬪)의 시작이다. 구덩이로 밀려들어가는 돼지들은, 몸체에 비해 짧은 다리를 버둥거리며 필사적으로 버퉁기며, 마지막 생명저항의 소리치기로 하늘을 흔들고 땅을 뒤집었다. 돼지들은 차수막 길이 저들의 무덤으로 가는 길이라는 것을 알았다. 본능은 생명 힘이었다. 그 생명 빛이 마지막 저항을 시도(試圖). 주검을 면하겠다고 몸부림쳐댔다.

축산과와 시(市) 공무원들과 군인들까지 동원된 살처분 근처
는 지옥이었다. 광분(狂奔)의 돼지몰이! 단말마로 하늘과 땅을
맞붙게 만드는 돼지들보다, 더 충혈된 눈을 뒤집어쓰고 달려드
는 인간은 이미 인간의 형상을 잃어버린 뒤였다.

어느 순간 숨이 턱 막히던 진동주는 정신이 번쩍 들었다. 이게
무어야? 이게 무어야? 현장이 너무 처참하여 그 땅에다 얼굴을
처박고 그대로 엎어지고 싶었다. 그 순간, 문득 몇 사람 저 쪽에
서있는 은수가 눈에 띄었다. 사무실에서 기다리기 미안했던지
몰이꾼들 뒤에 서있던 은수의 새파랗게 질린 얼굴이 눈물범벅이
었다. 눈물로 얼굴을 적신 은수가, 몽둥이질에 밀려가던 어미 돼
지를 바라보고 있었다. 구제역 병이 들어, 발굽 빠져 피범벅이
된 돼지였다. 그 돼지는 항거도 못하고 비칠, 비칠 구덩이 쪽으
로 밀려가며 계속 피를 흘렸다. 은수는 눈물 젖은 얼굴을 돌리지
않고 차수막으로 밀려가는 돼지를 계속 바라보고 있었다. 병든
돼지는 발굽 사이로 수포가 터져, 그 고통이 얼마나 심할 텐데,
한 걸음 한 걸음…… 조금 가다가는 넘어지고, 몽둥이질에 다시
일어난 뒤에는 똑바로 걷지 못해 무릎을 꺾고 절룩절룩 기어갔
다. 그 뒤를 따라가는 새끼 돼지 몇 마리— 주사약을 만나지 못
한 새끼들인지, 태어난 지 한 달도 안 되는 앙증맞은 새끼는 영
문도 모르고, 피를 철철 흘리며 무덤을 향해 무릎으로 전진하는

어미를 따라 아장아장 걸었다. 태어나서 단 한 번, 무덤으로 가는 길에서 햇빛을 보고, 그 길이 무슨 길인지도 모르고 따라가는 어린 생명체— 공포의 본능조차 갖추어지지 않은 어린 목숨. 무방비, 무방비로 태어난 새끼들…… 야생(野生)이랄 것도 없이, 우리 속에서 그저 순하게 태어났던 생명체였다. 얼마 전까지는 새끼 돼지들을 주사로 처리하더니, 약이 하달되지 않았는지, 새끼들을 어미에게 딸려보내는 현장이었다. 전염되지 않고 생으로 몰려가는 다른 돼지들은, 걷지 못하는 모돈(母豚) 뒤에서 더 길길이 날뛰며 오던 길로 되돌아가겠다고 몰이꾼들에게 덤벼들었다. 생존 현장의 잔혹한 진실. 고개를 돌린 은수의 얼굴이 소나기 맞은 것처럼 젖었다. 은수의 얼굴로만 소나기가 쏟아지는 것 같았다. 동주는 동료들에게 등을 떠밀리면서 커엉! 자신도 모르는 소리를 질렀다. 저 돼지들의 단말마는 이 땅에 무엇으로 남을 것인가? 생명을 얻어 잠시 머물던 이 땅에서, 생으로 죽임을 당하는 저 돼지들은 죽어가면서 이 땅에다 무엇을 남길 것인가?

*

해가 지면 추위는 살을 저몄다. 축산과 직원에게는 살처분 작업 뒤에 보상업무까지 뒤따라온다. 매몰지 일로 초주검이 된 몸을 이끌고, 텅 빈 돼지 축사의 주인을 만나러 가야 했다. 수천수

몰이꾼(驅軍)

만 마리를 키우던 돼지우리에 적막이 감돌았다. 전염되지 않은 돼지들까지 생으로 매장당한 뒤에 휑하게 비어있는 축사(畜舍)의 적막 속에는 휘휘한 원혼(寃魂)이 웅크리고 있었다. 그런데, 한옆 어둠 속에서 시청 직원들이 포클레인으로 구덩이를 파고 있다. 돼지들이 먹다 남긴 사료를 퍼날러 구덩이에 묻는 일이었다. 남은 사료 속에 구제역 바이러스가 묻어있을는지 모르는 일이었다. 얼어붙은 사료를 깨부숴 가며 부대에 담고, 그것을 구덩이에 쓸어 넣는 작업이 계속되고 있었다. 살처분만으로 끝나지 않는 전쟁. 농가와의 보상 문제며, 매몰지 주변정리, 축사에 남은 사료처리, 소독 문제로 축산과의 작업은 끝날 날이 아득했다.

*

그날의 살처분 작업이 끝나면 작업복, 작업화, 캡이며 온갖 것을 활활 타오르는 불 속에 던져 소각한 뒤, 전신을 소독, 예방약 타미블루까지 복용하면 그날 작업은 끝나는 줄 알았다. 하지만 보상업무가 뒤따르고, 다음에 기다리는 것은 방역통제초소 근무였다.

대도회가 치르는 크리스마스의 들뜬 분위기 속에서는 화려한 인파가 흘러간다. 캐럴이 울려 퍼지는 가운데 백화점 쇼윈도의 화려한 점등(點燈) 트리며, 예쁘게 포장한 선물상자들이 산처럼

　　　　　　　　　　　　　　　　　　　　　땅끝의 달

쌓여 있고, 희희낙락 선물 보따리를 안고 주차장으로 몰려가는 사람들은 평생 두려움이나 슬픔과 만날 일이 없는 사람들처럼 보였다.

A시의 외곽도로며, 고속도로 진입로에 덩그렇게 설치된 방역 초소는 춥고 쓸쓸했다. 날씨는 여보아란 듯 날로 심하게 얼어붙었다. 뉴스에서는 인근 지역으로 확산되는 구제역 보도가 계속되고, 방역을 위해 근무하던 사람들이 심한 감기에 걸려 쿨럭거리고, 손이나 발에 동상(凍傷), 더러는 교통사고로 입원하는 사례가 늘었다. 기승을 부리는 추위 속에서 구제역 바이러스는 보이지 않는 악마의 위력을 조금도 늦추지 않는다. 방역기(防疫機)는 계속 영하권으로 꼬나 박히는 추위에 자주 얼어붙어 가동을 멈추었다. 얼어붙은 방역기를 녹이는 일은 통제소 근무자들이 겪는 또 한몫의 지옥 전쟁이었다.

*

신은수는 방역초소 근무를 떠나는 진동주를 따라나섰다.

"퇴근하지 그래요? 은수 씨가 초소 근무까지 할 일 아니잖아요?"

근심스러운 얼굴로 은수를 만류하는 동주를 바라보며 은수는 미미하게 미소를 띠었다.

몰이꾼(驅軍)

"그냥…… 아까, 계사(鷄舍) 입구에서 내가 주책 부렸을 때, 계장님이 정 미안하면 나중에 방역초소 근무라도 하라고 하셨잖아요? 방역초소 안은 조용할 것 같아서…… 저 따라가는 것 싫으세요?"

"아니 싫은 게 아니라, 오늘 종일 고생했는데 퇴근해서 쉬지…… 뭐 할라고……"

"그래도 데리고 가 주세요, 오늘만…… 계장님 근무 파트너가 심한 감기로 결근, 혼자 가시게 되었잖아요?"

"하긴…… 갔다가 힘들면 내가 집에까지 데려다 줄게요."

"그럴 일 없을 거예요."

매몰지로 돼지를 몰아가던 몰이꾼들 가운데서 하얗게 질렸던 은수의 얼굴, 그리고 구제역에 걸려 물집과 피를 흘려가며 꺾인 무릎으로 절뚝절뚝 매몰지로 가던 어미 돼지 뒤를 졸래졸래 따라가던 새끼 돼지를 보다가 눈물 보를 터뜨렸던 은수의 얼굴, 계사 입구에서 포대 아구리를 들이대고 있다가 주저앉은 은수가 지금은 무표정했다. 하지만 파트너 없이 홀로 근무하게 될 동주를 따라오겠다는 은수가 한편 고마웠다. '그래…… 은수 너는 이 밤의 초소 근무를 함께할 전우(戰友)로구나.' 추위로 득득 얼어붙는 추위 속에서 밤을 지내야 하는 동주에게, 그 밤은 가족도 친구도 동료도 없이 하늘 아래 홀로 뚝 떨어진 고독한 존재였는데, 뜻밖의 전우가 생긴 것이다.

방역초소는 고속도로가 건너다보이는 IC 근처였지만, 강추위 탓인지 차의 내왕은 많지 않았다. 세 평 남짓한 초소에는 간이침대, 작은 책상 하나, 그리고 스티로폼과 전기장판에다 전기난로가 있어 안온한 편이었지만, 초소 밖으로 뿌려진 염화칼슘이 얼어붙어, 시간마다 그것을 녹이는 더운물을 뿌려주거나, 도로 위에 얼어붙은 얼음을 깨어야 하는 일이 계속된다. 물탱크에 연결된 호스가 얼지 않도록 자주 물을 뽑아주고, 길 위에서 얼어붙는 염화칼슘 얼음을 깨야 했다. 시간마다 염화칼슘 탱크를 점검할 일이 있어 잠시도 눈을 붙일 시간은 없었다. 도로가 얼어붙는 것을 감안, 경사면을 찾아 초소를 정했어야 할 일이었지만 평지에 끌어다 놓은 컨테이너 주변은 온통 얼음바다였다.

동주는 전기 주전자에 물을 채우고 코드를 꽂으며 은수를 돌아보았다.

"무슨 차를 할까? 저녁이나 제대로 들었어요?"

은수는 동주의 말에 엉뚱한 말부터 시작했다.

"제가 오늘……세상에서 마지막 불평을 쏟아놓으려고 따라왔는데요. 들어주실 분이 오직 계장님뿐이라서…… 그저…… 왜였는지는 모르지만, 계장님께서는 받아주실 것 같아서……"

"마지막 불평이라니…… 무슨…… 그런……"

동주는 찻잔에 둥굴레차를 넣고 물을 붓다가 조금 놀란 얼굴로 물었다. 은수로부터 심각한 이야기가 아니라, 그냥…… 무슨…… 위로 같은 그런 시간을 기대했던 동주의 표정이 어두워졌다. 은수는 간이 책상 위에 팔꿈을 짚고 잠깐 한숨을 쉰 뒤에 입을 열었다.

"아까 돼지 매몰지에서 일 끝내고 사무실로 갔다가 나오던 길에 들린 곳이 B면의 목장이었어요. 포클레인이 목장에서 조금 떨어진 언덕에 구덩이를 파는 작업을 마무리하는 중이었어요. 어마어마한 구덩이에 비닐을 여러 겹 깔아 침출수가 땅으로 스며들지 못하게 하면서 약품을 들이붓고 있더군요. 그 목장은 그래도 무슨 특별한 대우를 받았는지 벌써 도착한 수의사들이 소들에게 안락사 시킬 주사를 놓고 있었어요. 축사에서는 이미 죽은 소의 머리나 다리를 밧줄에 묶어 중장비에 얹어 구덩이까지 끌어가고…… 그리고……구덩이 앞에서 무슨 일이 벌어졌는지……아시겠어요?"

은수는 말을 잇지 못하고 두 팔에다 얼굴을 묻었다. 그리고 죽은 듯이 조용했다. 호흡이 끊어진 사람 같았다. 동주도 더는 채근할 수가 없었다. 무엇을 보았기에…… 무엇을 겪었기에…… 엎드려 있는 은수의 등이 비장해 보였다. 다시는 얼굴을 들고 일어날 사람 같지 않았다. 얼마가 되었을까, 두 사람이 마시려던 찻잔의 차도 식었고, 실내 공기는 무거웠다. 얼마 만에 은수가 엎드린 채 입을 열었다.

"구덩이 앞에서 팀장이 소리쳤어요. '낫 들고 와라! 낫 가진 사람 빨리 오라고!' 인간이…… 숨을 쉬고 있다는 인간들이 하는 짓이……"

은수의 말이 거기서 끊어졌다. 매몰지에서의 낫질은, 죽은 소가 매몰된 뒤에 매몰지 속에서 소의 내장이 부패해 부풀어 터지는 것을 방지하기 위해 죽은 소의 배를 가르는 작업이다.

"낫을 든 사람들이 죽은 소에게 달려들어 낫으로 배를 찔러댔어요. 내장이 흘러나오도록…… 주사로 죽이고 다시 죽은 소에게 낫을 휘둘렀어요. 두 번 죽이고 있었어요. 소의 갈비뼈와 불룩하게 나온 배의 경계지점을 겨냥, 낫을 힘껏 찌르면 풍선 바람이 빠지듯 죽은 소의 배에서 바람이 피지직 새어 나왔어요. 저는요…… 저는…… 사형장의 집행관처럼 눈 똑바로 뜨고 그것을 지켜보았고요. 눈 똑바로 뜨고 숨도 쉬지 않고 그렇게 지켜보았고요! 그렇게! 제가…… 그렇게……"

은수의 숨이 다시 멎은 것 같았다. 한참만에 고개를 든 은수가 미미한 미소를 띠고 말을 이었다.

"일손이 모자란다고 달려든 자원봉사자 한 사람은 낫을 들고 우두커니 섰다가 공포에 질린 얼굴로 낫을 팽개치고 달아나 버리고…… 삼십대의 젊은이는 쭈뼛쭈뼛 망설이다가, 팀장에게 등 떠밀려 첫 낫질을 했지만 너무 어설퍼서 바람을 빼내지 못하고 무안해 했어요. 그렇게 몇 번 만에 아주 익숙하게 조준한 끝에 죽은 소의 배에서 피지직 바람이 새어 나오자, 무슨 경기에서

몰이꾼(驅軍)

우승한 것처럼 신나 하면서 낫을 휘둘러대던데요. 저는…… 그 모든 작업을 끝까지 지켜보았네요. 낫질하는 사람보다 더 독한 마음으로…… 눈 똑바로 뜨고요. 그렇게 배를 찔러 구멍을 내고, 묶고 있던 밧줄을 중장비에 걸어, 배를 찔린 소를 구덩이로 처박는 거였어요."

동주의 등줄기로 얼음 칼이 스쳤다. 어둠 속에서 얼어붙은 한밤중의 컨테이너 속은 무덤이었다. 아! 삶의 궤적에서 이런 순간을 만나다니— 한 송이 꽃처럼 나타났던 은수. 아스라한 향기로 다가온 은수. 당차 보이면서 따뜻했으며, 사람에게도 짐승에게도 가슴을 열어놓았던 은수. 동주는 몇 차례 처절한 구제역을 치르면서도 은수가 있어 견딜 만했다. 은수가 가만히 일어났다.

"계장님…… 저를 잠시 안아주세요."

갑작스러웠지만 조금도 이상하게 들리지 않았다. 비장한 요구였다. 동주는 조심스럽게 두 팔을 벌려 은수를 가슴에 안았다. 새처럼 작은, 새처럼 가볍고 아주 작은 은수가 동주의 가슴에 얼굴을 묻었다. 은수가 속삭였다.

"고등학교 이학년 때, 계부에게…… 제가 마시던 생수병에 무엇이 들었었는지…… 눈을 떠보니 벌거벗은 계부 옆에 제가 알몸으로 누워있었네요. 집을 나왔어요. 이후로 저는 괴물이었어요. 짐승만도 못한 괴물…… 그래서 수의(獸醫)학과로 진학하고 가축들하고 살려고 했어요. 짐승들의 눈이 얼마나 슬프고도 아름다운지 아시지요. 사람의 눈보다 선량해 보이는 것은 그 눈에 슬픔이 담겨있기 때문이에요. 사람들과 어울려 살다가 먹이가 되어 주검으로 끝나는 숙명적인 관계를 슬퍼하는 눈, 태어나는 순간 생명 약속으로 낙인찍히는 슬픔…… 가축이 병들었을 때, 저는 그 눈을 마주보며 늘 사죄하는 마음으로 그들을 치료해 왔어요. 때마다 만나는 소며 돼지들은 저를 알아본다는 듯 그 덩치를 저에게 맡기고, 더러는 눈에 그렁그렁 눈물을 담고 저를 오래오래 바라보데요. 그런데 이제는 가축들의 눈을 마주볼 용기가 없어졌어요. 다시는 그들 앞에서 내가, 내가 인간이라고 나서서 치료할 수가 없어졌어요."

말을 마친 은수의 이마로 동주의 눈물 한 줄기가 흘러내렸다. 은수가 고개를 들고 동주를 올려다보며 미소를 띠었다.

"아침에 교대할 팀이 올 때까지 저를 좀 재워주시겠어요?"

동주는 은수를 간이침대에까지 데리고 가서 눕도록 도왔다. 딸에게 하듯 동주는 은수에게 정성껏 모포를 덮어주었다. 눈물로 얼룩진 은수는 얼마 뒤에 그대로 잠이 들었다. 고요했지만 은수는 어디론가 날아갈 새처럼 웅크려, 잠들어 있는 몸이 한 줌이었다. 어쩐지 그 자리가, 이 땅에서 잠드는 마지막 잠이라는 느낌이 들었다. 동주도 어딘가로 떠날 사람처럼, 가족도 의무도 미래도 없이 간이 책상 위에 얼굴을 묻고 잠들었다.

*

　구제역 통제초소 밖에서는 물통과 소독기가 계속 얼어붙고 있었다. 동주는 잠에서 깨어나지 못했다. 주검 같은 잠이었다. 그들이 잠든 동안, 계속 분사(噴射)된 소독액이 얼어붙고, 또 얼어붙어 얼음 탑이 되었고, 아스팔트는 소독액과 물 섞인 얼음이 더께로 얼어, 자칫하면 지나가던 차들이 뒤집어질 판이었다.

　"아아니! 이 사람들 무엇 하는 게야? 이 난리 통에 잠을 잔다고? 정신 나간 사람들 아냐? 아니 이럴 수가! 이건 징계감이네, 징계감!"

　방역상황실에서 순찰 나온 과장이 벼락치듯 소릴 질렀다.

　"밖에서는 분사기에서 계속 빙수가 쏟아져 나와 얼음 탑이 되고 있는데, 시간마다 나와 보았으면 저 지경은 되지 않았을 것 아냐? 정말 정신 나간 사람들이네! 천막에 쌓여있는 염화칼슘도 얼어붙었다고! 시간마다 그거라도 뿌렸어야지! 이게 무슨 상황인지 잊어버렸나? 아이고 미치겠네! 미치겠어!"

　뒤따라 온 포클레인이 얼음산이 된 분사기 얼음 탑과, 길바닥 더께 얼음 깨트리는 소리가 요란했다. 진동주는 아무런 변명도 하지 않았다.

　"아니? 그리고 진 계장 근무 파트너가 왜 신은수야? 왜?"

　과장은 계속 악을 써댔다.

"하이고! 이 초소의 고무장갑하고 고무장화는 고등관이네! 건너편 초소에서는 시간마다 염화칼슘 뿌리고 길바닥 얼음 깨느라고 장화 속에 습기가 차서 손발에 얼음 박혔다고 난리를 치는데…… 이 선남선녀 파트너는 태평하게 주무셨어? 그동안 다행히 차들 왕래가 많지 않아 사고가 나지 않았으니 망정이지…… 두 사람 다 골로 갈 뻔했다고!"

과장은 방역초소에 은수를 파트너로 데리고 온 진 계장을 의심스러운 눈으로 따갑게 쏘아보았다. 그런데 동주는 이상하게 과장의 눈총도 무섭지 않았고, 과장이 은수를 잡아먹을 듯 노려보는 것도 두렵지 않았다. 마음에 걸리는 것이 아무것도 없었다. 어쩌면 이번 방역초소 사건으로 축산과뿐 아니라 시청 공무원들 사이에서 갖가지 소문이 퍼질는지도 모른다. '글쎄, 축산과 진 계장이, 과의 여직원을 초소 근무지로 데리고 가서 간이침대에다 뻐젓하게 재웠다데? 거, 간땡이가 부었지 부었어!' '누가 아니래? 신은순가 하는 그 여직원도 보통내기가 아니었다고…… 보통 때도 출장 핑계로 둘이서 잘 다녔다던데?' 과장을 따라온 상황실 직원도 심기가 몹시 불편한 얼굴로 동주와 은수를 번갈아 꼬나보았다. 무슨 일인들 생기지 않으랴. 그런데 이상하게 두려울 것도 근심스러울 것도 없었다. 생목숨을 수천, 수만 마리씩 한 구덩이로 몰아가는 몰이꾼이 된 처지에, 인간 사회에서 만들어지는 어떤 오해도 어떤 뒷소문도 새삼스러울 것이 없었다. 과

몰이꾼(驅軍)

장과 직원과 포클레인 기사가 어울려 차를 끓여 마시면서, 말없이 앉아있는 동주와 은수를 흘끔거려도 불편하지 않았다. 그렇게 따가운 눈총과 타박을 받다가 아침 8시, 교대 근무자와 교대를 하고, 동주는 은수를 차에 태웠다. 은수의 집 앞에서 은수를 내려놓기까지 두 사람은 단 한마디도 건네지 않았다.

10

그날 이래 은수는 축산과에 나타나지 않았다. 분주하게 들고나던 과장이 탄식인지 화풀인지 종이 한 장을 내던지며 투덜거렸다.

"신은수가 사표 내던지고 없어졌네! 인사는커녕 단 한마디 말없이, 이럴 수가 있어? 월급도 수당도 그대로 두고 사라졌어. 그래도 한솥밥을 몇 년 먹던 우리끼리!"

모두가 술렁거렸지만 진동주는 아무런 내색도 하지 않았다. 방역초소의 그날 밤, 동주는 은수가 떠나리라는 것을 알았다. 만류에 의미가 없다는 것도 알았다. 구제역 난리와 조류독감으로 상처 난 동주의 삶 한 옆이 무너졌다.

동주네 집으로 은수의 편지가 배달된 것은 사흘 뒤였다. 〈……축산과에 취직되어 일하던 동안 계장님께서 말없이 감싸

주신 은혜 잊지 못합니다. 인간이 만물의 영장이라고 믿었던 어린 시절은 이제 어느 누구에게도 영원히 돌아오지 않습니다. 결국 인간은 이 세상의 주인이 아니라는 결론을 얻고 떠납니다. 제가 계부에게 당한 치욕의 사건은 차라리 오늘을 결행하는 결심에 도움이 되었습니다. 내 삶의 약속, 생명약속은 여기까지였습니다. 지상(地上)에 태어나는 생명체에게는, 각각 태어날 때 받고 태어나는 약속이 있습니다. 내 삶의 약속은 여기까지였습니다. 떠나는 길에, 제게는 걸림돌이 될 아무도 없다는 홀가분함은 어쩌면 신(神)이 저에게 주신 추복일는지도 모른다는 생각이 들었습니다. 계장님의 삶에는 의무의 사슬이 여러 겹입니다. 출생 때 받은 약속입니다. 아직 부모님이 살아계시고, 아내와 아들과 그리고…… 이웃…… 동료…… 부디 끝날까지 건안(建安)하십시오. 종말이 온다면 어떤 형태로 오는지 그것을 지켜보셔야 할 의무는 계장님께 부여된 약속일는지도 모릅니다. 제가 일하던 축산과는 제 삶의 '의미 확정' 같은 곳이었습니다…… 이제 그 문을 닫아야 할 때가 되었습니다.〉 동주는 은수의 편지를 가슴에 품었다. 언제 어디로 떠날는지, 그것이 스스로 목숨을 끊을 수 없어 떠나는 어떤 새로운 길일는지, 누구의 눈에도 뜨이지 않을 주검으로 마감을 할 길인지 알 수 없었지만, 은수가 찾아왔던 축산과의 몇 년은, 동주의 삶에 열렸던 새로운 의미의, 비밀한 세상이었다.

몰이꾼(驅軍)

*

그 겨울, 구제역은 126일 만에 일단 마무리가 되었다. 매일 영하 10도가 넘어 득득 얼어붙는 강추위 속에서 공무원 여덟 명이 세상을 떠났고, 부상 140여 명, 피해액은 3조 원이 넘었다. 매몰된 가축 350여만 마리…… 전국 곳곳의 가축 무덤에서 흘러나올 침출수 문제는 인간 삶에 어떤 부메랑을 몰고 올는지 알 수 없었다. 복잡한 보상 문제는 적잖은 갈등을 일으켰다. AI에 대한 평가가 다른 축종(畜種)평가보다 쉽다고 했지만, 케이지 수, 축사(畜舍) 면적, 산란(産卵) 일지(日誌), 사육 일지, 사료량 등등, 그나마 평가하기 쉬웠던 축종은 육용 오리였지만, 종오리, 산란계, 육계에 이르러, 한 푼이라도 더 받겠다는 농장주의 요구는 칼날 같았다. 육용 오리와 다르게, 일령(一齡)별 체중 적용이라는 체중중심 보상평가가 원칙이라지만, 살처분 당시 그 긴박한 상황에서, 육계의 체중을 무슨 수로 일일이 측정할 수 있었겠는가. 농가의 반발은 제각기 난리였다. 서류만 일곱 가지 여덟 가지, 농가와 머리 맞대고 서류 작성하는 일만으로도 숨 막힐 일이 한두 가지가 아니었다. 비육(肥育) 농가부터 시작된 돼지 보상 문제는 훨씬 복잡하고 날카로웠다.

일령, 이동제한(移動制限) 날짜, 사료량 기준. 당초 조사표에는 30kg 이하, 30~60kg, 61kg 3구간에다. 61kg 이상은 그 위 칸

땅끝의 달

에 기록하기로 되어 있어, 농가에서는 3구간 무시하고 거의 110Kg 이상을 기록했고, 한 구간, 또는 단 하루치 때문에 몇천만 원이 오락가락할 일이 발생, 시퍼렇게 날선 농장주는 당국을 향해 목숨 걸고 달려들기 예사였다. '그래…… 당국이! 나라가! 돼지도 닭도 오리도 몰살시켰다! 살아있던 모두 모두를 매몰지로 몰고 간 것은 나라였다!' 살벌한 몰이꾼이 되어, 수천수만 마리를 매몰지로 몰고 가서 묻느라고 초주검이 된 시청 직원들은 농장주 앞에서도 고개를 들 수 없는 죄인이었다.

소문에 소문은 이상기류가 되었다. "거기 어디, 농가는 살처분 당한 수효보다 훨씬 많은 보상을 받았다더라……" "어떻게 계산을 했는지, 악다구니를 써가지고 키우던 돼지보다 훨씬 많은 돈을 타냈다더라……" 인간 탐욕과 이기주의는 독가시 돋친 소문을 한도 끝도 없이 만들어냈다.

11

휴전(休戰)이었지 종전(終戰)이 아니었다. 보상 문제로 피땀 같은 땀을 뻘뻘 흘려가며 여름을 견디다가, 가을로 들어서며 한숨 돌렸는가 싶었는데, 겨울로 접어들면서 날씨가 영하로 꼬라박히자, 철새들이 날아들기 시작했다. 하늘을 무대로 제 삶을 살아가는 철새들의 날갯짓에 조류독감이 퍼지기 시작했고, 구제역도

덩달아 때를 만났다.

"아! 우리 아빠는 우주인이다! 우주인!"

초등학교 일학년생 아들은, 머리부터 발등까지 뒤집어쓴 백색 방역복의 아비 사진을 들고 좋아라! 경정거렸다. 바이러스에 대해 강화된, 백색 방역복 속에, 헤어 캡, 눈가리개 고글까지 쓰고, 흰 장화와 하얀 장갑까지 끼고, 장화 위에 일회용 덧신까지 감싸면, 피부는 밖으로 손톱만큼도 노출되지 않는다. 보건소에서 지급되는 방역복을 속옷까지 일회용으로 갈아입고, 예방접종에다 항바이러스 제제 '타미플루'까지 복용하고 나면, 몰이꾼 살처분 역할의 의상(衣裳)은 완벽했다. 그렇게 중무장을 하고, 돼지, 소 등 우제류(牛猪類) 몰이, 오리 닭 등 가금류(家禽類) 몰이에 투입되면, 철저한 살생의 몰이꾼이 되는 아비를, 아들은 "우주인!" 이라고 자랑한다.

자본주의 자유시장경제라는 물신(物神) 앞에 무릎 꿇고, 소비의 벼랑 끝으로 치달아가는 인류, 일상(日常) 활동이 자동화된 편리에 중독되어, 스마트폰이 아니면 아무것도 할 줄 모르는 바보가 되어가는 인간, 자살 폭탄, 학원 안에서의 총기 난사(亂射), 금전지배에 묶여 백화점과 쇼핑센터를 순례객처럼 헤매는 인류, 지구를 망가뜨려 생물 멸종이 코앞에 닥쳐도 심각성을 모르고 겁도 없는 인류, 지구를 감싸고 있는 거미줄 같은 인터넷으로 줄

땅끝의 달

줄이 얽인 세상이 함께 쓰러질 위험으로 아슬아슬 해도, 인공지능 앞에 합장(合掌)한 인간들······ '이런 아수라장 속에서 몰이꾼이 되었어도 내 품에는 아들이 안겨있다.' "우리 아빠는 우주인이다! 아빠는 우주인이다!" 아들이 깔깔 웃어가며 아버지를 힘껏 껴안았다. 아비는 그러는 아들을 가슴에 품었다. 아들을 가슴에 품은 동주는, 아침에 어느 지상파 방송 패널로 참석한 대학교수가 힘주어 주장했던 몇 마디를 떠올렸다. 〈인간은 대상화하거나 객관화할 수 없는 존재이자, 자신에 대해서, 세계에 대해서, 역사에 대해서, 열려있는 존재다. 인간은 새로운 가능성의 세계에다 자신을 내맡기고 내던지는 존재며 '묻는' 존재다. 그 묻는 정신은 개인의 실존적 문제와, 그 시대가 안고 있는 역사적 문제에, 책임 있게 응답하는 정신이다······ '묻는 정신은 새로운 나와 우리를 창조하려는 정신으로 이어지며 책임 있는 삶으로 나아간다······' 인간은 확고부동한 존재가 아니며 과정에 놓인 존재로, 인간은 언제나 열려진 가능성으로 실존하기 때문에 확고한 정의(定義)는 있을 수 없다······〉 가슴에 안겨있는 아들의 체온으로 아비의 심장이 뜨거워졌다. '내 가슴에 안겨 있는 이 아이는 누구인가? 아비를 우주인이라고 믿는 이 아이를 위해 내가 할 수 있는 일은 무엇일까······' "그래 네 아빠는 우주인, 우주인이야······" 동주의 눈시울이 가슴과 함께 뜨거워졌다. 아비는 품 안에 든 아들의 실팍한 무게에서 생명약속을 익혔다. 문득 신은

몰이꾼(驅軍)

수의 목소리가 들렸다. 살생의 몰이꾼이 되어도 사는 날까지 살아남아야 한다는— 그것이 태어난 자의 약속이라는—

어둠의 한숨

네거리는 늘 흐린 날처럼 뿌옇다. 먼지와 소음이 끊이지 않아, 아예 맑은 날이 있었던 일이 없던 동네 같았다. 명색이 고속버스 터미널 승차권을 파는 가게가 있는 곳이어서 서울로 들고 나는 사람들이 북적거리는 편이었지만, 네거리 풍경 따라 승객 행색도 그저 그랬다. 초하루 엿새 장이 서는 곳이어서 초하루, 여섯 숫자의 날이면 골목골목마다 장꾼들이 들이차, 좌판을 벌리기도 하고, 줄줄이 천막을 치고 더욱 왁자지껄 소란을 떨어, 숫제 옛날 시골 잔칫집 형국에다, 파장이 될 무렵이면 장꾼들끼리 한잔 걸치는 술자리가 장꾼들의 하루의 잔치 자리다. 널어놓았던 물건을 거두면서, 더러는 하루벌이가 나쁘지 않아 그런대로 주머니가 불룩해지기도 했지만, 영 손속이 붙지 않아 그날 장이 으스스한 장꾼은, 옆자리 장꾼이 건네는 소주 한잔에 양미리 구이가 자식보다 반가워, '까짓것 나도 한 잔 냄세!……' 그렇게 술자리가 이어지며 하루가 저물어간다.

심(沈) 권사(勸士)의 세탁소는 그 네거리 큰길 한가운데여서 사시장철이 소란 속 살림이다. 어느 중소기업 계장 자리에서 그럭저럭 제 앞가림을 하던 작은아들이, 회사가 문을 닫는 바람에 일자리를 잃고 허둥거려, 엄마 세탁소에서 일을 배워두라고 끌어들인 것이 벌써 잇 해. 아들은 아버지가 세상을 떠난 뒤, 엄마가 세탁소를 시작할 때부터 툴툴거렸다.

"왜 하필 세탁소여요? 남의 빨래나 하면서 늙어 가실래요?"

"마침 세탁소 할 만큼 마땅한 자리가 났으니 시작해 보는 거다. 남의 빨래라니…… 남의 옷 빨아주면서, 때묻은 내 삶의 때라도 함께 씻겨 지기를 바라면서 하는 일이다."

"아이고 어머니 그 예수 얘기 좀 그만 하시지요. 그런데 세탁이면 세탁이지 왜 남의 헌 옷을 고쳐주는 일은 또 무언데요? 리폼이라니……궁상맞게……"

심 권사는 처녀 때부터 바느질 솜씨가 남달라, 세탁소 한옆에 수선(修繕) 재봉틀까지 갖추었다. 이제 환갑 진갑 지난 육십대 할머니가 된 심 권사는, 인생사 시난고난, 태어나 철들면서 살았던 지난날을 돌이켜 보면, ㄱ야말로, 〈우리의 연수(年數)가 칠십이요, 강건하면 팔십이라도 그 연수의 자랑은 수고와 슬픔뿐이요, 신속히 가니 우리가 날아가나이다……〉 유대민족의 지도자였던 모세의 기도가 날로 새로워지는 나이가 되었다. 수고와 슬픔뿐인 인생. 첫 자식 낳아 고물고물 할 때와, 둘째를 낳아 형제를 만들어 주었을 때, 아들 형제가 고물거릴 때를 지나, 학교라는 데로 들어가면서부터 아비와 어미와 자식들의 '바쁘다! 바빠!' 매일 난리치는 고달픔은 시작되었고, 내쳐 숨차고 숨찬 언덕길만 치닫다가, 남편은 시골집 한 채뿐, 남겨놓은 것 없이 세상을 떠났고, 큰아들은 명문대 법과를 거쳐 고시(高試)에 매달린 7년, 이제는 저만 지친 게 아니라 식구들 모두가 지쳤을 무렵 가장(家長)을 잃은 것이다.

작은아들이 세탁물 다리미질을 하면서 계속 툴툴거렸다.

"엄마의 리폼인지 무언지 때문에 먼지가 얼마나 많이 나는지 알아요? 그러잖아도 이놈의 거리는 먼지 소굴인데, 남의 헌 옷 뜯어 고치는 일 지겹지도 않냐구요? 옷 솔기를 뜯을 때마다 헌 옷에서 뜯어내는 실보무라지에다 엄마의 재봉틀에서 쏟아지는 먼지는 또 어떻구요? 정말이지, 세탁소만도 징그러운데, 엄마의 리폼 때문에 환장하겠다고요!"

어머니는 대구를 포기했다. '남의 헌 옷 맡아서 고치는 심정…… 혹여, 이 일을 정성껏 하는 동안에 내가 저질렀던 허물을 덜어낼 수 있을는지…… 돌연사(突然), 지진…… 이 세상은

                                       어둠의 한숨

예고 없이 닥치는 재난으로 한순간에 떼죽음이고, 처참하게 죽어가는 온갖 재앙이 날마다 늘어가는데……두렵지도 않으냐? 지구가 온통 살생(殺生)으로 뒤덮이고 있는데…… 바늘 한 땀, 실 한 오리만큼이라도 덜어낼 수 있을는지……' 세례 받은 지 40년, 성수주일 건너뛴 일 없고, 때마다 성찬(聖餐) 성례전(聖禮典)은 새로운 감격이었다. 그러나 차츰 자문(自問)과 독백이 늘어간다. 무한 권능이신 하나님, 지혜와 권능의 근원이신 예수, 인류의 태반이 믿는다는 신(神)…… 그런 분이…… 지구 곳곳에서 터지는 화산폭발에다, 대책 없이 무너지는 지진과 해일…… 한순간에 수십만 명이 휩쓸려 떼죽음당하는 현장. 기근과 목마름으로 뼈만 남아 죽어가는 아프리카의 아이들…… 선과 악, 불문곡직 닥치는 재난…… 하나님은 사랑하시라는데, 저렇게 영문 모르고 죽어가는 떼죽음을 그분은 어떤 눈으로 바라보고 계실까. 기독교 국가라는 미국에서는 학교나 공공장소에서 무작위로 터지는 총기난사, 순식간에 수십 명이 목숨을 잃고 있지만 대책이 없다. 매 주일 예배에서는 영원, 불멸…… 부활, 천국에 대한 설교를 듣지만 점점 아득하기만 하다. 불멸을 꿈꾸는 문명세계가 인간의 포부와 업적을 자랑하고 있지만 그저 어지럽기만 하다. 아들이 다림질하면서 켜놓은 티브이에서는 종류를 다 외울 수도 없는 암(癌), 암을 열거하면서 보험을 들라고 아우성— 보장! 보장! 보험으로 보장을 받으라고 아우성이다. '보장! 보장!

원스톱 슈퍼 암보험!' 하루 살면서 마시고 먹고 입는 것에, 4백여 가지의 화학 물질을 뒤집어쓰는 이 현상은 재난의 막바지에 이르렀거늘…… 보장을 무슨 보장, 홈쇼핑 종사자의 목쉰 소리에, 심 권사는 진저리를 쳤다. '무엇으로 누가 보장을? ……나는 그저 헌 옷을 뜯어 먼지라도 마시면서, 그만큼의 용서라도 바라보고 있는 것……뿐……'

재봉틀을 굴리다가 잠깐 눈을 들면, 먼지 뿌우연 거리 한옆에서, 전기통닭구이가 빙글빙글 돌아간다. 발가벗겨진 닭이 종일 매달려 돌아가는 전기통닭구이. 〈두 마리에 만 원!〉을 외쳐도 구매자가 보이지 않는다. 전 세계의 닭 소비량이 한 해 7백억 마리가 넘는다는데 이 거리의 통닭은 그저 그렇다. 그 통닭구이 바로 위로 중국태후황실마사지 간판이 요란하고, 통닭구이 옆으로 뻥튀기 장수가 쌀튀김 자루를 산처럼 쌓아놓고 우두커니 앉아있지만 그 또한 뻥튀기를 사는 사람이 보이지 않는다. 그 옆으로 손수레에 양말을 산처럼 쌓아놓고 서성거리는 양말 장수가 있는데, 갈비숯불구이 집에서, 번들거리는 입술에다 이쑤시개를 물고 드나드는 사람들은 많지만 양말을 눈여겨보는 사람은 없었다. 땅! 땅! 땅! 부동산 가게에서 총 쏘듯 내건 간판, 온갖 영양제 광고로 뒤발한 약국, 약국…… 이층집 당구장에서는 알락달락 공들이 이리 부딪히고 저리 부딪히는 게임이 종일 이어져도, 양말 장수는 손수레에 이따금 기대어 하품을 할 뿐…… 저들이 종일 걸려 버는 돈은 얼마가 될까. 그 돈으로 저녁거리는 되겠는지— 먼지 자욱한 거리가 그네의 가슴으로 무거운 안개가 되어 스며들었다. 근래 우울증 자살자로 인한 사회 경제적 부담이 연간 10조가 넘는다는 신문기사가 떠오르자 전신이 떨렸다.

"어서 오세요. 손자 삼칠일 지났으니 아이 엄마도 일어났겠지요?"

베트남 며느리를 본 마을 아낙이 아들의 세탁물을 찾으러 왔을 때, 활짝 반색하는 심 권사의 인사를 받자 아낙은 재봉틀 옆의자에 주저앉아 사설이 시작된다.

"아이고…… 시집살이는 내가 시작됐네요. 아들 출근 챙기랴, 손자 기저귀 갈고 배내옷 빨아대랴…… 저그 할아버지 세 때 밥상 차리랴……"

"그래도 근수 어머니, 아들 장가 못 들여 애탄개탄하실 때를 생각해서 조금 참으세요, 이제 손자가 벙싯벙싯 웃고 벌벌 기어다닐 때가 되면 하루 세 끼 밥 안 먹고도 배가 부르실 테니……"

그사이 다른 손님이 세탁물을 찾으러 왔다.

"아! 권사님, 내 바지 늘려 달라는 것 다 고쳐 놓으셨어요?"

청바지를 맡겼던 30대 초반 여자가 달려들었다.

"권사님, 글쎄, 저 건너 박 권사네 막내가 엊그제 친구들하고 저녁 회식 자리 끝내고 집으로 돌아가다가 교통사고를 당했다는

땅끝의 달

데, 식물인간이 되었다 네요! 세상에! 그렇게 잘생기고 착하던 막내가…… 이제 그 어머니는 어떻게 살아가? 세상에! 세상에!……"

심 권사는 수선한 물건을 내어 주면서 떨리는 목소리로 물었다.

"어느 병원이랍디까?"

"글쎄…… 수원 가는 길의 빈센트라던가……"

심 권사는 세탁소 일을 끝내는 대로 찾아갈 생각을 굳혔다. 심 권사의 양지(陽地)세탁소는 다른 세탁소에 비해 세탁비가 훨씬 싼데다, 심 권사의 수선솜씨가 감탄할 만큼 매끈했고, 마을 아낙들의 자연스러운 상담역을 맡고 있어, 그곳은 세탁소가 아니라 마을 여자들의 쉼터였다. 입이 무거워 무슨 내용을 의논해도 말이 나가는 일이 없어 여자들은 크고 작은 일을 양지세탁소로 들고 왔다. 함께 일을 거드는 아들이 이따금 핀잔.

"어머니는 귀찮지도 않아요? 이 마을 여자들의 수다란 수다를 다 들어주고 있으니…… 원 어느 때는 귀가 따가워서!"

심 권사는 대꾸없이 스스로에게 일렀다. 인생살이 누구는 복락만을 누리겠니? 너희들 아직 젊어 앞날 창창 할 것 같지만…… 나는 너희들 앞길을 주님께 맡겨드렸다고는 하지만, 이따금 우리의 앞날이 걱정이다…… 보장, 보장, 신앙이, 보험이 보장이겠니? 불교에서도 이승에 살면서 좋은 업(業)을 쌓으라

어둠의 한숨

했다. 아들이 틀어놓은 티브이에서는 간단없이, 계속 암 보험 보장! 숨넘어가는 소리로 떠들어대고 있다.

"아이구우……힘 들어라! 아이구우……"

낯이 익은 듯도 한, 비대해 보이는 노파가 헐떡거리고 들어서더니 몸을 던지듯 털썩 주저앉았다.

"아줌마, 아줌마는 사람 좋기루 동네 소문났던데. 혹시 빈방 하나 구할 수 있겠수?"

"웬 갑자기 빈방을요?"

"아이구 이 한 몸뚱이 붙일 자리 없어서 혹시나 하고 들렀어. 세상 자식덜 있음 뭘 해? 요새 거 뭣이냐? 방송마다 자식들이 제 에미를 이리 굴리고 저리 굴려가며 에미 맡지 않겠다고 온갖 수작 부리는 방송 자주 뜨잖여? 제 어미 모시지 않겠다고 자식들끼리 피 터지게 쌈질 하는 거…… 나도 아들딸 있기는 있네만…… 내가 기초연금 노인수당 나오는 것 있어서 자식들 폐 끼치지 않고 홀가분하게 지낼까 해서여. 어디 마침한데 없을랑가?"

비대한 몸에 비해 서두는 품은 기운차 보였다. 심 권사는 잠깐 마음이 흔들렸다. 큰아들이 어느 교회 사찰직을 맡고 떠나 있어, 방이 비어 있었지만…… 어쩐지 선 듯 내키지 않았다.

"나, 이래 뵈두 끌끌해! 혼자 밥도 잘 지어 먹고, 빨래도 청소

땅끝의 달

도 누구보다 깔끔하다고…… 아줌마 이 마을 복덕방처럼 발 넓으니 알아볼 만도 하겠구면……허지만 방세 같은 거는 낼 수 없어, 집이나 지켜주는 거지. 그래서 방 구하기가 힘들어 그래…… 어디 없을까?"

모른 체하기 힘들었다. 실상 방이 비어 있는데 저렇게 간절하게 방을 구한다는 팔순 노파를 모른 체 해?…… 모질지 못해, 그날 저녁, 심 권사는 노파에게 빈방을 보여 주기 위해 함께 퇴근했다. 노파는 방을 휘 둘러보더니 눈을 동그랗게 떴다.

"도배를 해 줘야 하잖아? 도배!"

깔끔한 아들이 쓰던 멀쩡한 방이었다.

"왜 가만있어? 의당 새사람이 드는데 도배는 해야 하는 거 아니냐고? 안 그래? 아, 그만한 거 알만 한 사람인 줄 알았네만! 어떻던 오늘은 이만 가네! 모래 올라네…… 그런 줄 알고……"

그리도 당당한 노파는 심 권사네 방 하나가 비어있다는 정보를 이미 알고 달려든 눈치였다. 이튿날 밤에 도배를 시작한 엄마를 돕던 아들은 화를 더럭더럭 냈다.

"아니, 엄마, 세상에, 방을 그냥 내어주면서 도배까지 해야 하다니? 형 쓰던 이 방 도배한 지 얼마나 된다고! 도대체 그 할망구 뭣을 보고 방을 내주었어요?"

"기왕에 정해진 일 뒷말 말자…… 좋은 일이라 믿고 하다보면 끝이 있겠지…… 내 대가 아니면 너희들 대에 복락 되어 돌아올

　　　　　　　　　　　　　　　어둠의 한숨

는지도 모르잖니?"

"하이고! 모슨…… 복락씩이나…… 아무래도 그 노인네 보통 노파 아냐!"

아들은 못내 못마땅해서 쑤욱 나온 입을 끌어들이지 못했다.

다음날 오후, 노파에게서 전화가 걸려 왔다.

"아줌마, 내일 내가 들어가는데 말유……애비 잃은 내 손녀딸 이 있어서 데리고 갈 건데, 그리 아슈……"

스물서넛 되어 보이는 젊은 여자가 노파의 손녀딸인가 싶기는 했는데, 젊은 여자는 포대기에 쌓인 아기를 안고 있었다.

"아줌마, 얘가 내 손녀 갑이여! 저 안고 있는 것이 갑이 년이 낳은 내 증손녀고!"

노파는 아무 말도 못하고 서있는 심 권사를 팔굽으로 제치고 방으로 들어서더니.

"아! 도배를 했구먼! 그런대로 살 만하네!"

애 엄마 갑이는 비대한 할머니보다 더 뚱뚱했다. 처음 만나는 사람에게 인사를 할 생각도 없는 듯, 아기를 안을 채 빤히 치뜬 눈은, 크지도 않은 눈이 유난히 번들거렸다. 몸통은 무겁게 늘어 져 보이는데, 오직 번들거리는 것은 두 눈뿐이었다. 도배를 새로 한 방으로 들어선 것은 그렇게 3대(代) 세 식구였다. 거세 보이 던 노파도, 눈자위가 번들거리던 아기 엄마 갑이도, 아기가 함께

땅끝의 달

있는 것만으로 평화로워 보였다.

세탁소 문을 닫는 시간은 밤 열 시가 넘는다. 집으로 돌아와 대강 씻고 자리에 들면 무덤 속처럼 꿈조차 천근이다. 그렇게 깊은 잠에 빠진 한밤중, 심 권사를 깨운 것은 악장치듯 울어대는 아기의 울음소리였다. 아기는 좀체 울음을 그치지 않았다. 심 권사의 잠이 부서졌다.

한밤중 처우는 아기를…… 어떻게 하고 있기에…… 좀 짜증스러웠지만 오래간만에 들리는 아기 울음소리로 한밤 어둠이 싱그러워지는 듯했다. 아기의 울음이 잦아졌다 다시 이어지면서 날이 밝았다. 아침에 심 권사가 조심스럽게 노파의 방문을 두드렸다.

"뉘슈? 들어와요!"

방문을 열자 아기 기저귀 젖은 냄새와 방안에 흐트러진 컵라면 껍데기, 찌그러진 플라스틱 물병, 휴지 뭉치가 널브러져 있었고, 아기 엄마 갑이는 보이지 않았다. 포대기에 아무렇게나 둘둘 말린 아기는 지친 듯 잠들어 있었다.

"할머니 아기 엄마는 어디 갔어요? 왜 아기가 밤새 울었어요? 어디 아픈 것 아닌가요?"

"아프긴…… 애 어멈은 버얼써 일 나갔지. 여태 있나?"

거짓말이었다. 갑이는 아기를 할머니에게 던져두고 어젯밤에

어둠의 한숨

나갔을 것. 방안 풍경이 말했다.

"할머니 아기 태어난 지 얼마나 되었어요?"

"이제 백일 지났어. 지 에미 닮아 어찌나 영악한지, 어미 젖 떼면서 우유를 먹이는데, 여간 밝혀야지……"

"아기 이름이……그리고 아기 아빠가……"

"애 아범? 그거 말도 마슈! 그리고 아이 이름은 무슨? 아이 이름 알아서 뭣허게?" 묻는 말에 덜컥덜컥 들이대는 노파의 대답은 모두가 수상했다.

"우유가 떨어졌어요? 그래서 그렇게 울었어요?"

심 권사는 그 길로 서둘러 마트에 들러 분유와 기저귀를 샀다.

그날 밤에도 아기 엄마는 보이지 않았고, 아기는 어젯밤 못지않게 울어댔다. 아기 우는 소리에 잠을 깬 심 권사가 노파를 찾아갔다. 아기가 버둥거리고 우는데도 노파는 세상천지 모르고 널브러져 코를 골았다. 심 권사는 포대기에 둘둘 말린 아기를 안았다. 심 권사 품에 안기자 아기는 신기하게 울음을 그쳤다. 울음을 그친 아기를 들여다보던 심 권사의 가슴이 울컥했다. 울음 그치고 품 안에 든 아기가 맑은 눈으로 낯익히듯 심 권사를 올려다보았다. 울었던 아기 같지 않게 눈이 맑았다. 그는 품 안의 아기를 더욱 꼬옥 여몄다. 사막 같던 영혼에 한 줄기 빛이 스며들듯 가슴이 따뜻해졌다. 방으로 돌아온 심 권사는 평 젖은 아기의

땅끝의 달

기저귀를 갈았다. 시원한지 아기가 버둥거린다. 문득, 기저귀 양쪽으로 드러난 허벅지와 아기의 오동통한 발이 세상에서 처음 만난 보석처럼 신비스러웠다. 너무 신기하고 어여뻐, 숨을 들이켜가며 아기의 발가락을 만지작거렸다. 보드랍고 말랑거리는 아기의 발가락 다섯 개를 만지면서 심 권사의 심장이 달음박질하는 것처럼 두근거렸다. 첫 아들⋯⋯그리고 둘째 아들을 낳아 젖 먹이고 기를 때도, 아기의 손가락 발가락이 이렇게 신묘하게 어여쁘다는 것을 몰랐다. 사람⋯⋯사람이 낳은 아기가 이렇게 신비스럽다니! 심 권사의 눈앞에서 잠든 아기의 얼굴은 세상에서 처음 만나는 신비였다. 그는 자신의 침대에서 아기를 품었다. 꿈 같았다. 향긋한 젖내는 생명향기였다. 세상 살다가 이런 일도 있구나. 만단 시름이 저 세상이었다. 아기를 품은 그에게서 모든 근심과 시름이 지워졌다. 심 권사는 아기를 품고 숨을 깊이 들이쉬었다. 영혼이 향기에 취했다. 혼곤하게 잠든 아기는 꿈속으로 찾아온 천사였다. 반듯한 이마에 콧날이 오똑, 입술이 야무진 아기였다. 아기는 언제 울었더냐 싶게 쌔근쌔근 잠들었다. '네가 누구니? 어떻게 나를 찾아왔니? 어느 별나라에서 찾아왔니?'

노파는 아기를 찾지 않았다. 방 밖으로 들락거리면서도, 아기에 대한 안부는커녕 심 권사에게 눈도 주지 않았다. 숫제 처음부터 아기라는 존재가 있었더냐 싶게 혼자 펄럭거리고 드나들었

어둠의 한숨

다. '무슨 이런 사람들이……' 심 권사는 그러는 노파에게 아기를 맡겨서는 안 될 것 같아, 집안 살림만 하고 있는 올케에게 아기를 맡기고 가게로 나갔다. 심 권사의 매일은 아기의 젖 향기로 새로운 세상이 열렸다. 가게를 닫고 아기를 찾으러 올케에게 가면 올케가 투덜거렸다.

"아니 형님? 정말 이 아이를 어떻게 할 심산이세요?"

그랬어도 아기의 증조할머니도 아이 어미도 아이를 찾지 않았다.

아기 엄마 갑이가 나타난 것은 한 이레가 지난 뒤였다. 아기를 찾으려나 했더니, 안채에는 눈도 주지 않고, 무슨 일인지 할머니를 후 달궈 외출 준비를 시킨 뒤 끌고 나갔다. '이상한 사람들도 있네…… 무슨 이런 사람들이……' 오후에 세탁물을 찾으러 온 마을 아낙이 분하다는 듯 떠들어댔다.

"심 권사헌테 아이를 떠맡긴 것들 있잖아요? 그 아기 엄마라는 것이 할머니를 끌고 간 곳이 면사무소든데? 손녀딸이라는 것이 할머니 기초수급연금을 찾아가지고 채듯이 달아납니다. 아니 어쩌자고 그런 것들을 집에다 들였어요? 어쩌려고?"

동네가 들썩거리기 시작했지만, 별이는 기저귀를 갈아주고 우유를 물려주는 심 권사를 향해 방싯방싯 웃었다. 배냇짓이 아니고 사람 알아보는 미소였다. 별이의 미소로 심 권사의 세상이 환해졌다. 아기의 웃는 얼굴은 생명 빛이었다. 증조할머니가 알은

땅끝의 달

체를 하거나 말거나, 제 어미가 들여다보거나 말거나, 이제는 무슨 뜻이 있어, 이 생명이 자기 품에 안겼거니, 신비스럽기만 했다.

"아니? 어머니가 이 아이를 키울 생각이에요?"

아들 형제가 달려들어 펄펄 뛰었다.

"글쎄다…… 옛날 업둥이는 문 앞에다 포대기 채 놓고 가버렸는데, 우리집 문간방에 든 할머니와 선녀(仙女)는 이렇게 아기를 넘겨주고 사라지려는 것이나 아닌지 모르겠다."

"내 그럴 줄 알았다고요. 그 할망구 처음 찾아왔을 때 고약해 보이더라니, 엄마 소문 듣고 아이를 떠안기려고 작심하고 찾아온 건데, 엄마가 잘도 속았지! 아이고 속 터져!"

작은아들이 가슴을 쳤고 큰아들은 눈을 부릅떴다.

"지금 어머니 나이로 세탁소 일이며, 오밤중까지 허리가 꼬이도록 재봉틀 앞에 앉아 헌 옷 고치느라고 밤을 패는데…… 누구의 씨인지도 모르는…… 더구나 노파며 아이 어미라는 것들이 순 불한당 같은 짓만 하고 있는데…… 어쩌시려구요? 어머니! 정신 차리세요 제발!"

"알았다 너무 서둘러 흥분하지 말자…… 형편 따라 처리하자꾸나……"

아들 형제는 합세해 소리쳤다.

어둠의 한숨

"엄마의 형편이라는 것 우리는 따라가지 못해요!"

그래도 세탁소 일을 끝내고 별이를 찾으러 올케를 찾아가는 발걸음은 어둠 속을 날아가는 날개였다.

"아이고 형님! 세상에 내 팔자에 웬 '업둥이보개'가 되었는지! 애보개 수당이나 두둑하게 주세요!"

그렇게 별이를 받아 안고 돌아오는 밤이면, 아기는 심 권사에게 그윽한 한세상이었다. 소문은 교회에까지 흘러들었다. 담임 목사가 심각한 표정으로 권사를 불러 앉혔다.

"권사님 잘 들으세요. 목사가 간섭한다고 여기지 마시고 잘 들으세요. 그 노파와 아이 엄마가 이름났더군요. 그 사람들이 덤터기를 씌운 겁니다. 권사님 현재 나이가 몇이세요? 때늦게 아이를 떠안으셔서 어떻게 하시려고요? 더 늦기 전에 아이를 돌려주시고 그들과 관계를 끊으세요. 더 복잡한 일 만드시지 마시고요, 아시겠어요? 신중하게 고려하십시오."

목사의 부연설명은 더 이어졌지만, 심 권사는 이미 귀를 닫았다. 이미 별이의 젖 향기와 젖은 기저귀는 심 권사 자신의 삶의 향기였다.

"아이구구, 나 죽네! 아이구구 나 죽어!"

노파의 신음은 신음이 아니라 괴성이었다. 잠결에 놀라 깬 심 권사가 달려가 보니, 피둥피둥한 노파의 몸뚱이가 데굴데굴 굴고 있었다.

"아이고 내 배가 찢어지네, 내 배가 찢어져! 얼른 119좀 부르라고! 얼른!"

새벽 2시였다.

"보호자 되십니까?"

119가 묻는데 아니라고 할 수 없었다.

"따라 가셔야지요."

심 권사는 깊은 잠에 빠져있는 올케를 깨워 별이를 안겨주고 119를 따라나섰다. 노파는 119 침상에 누워서도 허리를 꼬부리고 소리쳐댔다. 젊은 직원이 할머니의 오른손 검지에다 산소포화도를 끼워주고, 혈압을 재고, 앞가슴을 헤치고 심전도를 측정하는 동안에도 할머니는 계속 악을 써댔다.

"배가 아파 죽는다는데 손가락에 끼워주는 이건 다 뭐 하는 게여?"

늦밤 응급실은 갑자기 119로 실려 오는 응급환자로 부산스럽다. 간호사들이 빠른 동작으로 할머니의 검지에 다시 산소포화도를 끼우자 또 소리쳐댔다.

"아니 배가 칼로 찌르듯 아프다는데, 이건 뭐 하는 게여?"

환자의 체내 산소를 측정하기 위한 기본적인 처치를, 노파는 계속 악을 써가며 간호사를 들볶았다. 혈압, 심전도, 뇨 검사를 마치자 젊은 의사가 나타났다.

"이 어르신, 충수염입니다. 아침 10에 수술 잡혔어요. 특별한 줄 아십시오, 그렇게 빨리 수술 잡히는 일 드물거든요."

노인 옆에서 밤을 밝힐 수 없어, 심 권사는 갑이에게 전화를 걸었다. 얼마 만에 갑이는 젊고 팅팅한 삼십대 초반의 남자와 함께 나타났고, 할머니의 딸이라는 60대 여자도 나타나 할머니 침상을 에워쌌다. 무슨 이야기인지 자기네들끼리 왈가왈부 떠들던 중, 심 권사가 떠나려 하자, 그들은 일제히 눈을 동그랗게 뜨고 대들었다.

"아니 할머니를 모셔 온 사람이 그냥 가면 어떻게 해요?"

심 권사가 놀란 눈으로 그들을 바라보자, 갑이를 따라온 사내가 입을 열었다.

"우리 모두 아침에 출근할 사람들이거든요. 기왕에 모시고 오셨으니, 아침까지 돌봐 드리는 게 도리 아닌가요? 내일 아침에 각자 일터하고 협의한 뒤에 교대하러 올 테니까……"

심 권사가 눈 똑바로 뜨고 물었다.

"댁은 누구신데요?"

사내가 심 권사의 서슬에 멈칫 하자, 갑이가 가로 맡았다.

"알 거 없구요! 암튼 아침에 우리가 올 때까지 여기 지키세요!"

숫제 명령이다. 그러자 앓는 소리로 웅크리고 있던 할머니가 고개를 들어 젊은 사내를 향해 입을 열었다.

"아범아 행복이는 이 양반이 잘 데리구 있으니 걱정 말고……

바쁜데 어여 가봐. 어여!"

'아범? 아범이라고? 그러면 아기가 저 사내와 갑이 사이에 태어난 아기?' 심 권사가 무어라 말을 할 겨를도 없이, 그들은 혹여 붙잡히기라도 하면 낭패라는 듯 달아나듯 몰려나갔다. 심 권사는 꼼짝 없이 붙잡혔다. 달아나듯 떠난 저들이 다음에는 무슨 억하심사를 드러낼는지……

무슨 주사를 놓았는지 할머니가 통증 없이 구시렁거리고 있어, 심 권사가 물었다.

"할머니 아까 그 젊은이더러 아범이라 하셨는데 혹시 갑이 신랑이에요? 혹시 아이 아범이에요?"

"누가 그래? 누가 그래? 갑이 신랑이라니? 아이 아범이라니? 당찮여! 당치두 않다구! 함부루 말 마!"

노파는 험상궂은 얼굴로 당장 잡아 뜯을 듯이 길길이 뛰었다. 천장에 LED 전구를 수십 개 켜놓아, 눈이 아릴 만큼 밝은 공간에서 노파의 표정은 험상궂은 탈바가지였다.

'아무래도…… 이상해……' 갑이를 따라다니던 그 사내가 아무래도 갑이의 짝이지 싶었다. '그런데 이 노파는 왜 저리 길길이 뛰는 것일까. 알 수 없는 일…… 수술 시작 전, 아침 열 시 전에 오겠다 했으니 저희들도 사람이라면 설마 그때까지는 달려오겠지……'

하지만 담당 간호사가 수술 동의서를 들고 찾아온, 열 시 가까

어둠의 한숨

운 시간에도 그들 중 누구 하나 나타나지 않았다. 심 권사는 보호자가 곧 올 것이라고 했지만, 기다리던 수술팀은 얼마 후, 의사까지 나타나, 굳은 표정으로 더는 기다릴 수 없다고, 이러면 수술을 뒤로 미룰 수밖에 없다고 잘라 말했다. 수술 예정 시간에서 이미 5분이 지났다. 죄인이 되어 동의서에 날인하는 심 권사의 손이 떨렸다. 노파의 딸이며 갑이가 왜 그렇게 서둘러 달아나듯 떠났는지 어렴풋 알만 했다. 그들이 나타난 것은 수술이 끝나, 노파가 회복실로 옮긴 뒤였다.

"수술 끝났어요? 잘 끝났느냐고요?"

노파의 딸과 갑이가 달려들면서 고용인에게 따지듯 물었다. 심 권사는 대답 않고 서둘러 그 자리를 떠났다. 설마 따라 나와 잡아채기까지 하겠는가. 다시는 잡히지 않겠다는 의지로 달리듯 걸었지만 갑자기 눈앞이 어른어른했다. 세상이 어둠 속 깊은 안개 같았다. 어떤 알 수 없는 힘에 납치된 듯했다. '이 일을 어떻게 하나…… 이 일을……'

세탁소 거리는 여전히 먼지와 소음으로 흐릿했고, 전기통닭구이는 여전히 빙글빙글 혼자 돌아가고, 노래방, 노랫빠 아래, 수레에 산처럼 쌓여있는 양말도 발 임자를 못 만나 우중충했다. 심 권사는 반쯤 혼이 나간 듯 그 거리를 허청허청 걸었다.

오후에 올케에게 들러 아기를 받았다. 아기를 데리고 집으로 돌아갔다. 품에 안긴 아기가 엄마 품인 줄 알고, 얼굴을 젖가슴께로 밀어대며 코를 비볐다.

"너는 누구냐? 네 이름이 행복이라고? 저들 중, 정말 너를 낳은 사람은 누구냐?"

아기를 안고 자리에 눕자, 어둡고 이상한 꿈속을 헤매는 듯 답답했다. 그런데 아기를 들여다보자, 잠든 아기는 배냇짓으로 방싯방싯 웃고 있었다.

갑이와 노파의 딸이 세탁소로 달려든 것은 노파가 수술을 받고 사흘째 되는 날이었다.

"수술 동의서에 아줌마가 서명했잖아요? 가서 퇴원수속하라고요. 아줌마가 수술비 대세요! 우리는요…… 어머니이고 할머니지만…… 저 양반 오래 살기 바라지 않거든요. 살려 노셨으니 아줌마가 책임지라고요! 퇴원수속하러 가십시다!"

심 권사는 그들 사설에 놀라, 아들 눈치를 보며 그들을 밖으로 끌어냈다. 그러지 않아도 아들이 이상한 낌새를 채고 무언가를 벼르고 있는 눈치였는데. 기가 막혔지만 심 권사는 말을 가다듬었다.

"아니 도대체 무슨 말씀을 그렇게들 하세요? 정말 경우 없는 사람들이네…… 방 거저 빌려드려, 오밤중 119 불러 할머니를 응급실로 모셔가…… 날이 새도록 할머니를 지켜드리고 수술

받으시는 동안도 나 혼자 있었는데 이제 와서…… 도대체 댁들은 무슨 심사로 이러는 거예요?"

노파의 딸과 갑이가 가슴을 쑤욱 내밀더니 약속이나 한 듯 합창했다.

"우리 아기 행복이 어딨어요? 아이를 훔쳐서 어디 두었어요? 당장 내놓으라고요! 당장!"

이건 또 무슨 소리? 아이를 훔쳤다고? 누가 얽어놓은 각본이 이렇도록 짜임새 있을까? 이제는 아기 도둑으로 몰고 있다.

"아니 젖먹이를 돌보지 않고 버려둔 사람들이……"

심 권사는 더는 말을 잇지 못했다. 노파의 딸이 서둘렀다.

"당장 아이가 보이지 않잖아요? 애 갑이야 경찰 불러라. 112에 전화하라고!"

그들은 그렇게 엄포를 놓고 심 권사를 납치하듯 끌고 병원으로 갔다. 심 권사는 그렇게 그들에게 끌려가 노파를 퇴원시켰다. 노파를 떠안긴 그들은 뒤도 돌아보지 않고 달아났다. 그들은 아기에 대해서 다시는 묻지 않았다.

쓰거나 달거나, 병원에서 퇴원, 심 권사 뜰 아랫방으로 돌아온, 수술 뒤끝의 노파를 돌보고 있던 중, 갑이가 찾아온 것은 며칠 뒤였다.

"아줌마, 행복이 어딨어요?"

"아니 또 왜 행복이는? 나를 또 아기 도둑으로 몰려고?"

"아녀요, 아이 예방 주사 맞히러 가야 돼요."

'그랬던가. 그래도 아기 예방 주사 때를 맞출 줄 아는 걸 보니 에미는 에미인가 보다……' 올케에게서 아기를 데려다 안겨주었더니 불쑥 손을 내밀었다.

"아기 예방 주사 값 줘야지!"

"주사 값?"

"삼십만 원!"

"삼십만 원?"

"왜요? 비싸요? 아이가 맞는 주사가 몇 가진 줄 알아요? BCG 결핵 예방에다, 간염 예방, 홍역…… 내가 줄줄이 외운다고 아줌마가 알아나 듣게?"

심 권사는 건들거리는 어미 품에 안겨있는 아기가 안쓰러워 두말 않고 현금 30만 원을 건넸다. 주사를 맞혀 가지고 아기를 데려온 갑이는, 남의 자식 돌보아 주느라고 큰일이나 한 듯 재세—

"한 달 뒤에 또 가야 하는데 그때도 주사 값 30만 원 준비하라고요."

큰소리를 쳤다. 그 몇 주 후, 갑이는 다시 나타나, 아기에게 주사 맞힐 날이라면서, 아기와 함께 30만 원을 채갔다.

갑이는 아기를 돌려주면서 으름장을 놓았다.

어둠의 한숨

"아줌마 행복이 꼼꼼하게 돌보아야 해요! 왜 아줌마가 데리고 있지 않고 올케라는 사람한테 맡기냐고요? 그렇게 할 테면 행복이 도루주세요!"

갑이의 허세가 눈에 보여 심 권사는 갑이를 똑바로 건너다보며 말했다.

"그래…… 이제 아기를 데려가겠어? 데려가겠으면 그렇게 하라고."

갑이는 기름진 몸을 한번 흔들더니 우물우물했다.

"뭐…… 꼭 그러자는 건 아니고…… 하이튼 애를 남에게 맡기지 말라는 거지……"

신생아 예방 주사가 국가 의무로 무료라는 것을 알게 된 것은 얼마 후였다. 백일해 예방, 폐렴 예방, 파상풍 예방, 소아마비 예방 등, 출생 4주, 출생 2개월에서 4개월 후…… 6개월, 12내지 18개월 맞추어 카드가 있었다. 저들에게 아기는 상품(商品)이었다. 심 권사는 저들이 아기를 결코 데려가지 않고…… 두고두고 주가(株價)를 올려가며 돈을 빼 가리라는 것을 알았다. 악(惡)의 축(軸)에 박혀있는 눈(眼)은 어떤 눈이었기에, 제 새끼를 미끼 삼을만한 상대를 이렇게 알뜰하게 골랐을까. 기이했다.

심 권사는 세탁소 옆집에 방을 얻어 아기방을 꾸렸다. 그동안 어머니가 무슨 일을 겪었는지 알길 없던 작은아들이 길길이 뛰

땅끝의 달

었다.

"어머니, 엄마! 정말 언제까지 이러실래요? 그 아이 돌려주지 않을 라면 세탁소고 무어고 다 때려치워요! 정말이지 더는 두고 못 보겠네!"

삼지사면이 걸림돌이었다. 갑이라는 어미에게는 상품이 되고, 아기는 그나마 안전한 손에 안겨졌는데, 사방이 칼날이다. 심 권사는 낮에 잠깐 올케에게 들러 아기를 품에 안았다. '모든 사람들이 그렇게 난리를 쳐야 할 만큼 너는 나하고 함께 있어서는 안 될 생명이더냐?' 혼곤하게 자던 별이가 심 권사의 내심을 듣기나 한 듯 눈을 떴다. 그리고 눈과 눈이 마주치자 방싯 웃었다. 세상에 다시없는 꽃이었다. 가슴이 뜨겁게 떨렸다. 그 미소는, 무슨 일이 있어도…… 기이한 통로를 거쳐 맡겨진 이 작은 생명을 지켜야 한다는 답이었다. '그래 그래, 네가 몹쓸 아비와 어미에게서 태어났어도, 그들에게 너를 맡기실 수 없으신 하나님께서 너를 나에게 맡겨주셨구나. 이렇게……만고에 태평한 미소를 타고난 너를 그분께서 나에게 맡겨주셨구나.'

심 권사는 하던 일을 멈추고, 세탁물 배달 간다는 핑계로 차를 몰고 나섰다. 그리고 한 이십 리 떨어져 있는 A시 백화점으로 갔다. 평생 들릴 일 없었던 백화점— 신생아 용품 있는 곳을 찾아갔다. 어머나……어머나…… 앙증맞고 어여뻐라! 알락달락 아기 옷, 양말, 신발 그리고 아기의 천국 놀이 같은 모빌이 빙빙

어둠의 한숨

돌아가고…… 장난감 종류가 동화나라를 갑자기 만난 듯 어질, 어질했다. '별이가 얼마만큼 크면 저런 것을 가지고 놀 수 있을까.' 황홀경에 빠진 심 권사는 머뭇거림 없이 아기 옷과 양말 신발을 골랐다. 분홍빛, 하늘색, 골고루 골랐다. 그리고 장난감을 둘러보았다. 동화의 나라, 천국이었다. 갑자기 안겨진 별이 덕으로 난생처음으로 들어선 동화의 나라였다. 그러다 문득, 그 모든 눈부신 것들이 갑자기 낯설었다. 눈이 아프도록 현란한 색깔의 장난감들이 모두 플라스틱이었다. 플라스틱 장난감, 플라스틱으로 만들어진 아기들 젖병에 환경호르몬이 있다는 신문기사가 떠올랐다. 코팅제로 쓰이는 '비스페놀A'가 내분비 장애물질 영향으로 성(性) 조숙증(早熟症)을 유발한다는 기사였다. 플라스틱 가공을 빠르고 쉽게 하는 '프탈레이트'가 대표적이라 했다. 국립과학원에서 전국 초, 중, 고등생 1820명을 대상으로 인체 내 환경유해물질 농도를 조사했더니, 6세부터 11세 어린이에게서 비스페놀A 농도가 어른의 1.6배, 프탈레이트 대사체 농도는 1.5배 높은 것으로 나타났다. 초등학교 2, 3학년 여자아이의 가슴이 부풀어 오르고, 월경이 시작된다는 뉴스를 엊그제 들었다. 어미들이 유방이 늘어지는 것을 방지한다고 아기들에게 모유를 먹이지 않고 우유를 물리면서, 아기들이 만나는 것은 일체가 플라스틱 제품들이다. 세계적인 낙농국(酪農國) 네델란드에서는 특별히 위험한 질병이 있는 산모가 아니면, 신생아에게 우유를 먹이

땅끝의 달

는 일이 없다는 유명한 이야기가 있다. 하늘은, 산모의 초유(初乳)에, 아기에게 필수인 저항력 등, 온갖 생명유지 필수의 영양제를 갖추어 주었는데, 언제부터 우리나라 산모들이 젖을 싸매고, 아기에게 우유 젖꼭지를 물려주었는지⋯⋯

심 권사는 장난감 판매대 앞에서 어지럼증을 일으키고 주저앉았다. 점원이 달려들었다.

"고객님, 고객님, 왜 그러세요? 어디 편찮으세요? 혹시 손자나 손녀에게 무슨 일이 있으신 거여요?"

심 권사는 가까스로 수습하고 일어났다.

"아니 잠깐 어지러웠는데 괜찮아요. 이제 괜찮아요. 미안해요."

그러면서 이십대의 젊고 싱싱한 점원을 바라보았다. '아, 저 젊고 싱싱한 몸에도 성장촉진제가 넘실거리겠지⋯⋯ 좀 더 편하고 좀 더 편리한 편리에 매달려 살아가는 현대인이라는 우리는, 모두 성장촉진제를 꾸역꾸역 먹고 자란 소, 닭, 어류(魚類)를 매일 먹고 있으니⋯⋯' 그런데다 우리나라는 인구가 줄어들어 고민하고 있으면서도, 아직 해외입양의 길을 터놓은 채라니⋯⋯ 몇 년 전, 벨기에 리에주 대학에서, 한국유아입양아의 성조숙증 유병율(有病律)이, 벨기에 어린이에 비해 자그만치 80배나 높다는 논문이 발표된 일이 있었다. 심 권사는 진저리를 치면서 아기 장난감 판매대 앞을 떠났다. '모빌을 내가 만들어주자, 알락달락한 헝겊 자투리로 새와 강아지, 별과 달, 병아리를

어둠의 한숨

만들어 별이의 머리맡에 달아주자.'

　아들 몰래, 아기용품 한 아름을 들고, 새로 꾸민 아기의 방으로 들어갔다. 잠들어 있는 별이 앞에 무릎을 꿇고 엎드렸다. 그의 오감(五感)이 별이의 생명향기로 젖었다. "별이야, 오늘 어떻게 될는지, 내일 무슨 일이 생겨 너와 헤어질는지 모르지만…… 오늘 너와 나는 우리만의 주인공이 되어 만나는구나, 별이야…… 네 어미가 이름을 왜 행복이라 지었는지 몰라도, 너는 정말 행복한 아기로구나……" 독백이 아니었다. 별이의 영혼이 알아들을 것을 믿었다. 그날 당장 리폼 재봉틀로 모빌을 만드느라고 덜덜거리는 것을 흘깃 바라본 아들이 질겁했다.

　"아니? 어머니? 뭣하시는 거여요? 아이고 세상에! 드디어 우리 어머니께서 망령 들리셨네! 아니! 언제 데려갈는지 알 수 없는 아이를 떠안고, 이제 아이 모빌까지 손수 만들고 계세요? 큰일 났네, 큰일 났어! 어머니, 친손녀 태어났을 때는 나 몰라라 하시더니…… 이럴 수가…… 이럴 수가…… 아이고! 정말 이게 무슨 재앙인지 원……"

*

　갑이는 정말 미혼모인가? 갑이와 함께 노파의 병실로 찾아와

땅끝의 달

설치고 다니던 젊은 사내는 누구인가…… 결혼제도가 파괴되어 젊은이들이 결혼을 하지 않고, 자식은 더더구나 질색한다. 자식을 먹이고 가르치는데 막대한 돈이 든다는 것……이렇게 한국은 급속도로 인구 절벽에 이르렀는데, 프랑스는 2016년 태어난 신생아 중 6명이 혼외(婚外)출산이라 했다. 유럽연합(EU) 28개 회원국 중 8개국은 혼외출산으로 태어나는 아기가 신생아의 절반을 넘는다고 했다. 한국의 실정은 어디까지 갔는지 알 길이 없으나, 개인이나 국가, 세계가 믿는 인류의 진보(進步)라는 것은 허울 좋은 위로였다.

심 권사는 자투리 헝겊이 새가 되고 병아리로 태어나는 것을 보면서 계속 미소가 미어져 나오는 것을 막지 못했다.

"어머니 이제 아들의 한탄은 들리지도 않아요? 그 이상한 모빌을 만드시면서 웬 미소여요? 이젠 정말 겁나네……"

"어린 아기의 모빌을 만들다가, 나라가 하는 일이 하 우스워서 그런다. 너희들 태어나기 전에 말이다. 우리 정부는, 집집마다 아이를 많이 낳는다고 끌탕하며, 산아제한(産兒制限)에 목을 매고, 매일 거리거리 골목으로 돌아다니며 마이크로 소리치기를 '둘만 낳아 잘 기르자!'였고, 중국은 부부가 아이를 하나 이상 낳으면 잡아 가두기까지 했다고! 그래서 중국 오지의 부부는 태어나는 아이를 제 손으로 죽이는 일까지 있었단다. 그리고 더 웃기는 일은 그때만 해도 우리나라의 주택 사정이 엉망이어서, 제

어둠의 한숨

집 갖고 사는 사람이 얼마 없을 때, 아파트를 지으면서, 병원에서 발행한 정관수술(精管手術)증명서 있는 사람에게만 아파트 추첨권을 주었어. 남자의 정관을 잡아맨 세대주에게만 추첨권을 주었다고. 그랬는데 불과 몇십 년 만에, 우리나라 인구가 급격하게 줄어, 어쩌면 지구상에서 아예 국가가 없어질 첫 나라가 대한민국이 될는지도 모른다는 말이 퍼지고 있을 정도라니…… 격세지감이 아니라, 한 치 앞을 내어다 볼 줄 모르는 인간의 한계가 희극인지 비극인지 어느 쪽인지 몰라서 그런다…… 그리고 이런 판국에 아기 모빌을 만들고 있는 내가 행복해서……"

"행복하세요오? 행복? 아, 정말, 보통 일이 아니네요! 큰일은 큰일이네요! 어머니!"

그 얼마 후에 갑이는 또 찾아와서 아기 예방접종 때가 되었다고, 아기를 빼앗듯 받아 안고 예방접종비 30만 원을 요구했다. 심 권사는 두말없이 돈을 건네주면서 눈치껏 조심스레 입을 뗐다.

"이번에는 아기 주사 맞힌 카드를 가져오면 좋겠다. 그래야 내가 다음에 또 언제 예방 주사 값을 준비해야 하는지…… 이렇게 갑작스레 와서 주사비를 내라면 나도 좀……"

갑이가 눈을 치떴다.

"왜요? 돈 아까워요? 그럼 오늘 행복이를 아주 데리고 갈게요."

숫제 공갈이다. 공갈이라는 것을 알았으면서도 심 권사는 아기를 가운데 놓고 거래를 하는 것 같은 느낌 때문에 풀이 죽었다.

"알았다. 어서 다녀오너라. 조심하고."

"걱정도 팔자네!"

갑이는 내던지듯 말하면서 뒤뚱거리고 떠났다.

세탁물을 찾으러 온 이웃집 영주 어머니가, 가게 밖에서 갑이를 배웅하듯 서있는 심 권사에게 물었다.

"권사님 이제 지에미가 아이를 아주 데려가는 거여요?"

"아니…… 예방접종하러 가는 길이래요. 주사비가 한번에 30만 원이라던데."

"아니? 아아니? 그래서 30만 원을 주셨어요?"

껑거리 솟음이다.

"그럼 어떻게 해요? 지에미가 그렇다는데."

영주 어머니가 거품을 물었다.

"하이고! 권사님! 아무리 세상 캄캄한 분이라도…… 이럴 수가…… 저년이 도둑년이네! 애새끼 하나 내질러 놓고 장사하고 있네! 아기 예방접종은 나라가 거저 해준다고요! 거저라고요! 무슨 30만 원씩이나…… 세상에 저런 도둑년을 그냥 두어요? 당장 경찰 부릅시다!"

어둠의 한숨

심 권사는 가게 안에서 다림질하고 있는 아들이 들었을까 보아, 영주 어머니를 뒷골목으로 끌고 갔다. 돈문제가 아니라 우선 아들이 두려웠다.

"경찰은 무슨 경찰…… 내가 무식해서 생긴 일인데……"

"권사님, 사람이 너무 어질고 착하기만 한 것도 죄예요! 죄! 저것들이 권사님이 한없이 어질고 선량하다는 걸 알고 저렇게 인두겁 쓰고 얼마든 권사님을 속여먹고 있잖아요? 권사님이 한없이 속아주는 그 선량함 때문에 저년들의 죄는 더 늘어나고…… 그저 신이 나서 계속 저지르고 있잖아요? 권사님이 저것들이 죄를 계속 짓게 만들고 있잖아요? 세상에! 나 원 살다 살다 별 구경을 다하면서 열받네! 열받아! 이제 그만, 애고 뭐고 줘버려요! 언제까지 속아 사시겠어요?"

"영주 어머니 미안해요. 영주 어머니 말씀 백 번 옳아요. 어떻던 정신 차리고, 저 사람들이 더 못된 짓하지 못하도록 할게요."

영주 어머니의 분심은 사기꾼들보다도 심 권사의 처사를 더 못마땅해했다.

"속아주는 것이 속이는 죄보다 더 나쁠 때도 있다는 걸 아셔야 해요! 지난주일 설교 때, 그런 걸 도덕적 향락이라고까지 나무라시던데요. 정말이지 저도 이 이상 심 권사 댁 일로 열받고 싶지 않네요!"

그이는 분심을 가라앉히지 못한 채, 세탁물을 찾아가지고 떠

땅끝의 달

났다. 아들이 이상하다는 듯 물었다.

"영주 어머니하고 뭐 다투시거나 따질 일 있었어요?"

"아아니…… 그냥 동네 소문거리 좀 들었어."

"그런데 왜 어머니 얼굴이 그렇게 창백해요?"

"창백하기는? 골목바람이 좀 차더라."

갑이가 아기를 데리고 왔을 때, 심 권사는 아기의 예방접종 카드를 달라고 요구했다.

"왜요? 내가 엄마인데 내가 갖고 있어야지요! 행복이 데리고 있기 싫어요? 그러면 데려갈게요."

심 권사는 애써 한숨을 삼키고 잘라 말했다.

"그러냐? 그래 데리고 가거라."

밀고 당기는 거래가 아니었다. 영주 어머니의 닦달이 가슴에 살아있었다. 아기가 너무 가엾었지만, 아기와의 인연이 그것으로 끝나는 것이라면 더는 매달리지 않겠다는 각오였다. 그러자 뜻밖의 사태에 한순간 흠칫하던 갑이가 심 권사를 흘깃 바라보더니 능글차게 능쳤다.

"에에이…… 공연히 그러셔, 행복이가 권사님하고 있으면서 얼마나 예뻐졌고, 통통해졌는데…… 자요, 행복이는 권사님 손녀예요! 하나님이 그렇게 정해줬잖아요? 그렇지요?"

그렇게 아기를 심 권사의 품에 넘겨주었다. 아기가 품 안에 들자 단단하던 각오는 한순간에 무너졌다. 달아나듯 서둘러 등을 보이고 가버리는 갑이가 고마웠고, 아기의 향기가 심 권사의 얽혔던 가슴을 풀었다.

세탁소 문을 닫고 들어와, 대강 씻은 뒤에 아기를 품는 순간, 그저 눈물이 흘렀다. 눈물을 흘리면서 아기의 기저귀를 갈아주고 속옷도 갈아입혔다. 육십을 넘긴 할망구가 아기를 안고 눈물 흘리는 일에 스스로 어이가 없었다.

세계 곳곳, 일본 그리고 우리 정부도 저출산 고령화 급물살로 늘어나는 노인 인구 증가로 공포에 질려있다. 2001년 이후 출산율 1.3 미만, 2100년엔 인구 절반이 노인이 된다는 것. 중국도 인구 쇼크에 6% 성장도 어려워져, 성장률 하락이 중국시장 구조에 적신호가 켜졌다. 세계의 '노인복지기준이 65세로 정해졌던 것은 1889년 독일 총리 비스마르크가 결정했을 때부터라는데, 그 법을 따라 우리 국회가 노인복지법을 만들던 1981년만 해도, 65세 이상 노인은 인구의 4% 정도였다던가……그런데 38년 만에 우리 인구의 15%가 65세 이상이라니…… ' 나도 그중 하나…… 5, 6년 후면 비율이 20%가 되면서 초고령 사회가 된다는데…… 외국 뉴스며 신문들이 이 사태를 두고 〈회색 쓰나미〉고 벌벌 떨고 있다…… 나라가 살만해졌다고, 노인 대상 도시철도 무임승차로, 늙은이들이 눈만 뜨면 꾸역꾸역 들고

땅끝의 달

나서서 종일 지하철을 타고 돌아다녀, 감면액(減免額)이 7천～8천 억에 이른다니 나라살림 거덜 날 때가 머지않았겠고…… 앞으로 나라가 무엇을 보장해 줄 수 있겠는지……'

　기저귀를 갈고 속옷도 갈아입은 아기의 잠든 모습은 천사였다. 아기의 증조할머니도, 어미인 갑이도 미워할 일이 아니지 싶었다. 세상이 어찌될는지, '결혼파업!'으로 젊은 청춘들이 결혼 기피, 출산 기피로 인구 절벽을 이루고 있다는데, 이렇게 예쁜 딸을 낳아 안겨준 갑이를 고마워할 일이지 싶었다. 그들이 무슨 짓을 하고 있건, 행복이는 태어나 이렇게 하루하루 자라고 있으니…… 갑이는, 저출산 고령화 시대에 용감한 여성 아니겠나. 지난 13년 간 우리 정부는 저출산 해결을 위해 143조라는 천문학적 예산을 처들였지만 출산율은 계속 바닥 모르게 곤두박질치고 있는 형편에― 정책수립, 정치를 한다는 사람들은 한 치 앞을 내다볼 줄 모르는 청맹과니들인지, 1983년 이후에도 산아제한정책을 계속 밀어붙이다가, 1999년에서야 공식 폐기했다니 한심하지…… 이제 총각이고 처녀고 결혼할 생각을 아예 접었다는 숫자가 반 이상이고, 더구나 자식을 낳지 않기로 독하게 작정했다는 말을 예사롭게 내뱉고 있으니, 세상에서 인구가 줄어, 그중 먼저 없어질 나라가 대한민국이라는 예상도 헛말은 아니겠다……

어둠의 한숨

하루 일을 마친 심 권사는 별이를 안고 침대에 누워 자장자장 아기를 다독거리며 이야기를 풀다가 함께 잠든다. "별이야, 너는 참 이상한 세상을 찾아왔구나. 우리나라뿐 아니라 온 세상이 아기를 돈으로 만들겠다고 생야단이란다. 저어 헝가리라는 나라 빅토르 오르반이라는 총리도 흰소리 탕탕 치고 있구나. 아이를 넷 이상 낳는 엄마에게는 소득세를 물리지 않고 마흔 살 안 되는 여자가 결혼하면 우리 돈으로 4천만 원을 싼 이자로 대출해 주겠다고 큰소리 쳤다는 게야. 그리고 아이가 셋 이상 되는 집에서 7인승 승합차를 살 때는 우리 돈으로 천만 원 보조금을 대주겠다고 했다는구나. 그게 한해에 6천억 원이 든다는데 말이다. 나라를 틀어쥐고 있는 힘센 사람들은 돈을 뿌리면 아기가 되는 줄 아는 모양이다. 그런데 말이다. 별이야, 아기를 낳지 않아서 인구가 줄어드는 나라는 우리나라뿐이 아니란다. 별이야…… 우리나라도 출산 문제를 돈으로 해결해 보겠다고 들고 나섰는데, 지금 만 여섯 살이 안 된 아기에게 한 달에 10만 원 아동수당이라는 것을 주고 있는데, 그게 말이다 한해에 2조 8천억 원이 든다는구나. 새 대통령은 아동수당을 아홉 살 미만으로 올리겠다는데 그러면 한해에 4조 5천억 원이 든다는 거야. 저 시골 봉화라는 마을에서는 첫 아기를 낳기만 해도 7백만 원을 준다는구나. 이렇게, 가정양육수당, 아동수당, 지자체 출산장려금을 골고루 주는데도 소용이 없어졌어. '우리가 그 돈을 받자고 아이

땅끝의 달

를 낳지는 않겠어!' 젊은 사람들이 약속한 듯 그렇게 들이대고
있단다. 결혼도 싫고! 더더구나 아기를 낳는 일은 어마무
시!…… 나라가 마구 뿌려대는 돈이, 그게 아기로 태어나겠니?
그리고 보면 네 엄마 갑이는 애국자다 그렇지? 그리고 점점 숨
막혀 숨넘어갈 것처럼 막막한 나에게 너를 안겨준 네 엄마
는…… 좀 색다른 천사가 아닐는지…… 별이야…… 네가 어른
이 되면 너는 좋은 신랑 만나 결혼해서 너처럼 예쁜 아기를 다섯
만 낳아라, 응? 별이야. 하나님께서 아주, 아주 기뻐하실 게
다……" 그렇게 시작도 끝도 없는 말을 별이 귀에 대고 속삭이
다가 자신도 스르르 잠에 빠진다.

  며칠 후 장날, 찬거리를 사러 장바닥으로 들어서서 기웃기웃
찬거리를 둘러보다가, 심 권사는 흠칫 놀랐다. 그리고 얼른 가게
뒤 골목으로 몸을 숨겼다. 갑이와 그 사내가 팔짱을 끼다시피 희
희낙락 장구경을 하고 있는 것이 눈에 띄었다. 응급실에서 갑이
할머니가 '아범아……'하고 부르던 사내가 갑이의 어깨에 팔을
두르고 낄낄 웃어가며 튀김집에서 튀김을 이것저것 고르고 있었
다. '별이가……저들이 행복이라고 이름 지어준 행복이가 저들
에게서 태어났더라는 말인가. 그런데 왜 아기를 제 품에서 떼어
놓고 저리 돌아치는가……' 아기를 팽개치고 저들끼리 저리 희
희낙락이라니…… 갑이와 저 건장한 사내가 정식 부부인지 알

어둠의 한숨

수 없었지만, 저들이 한 쌍 되어 살고 있는 것만은 틀림없어 보였다. 그렇게 웅크려 숨어서 갑이네를 지켜보고 있는데, 누구인가 등 뒤에서 반색을 한다.

"아니 권사님 여기서 왜 이러고 계세요?"

면사무소 보건지소 윤 소장(所長)이었다.

"응, 아, 그냥 좀 둘러보다가 숨 좀 돌리고 있는 중이라고……"

"왜요? 어디 편찮으셔요?"

"아, 아냐, 아니라고……그냥 좀……"

"그런데 권사님 댁에다 떠맡긴 아기는 아직도 그대로 있어요?"

"응……아기가 순하고 착해서 잘 자라고 있어요."

"그런데 그 아이에게 부모가 있다는 것 알고 계셔요? 아이 에미에게 뻐젓하게 남편이 있는데, 아이 에미가 미혼모 노릇하고 있다는 거요."

방금 눈앞에서 키들키들 웃어가며 장을 보고 있는 남녀의 이야기다.

"설마…… 어떻게 그럴 수가……"

"요즘 나라가 출산율 때문에 미혼모도 떠받들고 있어요. 어미가 계속 결혼하지 않고 아기를 키운다면, 아기가 고등학교 갈 때까지 나라가 다달이 주는 돈이 적잖아요. 아마…… 월 칠십만

땅끝의 달

원이라던가, 좀 있으면 더 올라서 아기하고 에미가 살만한 액수가 지급될 걸요? 그것도 아기가 고등학교에 갈 때까지라니까……"

"아, 나라가 그렇게까지……"

"그렇다니까요. 그래서 그 아기의 어미라는 것이 뻐젓하게 남편이 있는데도 미혼모라고 속이고 있다는 거여요."

대강 짐작은 하고 있었지만, 당장 눈앞에 얼씬거리는 남녀의 이야기를 여실하게 듣게 된 정황이 무슨 결정적인 판결문 같았다.

소장은, 심 권사가 떠맡은 아기에 대한 동네 소문을, 약간 반감까지 섞어, 실컷 할 말 다 한 뒤 훌쩍 떠났다. 심 권사는 숨을 가다듬고 그 자리에 가만히 주저앉았다. 건너다보니 갑이와 사내는 튀김을 잔뜩 사들고 골목 저쪽으로 건너가고 있었다. '저 사내가 행복이의 아비가 아닐 수도 있겠다…… 저 사내는 갑이가 타내는 미혼모 수당(手當)에다 눈독 들이고 없혀사는 건달일 수도 있겠다…… 저것들이 태어난 아기에게 '행복'이라고 이름 지어준 것은……설마……' 2018년 세계행복조사에서 한국이 최하위 수준이라는 것을 알고 역부로 지었을까. 한국의 행복지수가 세계 최하위 수준이라니! 경제적 문제가 아니었다. GDP가 우리보다 낮은, 가난하기 이를 바 없는 중남미의 행복지수는 우리보다 훨씬 위였는데…… 설마, 이런 흐름 속에서 태어난 아

어둠의 한숨

기가 불행해지지 않기를 바라고 지은 이름이었을까. 설마……
아기 몫으로 나오는 갖가지 수당이 달콤해서였겠지. 업둥이에게
딸려 온 증조할머니와, 아기를 갖가지 명목으로 상품 삼아 돈을
뜯어내는 에미와, 아기를 에워싸고 각다귀가 된 어른들…… 나
라 형편은 갈수록 절벽이다. 토머스 맬서스(1766~1834)라는 인
물이 만들어낸 '인구론'에서, 생존과 재생산이라는 두 가지 본
능 중, 생존본능이 앞선다고 주장하기는 했지만, 한국의 젊은이
들, 그중에 먹물 짙게 밴 젊은이들은 '치열한 경쟁사회에서 나
부터 살아남아야 하니 애를 낳을 수가 있어? 어떻게?' 소리치고
있는데, 그래도 갑이는 아이를 낳아, 행복이라는 이름을 지어주
었다.

'반기는 사람 없이 태어났지만 아기를 나에게 데려다주신 분
은 하나님이시다!' 하루가 다르게 자라는 별이에게서는, 별이가
태어난 그곳, 그들에게서 풍기던 악취가 조금도 없었다. 하늘에
서 뚝 떨어진 아기천사처럼 맑고 향기로웠다. '아! 별이는 너무
고달픈 삶에 지쳐가던 나를 불쌍히 여기신, 주님께서 보내주신
천사로구나.' 별이는 절대로 그들과 상관없는 아기였다.
'주께서 별이를 내게 맡겨주셨다. 엉뚱하게 태어난 별이를 주
께서 나에게 보내주셨다. 별이를 보내주시고, 나를 위로해 주신
하나님, 아니, 별이가 비록 악취의 시궁창에서 태어났지만 그 시

                                                  땅끝의 달

궁창에서 건지셔서 나에게 보내주신 것이다. 아바 하나님의 생명 샘에, 별이와 내가 함께 마실 수 있는 생수를 열어주시느라고 별이를 이 세상에 보내주셨다. 별이와 내가 그렇게 생명 샘을 함께 마셔가며 이 땅에서 비밀한 사랑의 열매를 맺으라 하시는구나. 인구 절벽에서 대한민국이라는 나라가 없어지는 한이 있어도 별이는 최후까지 남겨져, 지구의 아담을 만나고 하와라는 어미가 되어 생명을 이어가는 생명의 어미가 될 것이다. 그렇지? 별이야!'

심 권사는 멀리서 히히덕거리는 갑이와 사내를 건너다보며 다짐했다. '그래, 너희들은 돈만 따먹어라! 너희에게는 돈이 행복이더냐? 별이가 고등학교를 졸업할 때까지 너희들은 돈만 챙겨라. 하늘이, 별이가 너희들이 허우적거리는 시궁창의 더러움에 물들지 못하도록 내게 보내셨으니 내가 별이를 지켜주겠다. 하늘이 주신 내 삶의 목적이다. 별이는 버림받은 것이 아니라, 서럽고 고달픈 나를 위해 태어난 위로의 천사다. 별이는 그렇게, 이 무시무시한 세상에서 두려움 없이 자라면서, 너희들이 알아볼 수 없을 정도의 아름다운 처녀가 될 것이다.'

그렇게……심 권사는 찬거리 사려던 것도 접고 허청허청 걸었다. 그리고 큰 거리로 나서서 계속 쓸쓸하게 빙글빙글 돌고 있는 통닭 두 마리와, 뻥튀기 한 자루, 그리고 양말 열 켤레를 사 들고, 별이가 기다리고 있는 집으로 걸음을 재촉했다.

어둠의 한숨

그날 하루

여리고 성 밖에 살고 있는 가난한 가장(家長) 아딘에게 첫아들이 태어났다. 마을 사람들은 자기네 집 경사처럼 모두가 기뻐했다. "축하하네! 축하해! 이제 자네의 전통(箭筒)에도 화살이 꽂혔네 그려!" 유대인들은 아들 얻는 것을 화살전통에 화살을 꽂는다 했고, 전통에 화살이 가득 차는 것을 큰 축복으로 여겼다. "그래! 그래! 이제 아들을 낳아준 마누라를 더 사랑해 주어야 하네! 그래야 계속해서 더 튼튼한 아들을 계속해서 낳아줄 것 아닌가!" 아딘의 아내는 마을 사람들의 덕담을 흐뭇하게 들으며, 기쁨으로 눈물 가득한 눈으로 젖 물린 아들을 바라보며 아기의 귀에다 대고 속삭였다.

"네가 태어나 주어 나는 이 가문에서 쫓겨나지 않고 며느리와 아내로 살아가게 되었구나. 결혼 후 십여 년에 이르도록 자식을 얻지 못해 쫓겨 날 판이었는데, 여호와께서 불쌍한 나를 돌아보셨고, 네가 나를 구원해 주었구나…… 아가야, 부디 복을 받고 태어났으니 누구보다 씩씩하게 자라다오. 그리고 가난한 우리집에 기둥이 되어 부자가 되게 해다오."

아들의 맑고 평화로운 눈을 그윽하게 들여다보며 속삭이는 엄마의 속삭임은 눈물어린 기도였다. 아딘은 아들이 태어나면서 환하게 열린 앞날을 보았고, 가난한 중에도 마을 잔치를 푸짐하게 베풀었다. 마을 사람들은 아딘네 잔치에서 배불리 먹고 마셔가며 흔쾌하게 아딘을 축복해 주었다. "이제 아들을 얻었으니 아딘의 전통에는 화살이 가득 차게 꽂힐 것이고, 머지않아 부자가 될 게야! 이 모두가, 선량하고 부지런한 아딘 부부를 돌아보신 여호와께서 복의 문을 열어 주신 것이니 자네가 부럽고 부럽네! 머지않아 부자가 되면 우리를 괄시하지 말게나! 알겠는가?" 아딘은 아들의 이름을 '아사랴'라고 지었다. 〈여호와께서 그를 도우신다〉는 뜻이었다. 아딘의 아들 아사랴는 마을의 희망이었다.

*

"아니? 이 아기가…… 아기가……"

젖가슴에 안긴 아들을 살피던 부부는 기함을 했다. 아기가 눈을 뜨고 있었으나 아무것도 알아보지 못하는 소경이라는 것을 알았다. 그렇게 맑고 평화로운 눈을 뜨고도 아무것도 볼 수 없는 소경이라니! 이럴 수가! 이럴 수가! 우리가 무슨 죄를 지었을까? 아딘 부부는 얼싸안고 울었다. 하늘이 무너진다더니 이런 것이었던가. 울다 지친 부부는 아들을 안고 회당(會堂)으로 달려갔다. 그리고 눈물로 여호와께 부르짖었다.

"여호와여! 여호와여! 저희에게 죄가 있아오면 저희 부부에게 벌을 내리시고, 이 핏덩이에게 빛을 주소서! 이 아이가 눈을 못 보고 살아갈 세상을 저희가 어떻게 감당하리이까. 주님! 주님! 이 어린 것을 불쌍히 여기시고 아비와 어미인 저희에게 벌을 내리소서. 달게 받겠사오니 저희 부부를 벌하시고 이 아들에게 빛을 허락하소서! 활짝 열린 세상을 보게 해주소서!"

아기는 아비와 어미의 부르짖음을 듣는지 못 듣는지, 그저 초점 없는 맑은 눈을 뜨고, 애타게 부르짖는 부모의 곁에서 평화롭게 누워있었다. 아무리 보고 또 보아도 아기의 눈에 이상이 있는 것 같지 않았다. 눈동자, 동공은 빛났고, 각막(角膜)은 너무도 깨끗하고 시원했다. 어디가, 도대체 어디에 무슨 이상이 있어, 아기가 눈을 뜨고도 보지 못한다는 말인가. 가난한 마을 사람들은 아딘네 잔치에서 마음껏 축복했던 축복이 부담스럽기 시작했다. "아니, 아딘 부부에게 무슨 감추어진 죄가 있었던가? 어찌 저런 눈 못 보는 아들이 태어났다는 말인가?" "거 알 수 없는 일이지, 감쪽같이 지은 죄가 있는 게지! 안 그런가?" 잔치 자리에서 마음껏 축복해 준 것이 속없는 짓처럼 되어 무안하기도 했지만, 죄에 관한 이야기가 나오자 너도 나도 한마디씩 거들었다. 잔치에서 실컷 먹고 마실 때도, 마을 사람 중에는 갈고리 같은 심뽀를 깔고 앉아있던 사람이 있었다는 말인가? 그래도 사람들의 입방아가 못마땅한 어른 중에 아딘을 두둔하고 나서는 이도 있었다. "죄라면 인간치고 죄 안지은 놈이 어딨노? 우리야 여호와 앞에서 구더기 같은 것들, 벌레 같은 것들인데, 하필 아딘네만 죄가 있겠는가?" "하기사, 북쪽 하늘을 허공에 펼쳐놓으시고, 이 땅덩어리를 허공에 매달아놓으신 여호와 앞에 우리가 무엇을 어떻게 입을 함부로 놀리겠는가?" 눈 못 보는 아딘의 아들은 동네방네 말거리가 되었고, 세월이 흐르면서 집안의 골칫덩이가 되었다. 아비는 아들에게 아사랴라고 지어준 이름을 부르지 않았다. 〈여호와께서 그를 도우신다〉고 지어준 이름이 후회스러웠다. 아들은 그렇게 천덕꾸러기가 되었다. 아딘의 아내는 아들을 낳은 뒤로 태의 문이 열렸는지 계속해서 아이를 낳았다. 가난한 살림에 늘어나는 식구들 입치레도 어려워졌다. 눈먼 아들이 열 살이 넘자, 아비는 아들을 밖으로 내어 몰았다.

"이렇게 집구석에 처박혀있지 말고 나가서 네 밥벌이라도 해라! 집구석에서 이리 치이고 저리 치이면서 가로거치지 말고,

제발 눈에 띄지나 말아라. 너를 보면 속에서 천불이 난다! 에이 그! 내가 무슨 죄를 졌기에 저런 아들을 두고 속을 썩혀야 하나!"

아비가 아들을 구박하면, 아내는 앞치마로 눈물을 찍어내며 남편에게 애원했다.

"여보, 제발 그리 마시오. 저 애가 그리 태어나고 싶어 태어났겠소? 전들 얼마나 답답할까요? 태어나면서 눈을 못 보니 세상이 어떻게 생겼는지, 부모 얼굴이 어떻게 생겼는지, 그저 캄캄 어둠에 갇혀 살아가는 저 애를 불쌍히 여겨야지 구박하다니요, 벌 받을 짓이지요. 저 아들을 통해 우리에게 긍휼을 가르치시려고 주님께서 보내신 천사일는지도 모릅니다. 제발, 저 가련한 아들을 구박하는 죄를 짓지 마세요."

"구박을 하고 싶어 하겠소? 이 가난한 살림에 저렇게 처박혀 밥만 축을 내는 자식이 되었으니 한심하지 않소?"

"그렇다고 저 아들에게 무슨 일을 시키겠습니까? 구걸이라도 하라는 것인가요?"

"구걸 못할 게 뭐요? 눈을 못 보는 인간을 불쌍하게 여기는 양반들이 있을 것 아니오? 차라리 그렇게라도 해서 제 입치레라도 하면 좋겠구먼."

아내는 돌아서서 치받치는 울음을 가까스로 삼켜 앞치마로 눈물을 찍어내며 말했다.

"아무리 가난하다지만 어떻게 자식을 구걸하는 자리로 내몰겠습니까? 차라리 내가 하루에 한 끼 덜 먹을 테니, 저 아들에 대해서 더는 가혹한 말을 하지 마세요. 제발……"

"당신, 저 아이가 저렇게 빨래 뭉치처럼 처박혀있는 것이 보기 좋다는 말이오? 구걸이라 해도 넓은 천지에 나가서 바람이라도 쐬게 되는 일인데, 그렇게 넓은 천지에 나가 세상을 배우게 하는 것이 저 아이를 위해서 좋은 일일듯싶소만."

눈먼 아들은 방구석에서, 근심어린 부모가 다투는 소리를 듣다가 어느 날, 더듬더듬 아버지 앞으로 갔다.

"아버지, 저를 큰 길가 나무 그늘 아래로 데려다 주세요. 아침에 그곳으로 데려다주시면 하루 종일 거기 앉아서 오가는 사람들의 이야기도 듣게 되고, 집에 있는 것보다는 배우는 것이 있을 겁니다. 어머니, 저 때문에 슬퍼하시지 말고 집안의 근심을 덜어드릴 수 있게 저를 큰 길가 시원한 그늘에다 자리를 잡아주세요."

"네 마음이 얼마나 상했으면……"

어머니는 눈물로 아들을 감쌌다. 열 살을 넘기고 열다섯…… 열여덟 살이 되면서 아들은 눈뜬 다른 형제들보다 훨씬 속이 깊어졌다. 눈먼 형을 두고 동생들이 찧고 까불어도, 형은 탓하지 않았다. 힘이 없어서가 아니라. 동생들을 위해 할 수 있는 일이 아무것도 없는 것을 속으로 한탄했다. 눈먼 아들에게도 거뭇하게 수염이 솟아나기 시작했을 때, 아버지는 드디어 아들을 거리

땅끝의 달

로 내보내기로 작심하였다. 안쓰러워하는 어머니가 매달리다시피 말릴 때 아들은 오히려 부모를 달랬다.

"어머니, 눈을 못 보는 제가 구걸을 하러 나선다고 거지가 되는 것은 아니에요. 남에게 나누어 줄 수 있는 것도 있을는지 모르잖아요? 눈먼 거지인 제 곁을 스쳐 지나가는 사람들에게 '보십시오, 나 같은 인간도 이렇게 살아 있지 않습니까? 동전 통을 차고 앉아서 구걸을 하고 있지만 저도 살아서 여러분이 적선할 기회를 드리고 있지 않습니까?' 제 꼴을 보면서 자신의 처지를 감사하게 여기시고, 삶에 소망이 있음을 감사드리세요. 그렇게 보이지 않는 덕을 끼칠 수도 있겠지요."

아버지는 깊은 한숨 끝에 아들을 측은하게 바라보았고, 어머니는 달려들어 눈먼 아들을 껴안았다.

"아사랴야, 내 아들 아사랴야, 네 이름이 빛을 만날 날이 올 것이다. 너의 그 착하고 슬기로운 생각은 어디로부터 온 것이냐? 네 영혼은 육신의 캄캄한 어둠 속에서도 여호와께 감사를 드리고 있구나. 주님께서 불행한 너를 돌아보시고 너에게 지혜를 주셨느냐? 그렇다, 너처럼 불행하게 태어난 사람도 살고 있다는 것을 사람들에게 보여드리고, 혹여 삶을 짐스러워하는 이에게 희망을 준다면 네 생명이 충분한 역할을 하는 것이겠다, 아들아…… 가엾고 사랑스러운 내 아들아……"

"어머니 슬퍼하시지 마세요. 저의 육신은 캄캄한 어둠 속에 있지만 저에게는 기다림이 있어요. 제가 영원히 빛을 볼 수 없다 해도 저의 영혼만은 누구인가를 기다리고 있어요 어머니, 저에게는 기다림이 있어요."

"그러냐? 언제인가는 주께서 그러한 너를 돌아보아 주실 게다. 나는 너를 버린 자식으로 생각한 적이 없단다."

*

아들을 거리에 내어놓기로 작정을 했으나, 막상 아들을 끌고 나가려니, 마을을 지나갈 일이 형장(刑場)으로 가는 길처럼 암담했다. 아들이 태어났을 때, 마을 사람 모두가 아낌없이 축하해 주던 그때…… 아아, 그때를 되돌이킬 수는 없는 것일까, 그리고 여호와께서 우리를 불쌍히 여기사 아들의 눈에 빛을 주실 수는 없는 것일까. 아딘은 속으로 땅을 쳤다. 하지만 언제까지, 나이 들어가는 눈먼 아들을 방구석에 처박아둘 수는 없었다. 아들을 앉혀줄 자리를 정하기까지 아비는 여러 날 성문 밖이며 성문 근처를 다니느라고 다리품을 팔았다. 되도록이면 사람들이 많이 지나다니는 길가, 눈먼 자의 구걸하는 모양이 쉽게 눈에 띄는 자리를 찾아다녔다. 아들을 데리고 나가는 날, 아딘은 아들처럼 눈이 멀어서 아무것도 보이지 않는 사람처럼 마을길이며 사람들을 외면하고 걸었다. 여리고 성 근처 큰 길가에. 누더기 깔개를 깔

땅끝의 달

아주며 아비는 눈물을 머금었다. '여호와 하나님, 누구의 죄입니까? 저희 부부 중에 누구의 죄로 이 아들의 눈에서 빛을 빼앗으셨나이까. 어떻게 이런 일이…… 어떻게 이런 일이……'

"오늘부터 부디 너를 불쌍히 여기는 사람들이 너의 동전 통에 그득하게 동전을 던져주기 바란다."

아비는 아들 앞에서 목이 메었다. 그날 이래, 아사랴의 구걸 동전 통에 던져진 동전은 아사랴 자신의 입치레를 하고도 남았다. 더러 마을의 각다귀들이 동전 통을 뒤집어 슬쩍해가는 일만 없다면 집안 살림에 적잖은 보탬이 될 만큼 적선하는 사람들이 적지 않았다.

*

아사랴는 그렇게 나이 들어갔다. 여름에도 겨울에도 같은 자리를 지켰고, 거리를 오가는 사람들이 주고받는 이야기에서 삶을 배웠고, 나쁜 인간들이 저지르는 죄에 대해서도, 그 결과에 대해서도 깊은 깨달음을 얻었다. 눈이 보이지 않는 대신 귀는 놀랄 만큼 밝았다. 아침이 되면, 이제는 다 자란 동생들이 눈먼 맏형을 구걸 자리에 데려다주고, 해질녘이면 다시 형제 중에 누구인가 눈먼 맏형을 데리러 나왔다. 불쌍히 여겨 혀를 끌끌 차며 동전을 던져주는 사람이 있는가 하면, 바람을 일으켜 지나가면서 욕설을 퍼붓는 사람도 있었다.

"눈먼 거지가 좋은 경치를 망쳤네, 제 집에 처박혀있을 일이지 왜 날구장창 길거리에 나와 지나가는 사람의 마음을 뒤숭숭하게 만드노?"

가을날 해가 이드막이 기울었을 때였다. 멀리서 해맑은 목소리로 깔깔 웃어가며 다가오던 여자들이, 저희들끼리 떠들어대던 수다에 정신이 팔려, 아사랴의 물그릇을 걷어찼다. 토기 그릇이 와장창 깨어졌다.

"어머머! 이를 어째! 아가씨, 어쩌다가 구걸하는 사람의 물그릇을 걷어차셨습니까? 물만 쏟아진 게 아니고 그릇까지 깨졌네요."

시녀인 듯한 처녀가 상전 아가씨에게 조심스레 말하자 아가씨가 토라졌다.

"야, 야! 이 눈먼 거지는 벌써 여러 해째 이 자리에서 구걸하고 있고, 나도 더러 동전을 주었단 말이다. 이제 해도 저물어 가는데, 가만히 앉아서 구걸이나 하는 자가 무슨 목이 그리 마르겠니? 오늘은 그냥 가자. 내일 나올 때 집에서 이 빠진 그릇이라도 찾아서 가져다주렴."

"그래도 그냥 가서는 안 될 것…… 같네요. 제가 그릇을 얻어다가 물을 담아주고 갈 테니 아가씨 먼저 가시지요."

"얘는? 그냥 가자니까! 다른 날, 동전을 더 던져 주면 될 거

땅끝의 달

아냐? 어이구 천사 났네! 천사 났어! 너 혼자 천사노릇 하는 꼴 아니꼬워서 못 보아 주겠으니까 그냥 가자고!"

시녀의 목소리는 잔잔하고 부드러웠고 아가씨의 목소리는 맑았으나 날카로웠다. 아가씨는 짜증스러워하며 시녀를 끌고 멀어져 갔다. 두 처녀의 실랑이를 들으며 아사라는 빙긋이 웃었다. 목소리만으로도 그 사람의 모습이 떠올라, 빛이 없는 어둠 속에서 두 처녀의 얼굴을 상상해 보았다. 그들이 멀어져 간 뒤에, 누구인가 그의 입에 물그릇을 대어주는 사람이 있었다.

"자요, 이제 막 길어오는 물이라 시원할 거예요."

"아, 밀가! 저녁 물을 길어가는 길이오?"

아사라는 밀가가 건네주는 물을 시원하게 마셨다. 밀가는 이따금 아사라가 앉아있는 자리에 머물러, 길어가던 물동이에서 물을 덜어주는 처녀였다. 밀가는 이따금 물을 나누어 주기도 하고 다리도 쉴 겸, 옆에 앉아서 이런저런 세상 이야기를 들려주기도 했다. 아사라는 그러는 밀가를 진심으로 걱정했다.

"내 옆에 이렇게 앉아있는 것이 다른 사람 눈에 띄면, 욕하고 흉볼 사람이 많을 텐데 그리고 네 어머니께 고자질하는 사람도 있을 것이고……네가 집에서도 야단을 맞을 테고……"

"야단이야 늘 맞는 거, 이제는 그러려니 해."

"밀가야, 너는 누구네 집 딸인데, 나 같은 눈먼 거지를 이렇게 늘 보살펴주는 게냐? 내 옆을 지켜주다 가는 너도 언제 봉변을

그날 하루

당할는지 모르는데, 나는 그 일이 참 걱정이다."

"아사랴야, 나도 너하고 별반 다를 게 없는 처지란다. 나는 일찍 어머니를 여의고, 계모 밑에서 자랐는데, 작년에 아버지마저 돌아가셔서, 계모가 낳은 동생들 모두를 돌보아야 해, 그런데 살림이 어려워서 나도 남의 집 일을 해주러 다니고 있어. 구박 자심한 인생이지."

밀가는 오가며, 아사랴에게 물을 길어다 주거나 말동무가 되는 유일한 친구였다. 밀가는 가까이에서 물그릇 깨지는 것을 지켜본 듯, 한숨을 쉬다가 말문을 열었다.

"오늘도 동전이 적잖게 모였네, 너는 비록 눈먼 거지 행세를 하고 있지만, 네가 얼마나 속이 깊고 착한 사람인지 주님이 아시고…… 나도 알고 있어. 캄캄한 육체 속에 갇혀있으면서도 네 얼굴은 어쩌면 그렇게 평화로운지…… 아마 주님께서 너에게 어떤 특별한 임무를 주신 것인지도 모르겠다."

밀가의 목소리는 부드럽고 따뜻했다. 어디선가 불어오는 오렌지 향기가 스며있는 듯 향기로웠다. 보이지 않는 눈 대신 귀를 기울이면 그 향기가 귀와 눈으로 스며들었다.

"밀가야 아까 그 아가씨는 누구네 집 따님이냐?"

"그건 알아서 뭐하게?"

"그냥…… 그 아가씨도 더러 내 동전 그릇에 돈을 던져주기도 했거든."

"눈 못 보는 네가 어떻게 알아?"

"그 아가씨가 지나갈 때면 옷깃 살랑거리는 향기가 느껴지거든. 아마 그렇게 못되고 나쁜 아가씨는 아닐 것 같아."

밀가의 입은 꼭 다물려 있었고, 숨소리도 느껴지지 않아서, 밀가가 자리를 떠났는가 했다.

"밀가야, 밀가야, 너, 내 말에 화나서 가버린 거니?"

한참만에 밀가가 나직하게 입을 열었다.

"아까 그 아가씨 말이야. 아주, 아주 부자인 바리새 귀족 댁 따님이야. 아가씨 이름이 디르사야. 아마 이 여리고 근처에서 그중 부잣집일 걸? 하지만……하지만……"

"하지만 무어?"

"아까 너두 들었잖아? 시녀에게 해던지던 말. 내일 저희 집에서 이 빠진 그릇 가져다 주라잖던?"

"아마…… 어디 먼 데를 다녀오느라고 지쳤던 게지, 사람이 피곤해지면 공연히 심술을 부리게 되잖아?"

"아사랴야, 아무래도 네가 그 옷깃 날리는 향기에 취한 모양이다."

"취하는 게 무언데?"

"취하는 거…… 영혼이 흔들리는 거지."

"영혼이…… 영혼이 흔들린다……? 영혼이 흔들리면 나쁜 거야?"

그날 하루

"영혼이 흔들리면…… 좋지 않은 일이 생기거든……"

좋지 않은 일. 좋지 않은 일이라는 것이 어떤 것일까? 궁금했지만 자꾸 되묻는 것이 미안하여 입을 다물었다. 아사랴가 집으로 돌아갔을 때, 아버지는 형을 데리고 온 작은아들을 다그쳤다.

"물그릇은 왜 안 가지고 왔느냐? 늘 하던 일도 번번이 일러 주어야 해?"

"그릇이 깨어져 있었어요."

"웬만하면 역청을 발라 붙여 쓸 수 있을 텐데 버리고 오다니! 그래 네 구걸 그릇을 깬 사람이 누구인지 알겠느냐? 어떤 몹쓸 인간이 앞 못 보고 구걸하는 것을 불쌍히 여기지 않고 물그릇을 깼다는 말이냐?"

동생이 형을 두둔했다.

"눈먼 형이 그릇 깬 사람을 어떻게 알겠어요? 또 알았은들 우리가 무얼 어떻게 하게요?"

그날, 아사랴에게는 물그릇만 깨어진 것이 아니라, 물그릇 하나 깨어진 일로, 디르사라는 아가씨가 욕을 먹고 밀가와 식구들까지 화내는 일로 마음 한쪽도 깨어져 몹시 쓰라렸다.

*

이른 아침, 구걸하는 자리에 자리를 잡자, 아사랴는 은근히 기다렸다. 어제, 디르사라는 이름의 그 아가씨가 이 빠진 그릇이라도 가지고 오겠다 했지…… 기다리는 마음, 누구인가를 기다린다는 것이 이런 것일까. 그러나 아가씨는 나타나지 않았다. 이 빠진 그릇이나마 들고 와주기를 바랐으나 해가 기울어도 나타나지 않았다. 사람에게 이런 마음도 있었구나…… 맹인의 캄캄한 세계에, 기다림이라는 새로운 빛이 싹트기 시작했다. 해질 무렵, 찰랑거리는 물동이 소리와 함께 밀가가 다가왔다.

"물 마실래? 언제고 기회가 되면 내가 너를 엘리야의 냇가로 데려다줄게. 오늘은 물그릇 걷어차는 사람 없었어?"

"이 빠진 그릇이나마 가져오겠다 해서 기다렸는데……"

"아이고! 그래 디르사의 말을 믿고 기다렸다고? 아이고 너는 심성만 착한 것이 아니라 좀 덜떨어진 거 아니니?"

"앞을 못 보는 처지에 어떻게 모진 마음을 먹겠어?"

"심성이란 타고나는 거지 지어 먹는 게 아니란다."

"그러면 밀가 너도 착한 심성을 타고난 게야?"

"글쎄…… 여호와께서 내게 착한 심성을 주셨을까. 하기야 내 처지에 마음을 모질게 먹는다고 무어 달라질 게 있겠어?"

"밀가야 너의 모습이 궁금하다, 사람의 얼굴이란 어떻게 생겼을까? 네 음성이 그렇게 부드러우니 네 얼굴도 부드럽고 곱겠지? 나는 지금까지 우리 부모님의 얼굴도 본 일이 없으니, 도무지 사람의 얼굴이 어떻게 생겼는지 알 길이 없구나."

그날 하루

"아사랴야 네 아버지와 어머니는 참 잘생긴 사람들이란다. 네 아버지는 이마가 헌출하고 눈이 부리부리하면서 구레나룻 수염이 복스러운 남자다운 남자야. 그리고 네 어머니는 갸름한 달걀형의 얼굴에 고운 마음씨에 눈매며 입술이 아주 예쁜 여자란다. 가난하지만 자존심이 강하고 남에게 절대로 폐를 끼치는 일이 없는 숙녀지. 너도 그런 부모를 닮아서 아주 잘생긴 남자란다. 눈 못 보는 불행만 아니면 너는 너무도 많은 처녀들 가슴을 태웠을 걸?"

"너 나를 놀리니? 앞 못 보는 놈을 그렇게 놀리면 쓰겠니? 내가 아무리 잘생기면 무얼 해? 맹인인 나를 누가 사람 취급하겠느냐고. 나는 어머니의 젖을 먹던 시절, 엄마의 얼굴을 더듬어 보던 기억 외에는 사람의 얼굴이 어떻게 생겼을까 궁금할 때가 많았어."

"그러면 지금 내 얼굴을 만져 보렴. 자아."

여리고 성 건너편 바위산이, 넘어가는 해로 붉게 물들어가고…… 이사랴가 훔칠 놀라서 목소리를 줄였다.

"너 이러다가 지나가는 사람이 너를 이상하게 보고 소문을 내면 어쩌려구?"

"소문이 뭐가 무섭니? 우리는 여기서 더 내려갈 바닥도 없다니까. 자아 내가 어떻게 생겼나 네 손으로 더듬어 보라고."

아사랴는 밀가가 가까이 가져다 댄 얼굴 위로 손을 들어올렸다. 밀가는 아사랴의 손을 잡고 이마에서부터 천천히 쓸어내리게 했다.

"자, 여기가 사람의 이마야, 가운데 우뚝한 것이 코지. 너는 세수할 때 네 얼굴을 만질 테니 대강 알겠구나. 양옆의 이것이 빰이고, 그 아래 자, 자, 입술이지, 그리고 뒤로 양쪽에 붙은 게 소리를 듣는 귀야. 알았어?"

밀가의 손에 잡혀 밀가의 얼굴을 더듬는 아사랴의 손이 조금 떨렸다. 밀가의 얼굴은 그 부드러운 목소리처럼 손끝이 떨리게 만들었다. 아사랴의 전신으로 전류가 흘렀다. 아, 사람의 피부를 만진다는 것이 이렇게 황홀한 것인가? 밀가는 가볍게 떨리는 아사랴의 손을 가만히 놓고 말했다.

"이제 무엇이고 궁금한 게 있으면 나한테 물어. 그동안 누구도 가르쳐주지 않은 것들을 내가 아는 대로 다 알려줄게."

그때 그들의 옆으로 지나가던 처녀가 갑자기 큰 소리로 깔깔 웃어가며 소리쳤다.

"어머! 저것들 좀 보라지? 저것들이 길바닥에서 무슨 짓을 하는 거야? 더러운 것들끼리 궁상떨고 있네, 세상에! 가관이다 가관이야!"

엄청난 부자 바리새인의 딸인 디르사가, 데리고 가던 시녀에게 소리쳐 말하며, 재미있어 못 견디겠다는 듯 가가대소 웃었다. 디르사의 옷자락에서 고급스러운 향유 향기가 날렸다. 밀가는 아사랴를 감싸듯 가리고 서서 목소리를 낮추었다.

"상심할 것 없어. 저 잘난 디르사에게 악의는 없거든, 그저 고생을 모르고 자란 사람이 다 그렇듯 우리 같은 사람들을 이해 못해서 그러는 거야."

"저 여자 이름이 디르사야? 그런데 저 여자가 벌써 여러 해 전부터 이따금 내 구걸 통에 동전을 던져주고는 했어. 저 처녀가 쓰는 향유의 향기가 독특해서 그 향기를 기억한 지 오래되었는데……"

"그것 봐, 좀 거만해서 못되게 굴 때도 있기는 해도 동정심도 있는 처녀야. 저 사람이 우리를 이해하지 못하듯, 우리도 저 사람을 다 이해할 수 없기는 마찬가지야. 너하고 내가 함께 있는 게 눈에 거슬렸던 모양이야. 그저 모르는 척 해 둬. 내일 또 올게……"

아사랴가 밀가의 얼굴을 만져본 그날, 동생에게 이끌려 집으로 돌아간 뒤에도, 그의 손에는 밀가의 부드러움이 고스란히 남아있었다. 잠자리에 들어서도 그는 손에 남아있는 밀가의 얼굴을 다시 만지고 또 만졌다. 태어나서 처음으로 느껴보는 그 따뜻함이 행복했다. 그는 여호와께 감사드렸다. 밀가를 만나게 해주신 주님을 찬양했다. 하지만 밀가의 얼굴을 만져본 뒤로 그에게는 궁금증이 몸살처럼 일어났다.

다음날, 밀가는 아사랴의 손에 오렌지를 쥐어주었다.

"주인집에서 얻은 거야. 목마를 때 먹어."

"그런데 밀가야, 하늘은 어떻게 생겼지? 그리고 무슨 빛깔이지?"

밀가는 한동안 말없이 하늘을 바라보았다. '아아, 한 번도 눈을 떠본 일이 없는 이 불행한 아사랴에게 하늘을 어떻게 알려주어야 하나?'

"아사랴야, 너 물을 마실 때의 느낌이 어떤 느낌이지?"

"물을 마실 때마다, 참 시원해서 가슴이 환해지는 것 같아."

"하늘은 그런 시원함의 백 배 천 배 넓고 깊어. 그리고 해와 달이 있고, 밤하늘에는 별들이 수없이 반짝이지, 날이 개어 있을 때는 궁창이 한없이 푸르고 깊어. 너무 깊어서 그 끝이 어디인지 아는 사람은 아무도 없어."

"반짝이는 게 무어야? 빛이란 어떤 거지?"

"글쎄……"

밀가는 한동안 고심하다가 말을 이었다.

"너 누구인가 아주 큰 소리로 맘껏 웃는 소리 들은 일 있지? 그때, 느낌이 어땠어?…… 음…… 빛…… 빛은 그렇게 행복해하며 웃는 웃음 빛깔 같다고 할까…… 하지만 빛은 말로 설명이 안 돼. 빛이란…… 생명이야. 네가 숨 쉬고 나하고 이야기하는 여기에도 있고, 너의 불행을 슬퍼하는 네 부모님의 마음속에도

그날 하루

있지, 어떻든 빛은 여호와 그분께로부터 오는 거야. 여호와의 사랑이라고밖에는 표현할 길이 없구나. 빛이 없으면 세상에 그 무엇도 존재할 수가 없는 거야. 지금 시원한 바람이 지나가지? 그리고 나무 그늘을 벗어나면 햇빛이 따가워, 이 모든 것이 빛 속에서 살고 있는 것이란다. 음……빛은……우리 모두의 생명이야."

"밀가야, 너는 참 착하고도 지혜롭구나, 불쌍한 나를 위해 이렇게 애를 쓰니, 여호와께서 너를 각별하게 돌보시고 사랑하시기 바란다. 그런데 우리가 살고 있는 여리고라는 곳은 어떤 동네니? 사람들은 눈먼 자를 인간취급 안 해, 내 부모님조차도 나에게 가르쳐주는 것이 아무것도 없어. 그저 하루하루 먹을 것이나 동냥해서 집안을 돕기 바랄 뿐…… 이렇게 여리고 땅에 자리 깔고 앉아 동냥을 얻으면서도 이곳이 어떤 곳인지 알 수가 없구나……"

"그랬구나…… '여리고'라는 말의 뜻은 우선 '향기'라는 뜻이야. 여리고는 아주 먼 옛날부터 이곳저곳에서 사람들이 몰려와 살기 좋은, 억세게 비옥한 땅이었어. 여리고 성(城)은 정말 유명한 땅이었다고. 너도, 유대민족이 이집트 파라오 왕의 노예로 살다가 출애굽 한 역사까지는 알고 있겠지? 그때 출애굽 한 유대민족이 요단강을 건너 첫 번째로 함락시킨 성읍이 비옥(肥沃)하기로 유명했던 여리고였어. 그런데 말이지 그 옛날에는 여리고

땅끝의 달

에 살던 여자들이 임신만 하면 낙태를 하는 이상한 일이 생겼다 네요. 여자마다 유산을 한다면 어떻게 되겠니? 식구가 늘지 않고 마을에서도 사람들이 점점 줄어들겠지? 그래서 말이지……"

아사랴가 밀가의 말을 급하게 가로막았다.

"밀가야, 밀가야, 내가 태어날 때부터 눈이 먼 것도 그 때문이었을까? 내 엄마가 나를 임신하고 그 물을 마셔서 내 눈이 멀었을까?"

"아, 아냐, 아니라고! 지금의 물은 그때의 물이 아니라고! 그 옛날, 여리고에서는 여자마다 유산하는 일 때문에 모두들 걱정이 태산이었지. 그래서 말이야…… 선지자 엘리야의 제자 중에 엘리사라는 분이 있었어. 너도 엘리사 선지자에 대한 이야기를 알고 있겠지? 여리고 사람들이 선지자 엘리사를 찾아가서 애걸복걸했대. 엘리사 선지자가 여리고 사람들을 가엾이 여겼어…… 사람들한테 일렀어. '소금 세 대접을 가져 오너라' 했어. '물 때문에 의논을 드렸는데 웬 소금?' 싶었지만 말씀대로 소금 세 대접을 가져다 드렸더니, 엘리사 선지자께서 물의 근원(根源)으로 가시더니 거기에 소금을 뿌리며 말씀하셨대. '내가 이 물을 맑게 고쳐 놓았으니, 다시는 이곳에서 사람들이 물 때문에 죽거나 유산하는 일이 없을 것이다.' 선지자께서 여호와의 말씀을 그렇게 대언(代言)하신 뒤로 지금까지 맑고 맑은 물로 모두를 살리는 물이 되었단다. 얼마나 신기하고 은혜로운 땅이니? 나는 그 냇가로 매일 물을 길러 다니면서 너한테서 잠깐씩 쉬어가는 거야."

아사랴가 깊은 한숨을 쉬었다.

"그런데 왜…… 나 같은 것이 태어났을까."

"너도 모르고 나도 모르고 네 부모님들도 모를 일이지. 오직 여호와께서만 알고 계실 테니까…… 그러니 투덜거리지 말고, 눈 못 보는 인간으로 태어났을망정, 이렇게 매일매일 살고 있는 것을 감사드려라. 그리고 너에게 적선하는 사람들을 위해서 그들의 복을 빌어드리는 것이 네가 할 일일 것이야."

"하기는…… 나 같은 맹인에게 너를 천사로 보내주신 주님께 한없이 감사드리고 있어. 너는 정말 나에게는 천사야…… 스승이고……"

"하! 무슨 천사씩이나! 다만 너하고 이렇게 지내는 것 또한 주님께서 나에게 맡겨주신 아주 작은 일이겠지…… 남들이 모두 너를 없신 여겨도, 너의 착하고 깊은 심성을 내가 알아볼 수 있도록 하셨으니 그것도 은혜일 따름이지, 천사라는 말 하지 마라. 주께서 들으시고 노여워하실라!"

"그래…… 알았어. 오늘 네가 가르쳐준 일들이 얼마나 고마운지…… 아! 어디선가 오렌지 향기가 이렇게 달콤하게 날아드는구나."

"그래서 여리고 아니니? 여리고라는 이름이 향기라는 뜻이라고 했잖아…… 오늘은 이만 나도 가 볼게…… 우리에게는 내일이 있잖아?"

"아! 잠깐! 그런데 말이지, 지금 세상에는, 옛날 엘리사 선지자 같은 분이 없을까? 그런 분이 계시다면…… 혹시……"

"너 소문 못 들었어? 선지자가 아니라 메시아가 오셨다고 난리 치는 소문……"

"메시야? 아무리……"

아사랴가 시무룩해지자 밀가는 목소리를 높였다.

"정말이야, '다윗의 자손 메시아!' 라고들 난리라는데? 저어 북쪽 가버나움, 막달라, 디베리야 호수 근처 사람들이 떼로 몰려다니며 그분을 따라다닌다고들 하던데? 혹시 아니? 그분이 예루살렘에 자주 가신다니까. 혹시 여리고로 들리실는지……"

그때 가까운데서 다시 명랑하게, 하지만 비웃는 웃음소리가 날아들었다. 시녀를 거느린 디르사였다.

"아니 저것들은 왜 밤낮 저렇게 붙어있는 거니? 밀가야, 얘! 너 무슨 청승으로 저런 소경하고 늘 어울리는 거니? 혹시 저 거지가 얻은 동냥 몇 푼이라도 나누어 준다니?"

밀가가 디르사에게 대들었다.

"동냥은 못줄망정, 지난번에 여기 물그릇 깨뜨린 뒤에, 왜 계속 시비야? 시비가!"

"아니? 밀가 너, 나에게 대거리를 해? 겁도 없이!"

　　　　　　　　　　　　　그날 하루

"디르사야, 너 부잣집 딸이라고 가난한 사람들을 못살게 구는 거…… 조심해라. 요즘 마을 사람들이 주고받는 이야기를 들은 일도 없니? 부자가 하늘나라로 들어가기는 낙타가 바늘구멍으로 들어가는 것보다 어렵다는 말……"

아사랴가 밀가의 치맛자락을 넌지시 잡아끌며 나직하게 말했다.

"이쯤해서 그만 해…… 제발 그만해……"

디르사가 다시 소리 높여 웃어가며 놀렸다.

"아이고! 단짝이라고 소경 거지가 밀가 역성을 드네? 그래 잘들 놀아라! 너희들끼리 잘들 놀라고!"

디르사의 화려한 옷에서 향기가 아련하게 날렸다.

*

어느 날부터인가, 아사랴가 아침에 집을 떠날 때, 그는 누구인가를 기다리는 기다림과, 지금까지 느껴본 일 없는 설렘으로 들떴다. 누구인가 반드시 찾아올 것이라는 기이한 기다림이었다. '디르사의 향기? 글쎄…… 디르사가 나를 찾아오려나…… 아니지 아니다…… 그러면 내가 기다리는 사람이 밀가? 글쎄…… 그것도 아니다…… 아니야.' 밀가를 떠올리다가 디르사에게서 날아오던 향기가 진하게 살아났다. 아사랴는 자신의 그런 변화

땅끝의 달

가 부끄러워 낯이 달아올랐다. '눈멀어 매일 구걸하는 주제에! 별……' 그러나 기다림은 날이 갈수록 간절했다. 부끄러움과 간절함이 싸움의 불꽃이 되어 타올랐다.

며칠 후, 드디어 뜻하지 않은 아우성이 그 불꽃으로 날아들었다.

"와아! 와아! 그분이 오신다! 선지자인 그분이 여리고에 오셨다! 다윗의 자손 예수! 메시야! 그분이 여리고에 오셨다! 메시야, 예수! 그분이 오셨다!"

메시야! 선지자! 예수! 꿈인가? 꿈은 아니었다. 사람들의 아우성이 벼락치듯 했다. 아사랴에게 벼락이 떨어졌다. 사람들이 이리 몰리고 저리 몰려가는 아우성이 여리고를 뒤흔들었다. 혹시 가까이 오셨는가? 아사랴가 벌떡 일어났다. 목청이 터졌다.

"다윗의 자손 예수여! 선지자시여! 저를 불쌍히 여겨주소서! 다윗의 자손 예수여!"

미친 듯이 소리쳐대는 아사랴의 아우성은 군중을 꿰뚫었다. 웅성거리던 어른들이 눈을 부릅떴다.

"아니! 저 눈먼 거지가 웬 난리야? 그분이 어떤 분인데 너 같은 소경을 만나주시겠어? 원 별…… 시끄럽다! 제발 입 좀 다물고 있지 못하겠니? 입 다물어! 주먹이 날아가기 전에!"

아사랴는 목숨을 걸었다. 지금까지 눈멀어 구걸밖에 할 줄 모르던 그의 어디에 그렇게 큰 외침이 깃들어 있었을까. 목청이 터

그날 하루

지고 심장에 불이 붙었다. 누가 무어라하던 세상을 뒤집어엎을 듯 계속 소리쳤다.

"다윗의 자손이여! 저를 불쌍히 여겨주소서! 제발 불쌍히 여겨주소서!"

군중에게 둥둥 떠밀려가던 그분이 고개를 돌렸다.

"저기 계속 소리쳐대는 저가 누구냐? 가까이 데리고 오너라."

제자 중 두엇이 스승의 말씀에 마지못해 아사랴에게 다가갔다.

"그만 소리치고 일어나라, 시끄럽게 굴지 말고 일어나라. 주께서 너를 부르신다. 안심하고 일어나라."

아사랴는 총알처럼 튕겨져 일어났다. 겉옷이 벗겨지고, 눈 못 보는 봉두난발 아사랴는 천방지축 비틀거렸다. 누구도 그를 이끌어주는 이가 없었지만 그는 자석에 끌려가듯 예수께로 달려갔다. 소경의 비참한 행보였다. 남루하기 짝이 없는 소경이 필사적으로 달려드는 것을 그윽하게 바라보시던 그분이 아사랴를 향해 나직하게 물으셨다.

"내가 너에게 무엇을 해줄 수 있다고 믿느냐? 무엇을 해주기를 바라느냐?"

"아, 다윗 자손 선지자 선생님! 제가 눈을 떠 세상을 볼 수 있기 바랍니다! 당장 선지자 선생님을 뵈올 수 있기를 바랍니다!"

남루, 비굴, 구걸밖에 할 줄 모르던 소경이 목숨 던져 외친 외침이 그분께로 날아갔다. 가난에 찌들었던 소경을 이윽히 바라보시던 그분이 손을 들어 아사랴의 눈을 어루만지셨다. 그리고 속삭이셨다.

"가거라. 네 믿음이 너를 구원했다. 눈을 뜨고 세상을 마음껏 볼수 있으리라!"

그분은 그저 가만히 아사랴의 눈을 만지시는 듯 했는데, 한순간 번개가 소경의 머리통을 쪼갰다! 난생처음 무서웠다. 두려움 속에서 세상이 열렸다! 빛이었다. 광명천지! 빛이었다. 온몸이 찢어질 듯 떨렸다. 제정신이 아니었다. 이런 세상이 있었던가? 한 말씀으로 맹인에게 빛을 열어주신 분! 앞에 계신 그분은 빛에 쌓였다. 그저 눈부셔 그분을 똑바로 바라볼 수가 없었다. 아사랴의 눈은 그분의 빛을 만났다. 지금까지 캄캄하던 어둠을 쪼갠 눈부심! 아사랴의 세상이 그렇게 열렸다. 주변에 있던 군중이 아우성치기 시작했다. "야! 보여? 정말 눈을 떴어?" "정말 보여? 무엇이 보여? 말해 봐!" "소경 거지야! 무엇이 보이는가 말해! 정말 보이는 거야?" 여리고 성은 뒤집힌 듯 난리가 났다. "눈먼 거지가 눈을 떴다! 다윗의 자손 예수의 이적(異蹟)이 나타났다!" "정말이냐? 사실이냐? 네가 직접 보았어?" "설마…… 소경이 아니었던 자가 우리를 속이는 것이겠지!" "희한한 연극 아니냐?" "아냐, 소경 거지 맞아, 맞다고! 오래전부터 구걸하던 저 거지한테 우리가 던져준 동전만 얼마인데? 아딘의 아들은 날

그날 하루

때부터 소경이었다고! 그 소경이 눈을 떴다고! 정말 눈을 떴단 말이야!" 설왕설래, 기적을 믿는 자와 믿지 못하는 자들끼리 싸우듯 아우성이 이어졌다.

소란 속에서 제자들이 투덜거렸다.

"랍비여 이 자가 소경으로 태어난 것은 부모의 죄 탓이 아닐까요? 아니면 소경 자신의 죄일까요? 부모일까요?"

"부모가 죄를 범한 것도, 자식인 소경의 죄도 아니다. 이 소경에게서 아바 하나님이 하시는 일을 우리에게 보여주시려는 일이었다."

제자들과 그분의 대화를 듣고 있던 군중이 갑자기 두 패로 갈렸다. 더욱 기를 쓰는 소란이 이어졌다. "아니? 저 거지를 여호와께서 고쳐주셨다고? 설마…… 우리가 알던 그 맹인 거지가 아니었을 걸?" "비슷하기는 한데…… 그 소경은 아니라고!" "아냐 맞아! 맞다고! 내가 늘 그 앞을 지나다녀서 그를 잘 알아. 비슷한 것이 아니라 그가 맞다고 맞아!" "아냐! 아니라고! 아무리 세세 바라보아도 그 거지가 아닌 것 같은데?" "그 소경 거지 맞아…… 하기는 아사랴라는 이름의 뜻이 '여호와께서 그를 도우신다'는 듯이라 하셨으니…… 여호와께서 고쳐주신 것이지! 왜들 못 믿어? 왜들?"

빛 가운데서, 아사랴는 아우성쳐대는 군중이 보였다. 지금까지 풀풀 바람을 일으켜 지나다니다가 동전이나 던져주던 사람들의 실체가 보였다. 얼굴, 얼굴, 씰룩대는 입, 입, 호기심, 의심, 적개심, 더러는 시기심으로 씰그러진 사람들의 얼굴이었다. 소경으로 태어난 거지에게 변화가 생겼다고? 그건 안 될 일이다! 그는 소경 그대로 구걸이나 해야 해! 어떻게 저런 천한 것에게 이런 영광이 나타나겠는가? 군중은, 거지의 신분이 달라지는 것을 용서할 수가 없었다. 씨근대며, 무엇인가 결정적인 트집거리를 찾아내려고 아우성쳐대는 군중. 평화가 없었다. 아사랴 앞에 동전 한 푼 떨어지던 그 한순간의 온정(溫情)도 사라졌다. 겹겹에워싸고 있는 군중 속에 서있는 아사랴는 수상한 죄인이었다. 그렇게 적대감으로 날카롭게 떠들어대는 그들 앞에서 아사랴가 드디어 입을 열었다.

"그만 하세요. 내가 그 소경 거지 맞아요. 오늘 다윗의 자손께서 날 때부터 소경인 내 눈을 뜨게 해주셨다고요! 정말이에요! 왜들 믿지 않고 계속 떠들어요?"

"그래? 맞다고? 도대체 그이가 어떻게 했어? 날 때부터 못 보던 네 눈을 어떻게 고쳤다는 게야?"

누군가 아사랴를 잡아먹고 말듯 사납게 물었다.

"……그저, 그분의 부드러운 손이, 캄캄한 내 눈을 가만히 어루만지셨어요. 그리고…… '네 믿음이 너를 구원하였느니라' 하실 때 번개치듯 빛이 열렸어요. 나는 그 빛으로 세상을, 지금 시비를 걸고 있는 당신네들을 이렇게 보고 있네요."

그날 하루

"하! 너 참 말 잘한다! 말을 꾸미기도 잘하고 유창한 걸 보니 넌 당초에 소경 거지가 아니었어! 맞지? 그하고 짜고 사기 치는 거 맞지?"

"아! 나는 급해요! 그분을 따라가야 해요! 제발 그만하고 나를 놓아주세요!"

아사랴는 전신을 던져 돌진하듯 군중을 헤치고 나섰다. 의심 투성이 군중이 무섭기보다 그분을 놓진 것이 분했다. 그분이 어디로 가셨는지 찾아 달리기 시작했다.

*

아사랴는 군중을 헤치고 계속 달렸다. 늘 앉아서 구걸만 하던 다리가 뒤틀리고 끊어질 듯 아팠지만 그분을 찾아야만 했다. 달리는 동안 하늘이 보이고 땅 기운이 전신으로 솟아오르고, 오렌지 밭이 흘러가고, 향기가 날아들었다. 떠들어대는 사람들만 아니면 세상은 정말 이렇도록 숨 막히게 아름다운 곳이었던가. 멀었던 눈에서 뜨거운 눈물이 줄줄 흘렀다. 이렇게 아름다운 세상을 열어주신 분, 그분을 반드시 찾아 따라가야 했다. 그러나 이미 그분의 행적은 보이지 않았다. 눈물 젖은 얼굴로 비틀거리고 있을 때, 무엇을 찾아냈는지, 붉으락푸르락 씨근벌떡거리며 뒤따라오던 사람들이 아사랴에게 달려들어 사납게 잡아챘다.

"야! 이 사기꾼아 어디까지 도망칠래?"

"아니, 왜? 왜들 이래요?"

"가자고! 어른들께 가서 네가 정말 소경 거지였는지 그 소경 거지가 맞는지 따지자고!"

"아이고! 정말 왜들 이래요? 무얼 따져요? 따지기를! 내가 정작 그 소경이었다는데 왜들 이러는 거예요?"

"우리끼리는 결판이 나지 않을 테니, 함께 갈 데가 있다고."

몇몇 힘깨나 쓰는 장정들이 아사랴를 틀어잡았다. 그리고 개 끌듯 질질 끌고 걸음을 재촉했다. 얼마를 그렇게 끌려갔을까, 그들이 아사랴를 전승(戰勝) 포획물(捕獲物)처럼 세워놓은 자리는, 거룩한 어른 바리새인들이 모이는 회당이었다. 제일 어른 격으로 보이는 사람이 위엄 있게 나섰다.

"오늘이 안식일(安息日)아니더냐? 너도 오늘이 안식일이라는 것은 알고 있었겠지? 그래…… 모두들 들어라. 소경이었던 이 자가 오늘 그의 도움으로 눈을 뜨게 되었다고? 그 일이 사실이렸다!"

아사랴를 끌고 간 무리들이 한꺼번에 떠들어댔다.

"예, 우리 모두가 현장에 있었습니다요. 예수라는 그가 날 때부터 소경이었던 이 자의 눈을 뜨게 했습니다요."

다른 사내가 펄쩍 뛰었다.

"아닙니다. 이 소경이 정말 소경이었는지는 우리는 모릅니다.

그날 하루

얼마나 많은 사람들이 웅성거려서, 자세히, 정확하게 볼 수 없었어요. 이 자가 소경인 척하다가 예수라는 자와 짰을지는 누가 압니까?"

바리새인 중에 다른 하나가 분연히 소리쳤다.

"알겠다! 알겠어! 설사 이 자가 정말 소경이었던 것을 그가 고쳐주어 눈을 뜨게 만들었다 해도…… 이건 안식일을 범한 중차대한 사건이다. 엄중하고 엄중하다! 그가 안식일을 범했으니 그 자는 결코 하나님께로부터 온 자가 아닌 것이 분명하다!"

다른 바리새 영감이 말을 받았다.

"맞소! 맞고 말고! 안식일을 범한 죄인이 어떻게 이런 표적(表蹟)을 행할 수 있었겠나? 이건 가짜다, 가짜야! 죄인끼리 만들어 낸 가짜라고!"

"옳소! 옳아! 안식일을 범한 죄인 사건이니 찾아내어 처결해야 옳소!"

피차 저마다 제 소리가 옳다고 소리쳐대는 바람에 장내는 다시 아수라장이 되었다. 안식일에 소경의 눈을 뜨게 만든 죄목(罪目)은 한두 가지가 아니었다. 〈안식일을 범한데다 민중선동(民衆煽動)이다!〉〈우리 유대인 사회질서를 망친 사회불안조성 죄다.〉〈폭동, 음모가 숨겨진 정치적(政治的)죄인임에 틀림없다.〉 바리새 영감들의 율법 해석은 서슬이 시퍼렇고 엄격했다. 소란통에 휩쓸려 얼이 빠진 아사랴는 기가 막혔다. '이 자리는 재판받는 자리인가? 내가 눈을 뜨게 된 기적이 왜 죄가 되는가? 이 거룩하다는 바리새파 영감들이 왜 그분을 죄인으로 몰아가며 난리인가?' 그렇게 소란이 이어지던 얼마 후, 그때까지 잠자코 있던 노인이, 얼이 빠져 서 있던 아사랴에게 다시 넌지시 물었다.

"그래, 다시 한번 물어보자. 네 말이 틀림없다면…… 소경이었던 너의 눈을 뜨게 만든 사람이, 네 말대로 그가 틀림없다면, 너는 그를 어떤 사람이라고 생각하느냐?"

"어르신, 제가 지금 어르신을 이렇게 똑똑히 뵐 수 있는 이 눈은, 다윗의 자손이시라는 그분이, 소경이었던 내 눈을 고쳐서 이렇게 볼 수 있게 만들어주신 눈입니다. 저는 그분이 세상에 둘도 없는 선지자며 메시아라고 믿습니다."

아사랴의 분명하고 똑똑한 대답은 다시 소란을 일으켰다. 처음부터 아사랴를 믿지 않던 어른 하나가 붉으락푸르락 아사랴를 후려칠 것처럼 소리쳤다.

"이 발칙한 놈! 네가 참 별나게도 똑똑하게 떠들어대는구나! 자, 모두들 들으시오! 이 자의 이 똑 부러지는 대답을 들으셨소? 얼마나 유창하게 변호를 하고 있는지! 이 자가 소경 거지였다는 게 거짓말이고, 소경이 눈을 뜨게 되었다는 것도 거짓이오! 이 일을 그냥 넘겼다가는, 우리 세상에 시끄러운 일이 터질 테니, 우선 이 자의 부모부터 소환합시다."

모두들 그 말에 와아 동의했고, 아사랴를 죄인처럼 세워놓은 채, 한 패거리는 아사랴의 부모를 잡아오려고 서둘러 떠났다. 다리가 얼음기둥처럼 얼어드는 고통을 참고, 아사랴는 눈을 감았다. '아아, 눈을 뜨고 살아가는 사람들의 세상이 이렇게 시끄럽고 무서운 것이었나. 이 난리가 이 사람들의 신앙이란 말인가? 여호와께서 함께 하시는 믿음이 이런 것이었던가. 이것이 모두가 어울려 살아가는 세상 법이었나?' 아사랴는 눈을 뜨기 싫었다. 그 현장에서 아무것도 보고 싶지 않았다. 바리새 귀족들을 마주보아야 하는 것이 형벌이었다. 덜덜 떨리기 시작했다. 더는 버틸 수 없어 쓰러지고 말 것 같아 주저앉았다. '아아, 구걸하던 그 자리는 얼마나 편안했던가. 아무것도 꺼리길 것 없었던 평화가 아니었나?' 그렇게 눈을 감은 아사랴가 주저앉자 일제히 호통을 쏟아냈다.

"이 괘씸한 놈! 어디라고 감히 앉아? 일어서라! 당장 일어나지 못할까?! 네 놈은 거룩한 여호와 우리 하나님을 속인 죄인이다!"

부모가 끌려올 때까지, 그 기다림과 서있는 자리가 지옥이었다. 아들이 눈을 떴다는 소문만 듣고 웃었다가 울었다가 기뻐하며 아들을 찾아다니던 아사랴의 부모는, 영문 모르고 어리둥절 끌려왔다. 그들은 아들 아사랴를 보자 후르르 떨었다.

"눈이 보이느냐? 아들아, 내가 네 아비다. 정기(精氣) 살아난 아사랴의 눈이 우리를 바라보고 있네! 정말 우리를 알아볼까?"

땅끝의 달

아버지 아딘이 소리쳤다.

"얘야, 내 아들아! 정말, 정말 눈을 뜬 게야? 내가 네 아비다! 나를 알아보겠니?"

아딘이 눈물 흘리며 소리치자, 아사랴의 어머니가 아들을 와락 끌어안았다.

"아들아! 내 아들아! 여호와께서 네 이름 그대로 너를 도우셨구나! 영광의 하나님 여호와께 무한 감사, 찬양을 드리자!"

바리새 영감들이 화가 치밀어 일제히 소리쳤다.

"무엇들 하는 게야? 여기가 너희 가족 면회 자리냐? 감히 어디라고 너희들 멋대로 수작인가? 당장 바로 서지 못하겠나?"

다른 영감이 그 말을 받았다.

"들어라, 부모라는 너희에게 묻는다. 여기 서있는 이 자가 네 아들이 맞느냐? 태어날 때부터 소경이었다는 네 아들이냐? 정직하게 대답해라!"

허리를 깊숙이 굽혔지만 아딘이 분명하게 대답했다.

"네 저희 아들 맞습니다. 분명 제 아들입니다."

"그런데 지금 소경이었던 네 아들이 눈을 뜨고 우리 모두를, 세상을 다 보고 있구나. 어떻게 된 일이냐?"

그 물음에는 한동안 머뭇거리던 아딘이 어눌하게 입을 열었다.

"여기 서있는 이 아이가 제 아들이 맞습니다만…… 그리고 태어날 때부터 소경이었던 것도 사실입니다만…… 저희는 도무지…… 이 아들이 지금 어떻게 우리를 알아보는지…… 그리고…… 말입니다. 누가 내 아들의 눈을 뜨게 하였는지는 정말 저희들은 모릅니다. 정말 모릅니다. 어르신, 정말 저희는 영문을 알 수 없습니다. 이제는 제 아들이 장성했으니, 저가 겪은 일을 스스로 말하도록 직접 물어 보시지요…… 우리는 정말 모르는 일입니다."

아사랴의 아버지는 그렇게 진술하는 동안 내내 덜덜 떨었다. 남편의 술회(述懷)를 듣던 아내도 덜덜 떨었다. 회당 안의 분위기가 너무 살벌했다. 소경 아들이 눈을 떴다는 기쁨도 실감할 수 없이 두렵기만 했다. 아들에게 내린 기적(奇蹟), 예수께로부터 받은 은혜…… 하지만 그 자리에서 예수를 그리스도로 시인(是認)한다는 것은 출교(黜敎)를 뜻했다. 아사랴의 기적 때문에 아딘의 가정에 출교의 위험이 닥쳤다. 출교! 유대교 가정의 교인실격, 교인자격 박탈, 교적(校籍)에서 삭제되어 쫓겨나는 것은 한 가정이 몰살당하는 것을 뜻한다. 그렇게 되면 마을에서도 쫓겨나 발붙일 곳을 찾지 못하게 되어, 죽은 자가 되는 형벌이다. 바리새 영감들이 다시 왈가왈부 떠들다가 아사랴를 불러 세웠다.

"보아라! 네 부모가 네가 소경 아들이었음을 증명했다. 그런데 네가 지금은 눈뜬 자가 되어 우리 앞에 서있다. 그러니, 너는 영광(榮光)을 여호와께 돌려라. 하지만 우리는 너를 건져준 그가 확실하게 죄인인 것을 알고 있다."

아사랴가 분연하게 영감들의 말을 받아쳤다.

"어르신들의 말씀대로 그분이 죄인인지 저는 알 수 없지만, 한 가지 분명한 것은 내가 소경으로 태어나 내내 구걸하며 살았는데, 지금은 이렇게 눈을 뜨고 보고 있다는 사실만은 분명합니다. 몇 번을 더 되풀이해서 말씀드려야 믿으시겠습니까? 사실입니다. 사실입니다! 왜 믿지 못하시는지 저는 알 수가 없습니다."

아사랴의 항의 조에 화가 치밀은 영감들이 일제히 험악하게 소리쳤다.

"그러게 그가 너에게 어떻게 했더냐고 묻지 않느냐? 너에게 무엇을 하였더냐? 어떻게 네 눈을 뜨게 했더냐고 묻지 않느냐? 꼬박꼬박 말대답을 잘한다만, 참 당돌하기 짝이 없는 경칠 놈이로다!"

아사랴는 또다시 위험을 무릅쓰고 영감들에게 대들었다.

"어르신들, 제가 이미 여러 번 분명하게 말씀드렸는데 믿지 않으시고 또다시 똑같은 말을 하라고 하십니까? 어르신들께서도 그분의 제자가 되고 싶으신 겁니까?"

"아이고! 이런 고약한 놈! 정말 매를 맞아보아야 알겠느냐? 그래, 너는 벌써 그의 제자가 되었더냐? 우리는 모세의 제자다! 하나님이 모세에게 말씀하신 줄 우리가 알거니와, 너를 고쳐주었다는 그는 도대체 어디서 왔다더냐? 수상하고 수상한 인물 아

그날 하루

니냐?"

영감들은 아사랴를 잡아 죽일 듯 흥분, 자신들의 정당한 유대교를 입증하기 위해 목숨을 건 인간들 같았다. 아사랴에게서 이상한 힘이 솟아올랐다. 말대답의 결과가 무엇을 불러오는지 위험한 상황에서 그는 바리새 영감들에게 다시 대들었다.

"그분이 내 눈을 이렇게 뜨게 해주셨는데…… 분명 소경이었던 내 눈을 이렇게 뜨게 해주셨는데도 어르신들은 끝내 그분이 어디서 왔는지 모르신다니 참 이상하지 않습니까? 정말 이상한 일입니다. 하나님께서는 죄인의 말은 듣지 않으시지만, 하나님을 공경하고 그 뜻을 따르는 사람의 말은 들어주시는 줄을 우리가 알고 있지 않습니까?"

아사랴의 어머니가 아들의 말이 너무 길어지는 것을 막으려고, 덜덜 떨면서 아들의 팔목을 잡아 비틀었다. '그만해라, 제발 그만하라고! 무슨 일을 당하려고 이러느냐?' 그래도 아들은 누구인가 일러주는 사람의 말을 받아 전하는 것처럼 거침없이 말을 계속했다.

"창세로부터 지금까지, 나면서부터 눈먼 자의 눈을 누가 뜨게 하였다는 말을 들어 본 일이 있습니까? 들어 보셨습니까? 들어 보셨느냐고요? 그분이 하나님께로부터 오신 분이 아니라면, 어떻게 이런 일을 하실 수 있었겠습니까? 어떻게 소경이었던 내 눈을 뜨게 해주실 수 있었겠습니까? 그분은 분명 하나님께서 보내주신 분입니다."

"이런 발칙한 놈이 있나? 네 놈이! 완전히 죄 가운데서 태어
난 놈이! 감히 우리를 가르치려고 하느냐? 어디서 굴러먹던 놈
이, 감히 이렇게 또박또박 말대답이냐? 네 집안이 너 때문에 망
하게 생겼구나! 당장 꺼져라! 이 발칙한 놈아! 당장!"

바리새 영감들이 우르르 일어나 아사랴와 그의 부모를, 회당
밖으로 개 쫓듯 내몰았다. 그 기세가, 아사랴의 가족에게 출교를
내리고 말 기세였다.

*

날이 저물어가고 있었다. 아사랴의 부모는 소경이었던 아들
아사랴가 눈을 뜬, 그 천지개벽의 기적을 실감하지 못하고 비틀
비틀 걸었다. 바리새 영감들에게 시달린 충격과, 앞으로 닥칠는
지도 모를 출교의 두려움 때문에 정신이 아득했다.

오렌지 밭 길목에 이르렀을 때, 그들은 군중에 에워쌓여 다가
오는 그분과 마주쳤다. 군중은 "다윗의 아들! 다윗의 아들 예수!
예수!" 더러는 소리치고 더러는 수군거렸다. 그들 가운데서 그
분이 아사랴의 앞으로 다가왔다. 그분은 눈을 뜬 아사랴네 가족
이, 바리새 영감들에게 시달리다 쫓겨났다는 소문을 들어 알고
계셨다. 아사랴는 앞으로 다가온 분을 멀거니 바라보았다. 천지

개벽, 눈을 뜬 순간, 천지가 빛이었기 때문에, 그때는 빛으로 눈이 너무 부셔서, 저를 만져주신 분을 바로 볼 수 없었다. 지금 넘어가는 해 아래서 그윽하게 바라보시며 물으시는 모습은 선명했다.

"아사랴야, 네가 하나님의 아들을 믿느냐?"

멀뚱하게 서있던 아사랴의 대답이 간절했다.

"선생님, 그분이 어느 분입니까? 지금 어디에 계십니까? 제가 어찌 그분을 믿지 않을 수 있겠습니까, 선생님……"

"아사랴야 너는 이미 그를 보았느니라. 지금 너하고 이야기를 하고 있는 사람이 바로 그이가 아니더냐?"

아사랴가 쓰러지듯 그분 앞에 엎드렸다. 전신을 던져 절을 드렸다.

"주님, 주님, 제가 믿습니다! 제가 믿습니다!"

"아사랴야 나는 이 세상을 심판하러 왔다. 못 보는 사람은 보게 하고, 보는 자들은 소경되게 하련다."

군중 속에 섞여있던 바리새파 사람들이, 그 말씀에 분개하여 떠들기 시작했다.

"아니? 우리가 눈먼 자란 말이냐? 보시오! 우리가 눈먼 자란 말이오? 세상에! 무슨 이런 말…… 어째서 우리가 눈먼 자란 말이오?"

달려들어 주먹이라도 휘두를 기세였다. 하지만 그분은 말씀을 차분하게 이었다.

"들어라 너희가 눈먼 자였더라면 도리어 죄가 없으려니와 본다고 하니 너희의 죄가 그대로 남아 있지 않느냐?"

그분은 웅성거리는 군중에 쌓여 떠나셨고, 아사랴는 그분이 떠나가시는 것을 모르고 내내 엎드려 있었다. 소경 아사랴의 눈을 뜨게 해주신, 천지개벽처럼 열렸던 하루가, 아사랴에게는 천년(千年)이었다.

*

"애야, 일어나라, 그분은 떠나셨구나. 언제까지 이렇게 엎드려 있을 거냐?"

어머니가 아들을 일으켜 세웠다. 아버지는, 소경 아들이 눈을 뜬……천지개벽 기적의 하루를 감당할 수 없어, 저물어가는 하늘을 멀거니 바라보았다. 아직도 아들에게 내린 기적을 실감할 수가 없었다.

"아버지 어머니, 먼저 집으로 돌아가세요. 저는 그분이 어디로 가셨는지 따라가 보겠어요. 그분을 다시 뵙고 제가 앞으로 어떻게 해야 할는지 여쭈어 본 뒤에 집으로 갈 테니 먼저들 가세요. 조심하시고요."

부모가 떠난 뒤, 저물어가는 거리에서 이리저리 헤매던 아사

그날 하루

랴가 소경으로 구걸하던 자리에 이르렀다. 아사랴가 앉았던 자리도 그대로였고, 벗어던졌던 겉옷이 널브러져 있었다. 동전 통, 물그릇, 지팡이가 그대로 있었다. 가난하고 비굴하던 전생(前生)의 자리였다.

그때, 왁자지껄 집으로 돌아가던 처녀들 한 떼가 다가오고 있었다.

"아! 아사랴야! 세상에! 네 소식을 듣고 너를 종일 찾아다녔구나! 나 밀가야! 알아보겠니? 나 밀가라고! 목소리로 알 수 있겠지? 아아, 눈을 뜬 아사랴야! 기적의 주인공 아사랴야! 너 정말 이제는 내가 보이는 거니? 나 밀가야, 밀가라고!"

감격에 겨운 밀가가 아사랴를 끌어안으려고 달려들던 순간, 소리 높여 웃으며 디르사가 다가왔다.

"아! 너 정말 아사랴니? 정말 눈을 뜬 거야? 내가 보이니? 아아, 눈을 뜬 기적의 아사랴가 돌아왔네! 소경의 때를 벗고 나니 정말 인물 나는구나! 네가 정말 소경이었던 아사랴 맞는 거니?"

디르사가 가까이오자, 아사랴는 밀가에게서 돌아섰다. 디르사! 디르사가 보인다! 갑자기 황홀경에 빠졌다. 디르사! 디르사! 역시…… 아름다운 디르사였다. 아사랴는 겁도 없이 디르사의 손을 덥석 잡았다. 기다리고 기다리던 오렌지 향기를 흠씬 들이켜며— 눈을 뜬 기적, 아사랴의 첫 행보였다.

땅끝의 달

〈……너희가 소경 되었더면 죄가 없으려니와 본다고 하니 죄가 그저 있느니라.〉(요한복음 9:41)

〈우리가 보는 것은 무엇인가. 우리 눈으로 보는 것은 모두가 진실인가? 지상(地上)의 영상(影像)에는 영혼이 깃들어 있을까?〉

이경재 문학평론가

인간을 넘어, 참된 존재로

인간을 넘어, 참된 존재로

1. 말년성의 한 전범

　정연희(1936~)는 작품의 수준, 활동기간, 작품의 양 등에서 한국문단을 대표하는 소설가이다. 단독자로 서고자 하는 욕망으로 가득한 등단작 「파류상(波流狀)」(『동아일보』, 1957. 1.)을 발표한 이래로 팔십이 넘은 지금까지 단 한차례의 공백도 없이 꾸준한 작품 활동을 펼치고 있다. 그러한 지속적이고도 성실한 활동을 통해 수많은 장편과 작품집을 남겼다. 그녀의 이 지속적이고도 정렬적인 활동은 그 자체만으로도 하나의 모범이 되기에 충분하다.

　소설집 『땅끝의 달』의 의미를 좀 더 분명히 이해하기 위해서는 작가 정연희의 소설세계에 대해 간단히 살펴볼 필요가 있다.

정연희의 초기 소설은 단독자를 향한 열망으로 가득 차 있었다. 자기만의 세계를 찾기 위해 주인공들은 기존의 모든 구속적 상황에서 벗어나려는 당당한 발걸음을 보여주었던 것이다. 이처럼 뜨거운 열망은 모든 것을 이분법적 구도로 나누어 버리는 집단주의와 획일성에 대한 저항에 기초한 것이다. 1970년대에 접어들면서, 이러한 단독성에 대한 가치부여와 열망은 방향을 달리하게 된다. 단독성을 넘어서는 연대의 상상력을 조금씩 개화시켜 나간 것이다. 시간이 지날수록 자기만의 세계라는 것이 얼마나 비루할 수 있는지를 보여줌으로써 세상(혹은 주님)과 함께 하는 삶의 아름다움을 부각시켰다. 정연희는 반세기가 넘는 시간을 통해 분열에서 조화로, 고립에서 연대로의 모습을 보여주었던 것이다. 그러한 어울림의 상상력은 최근에 이르러 인간 사이의 분별과 차이를 넘는데 그치지 않고, 자연과의 합일이라는 차원으로까지 그 범위를 넓히고 있다. 최근의 소설은 몇 가지 공통점을 공유하고 있다. 첫 번째는 문명과 자연의 이분법적 구도이다. 이때 문명은 인간의 본질적 삶을 어지럽히는 부정적인 것으로 자리매김된다. 두 번째는 자연과의 합일적 상상력이다. 그것은 문명과 도시를 버리고 찾아간 남자 주인공이 발견하는 자연이나 그 자연과 하나가 된 여인을 통해 상징적으로 그려진다.[1]

---

1) 이경재, 「온 세상을 끌어안는 단독자」, 『촛불과 등대 사이에서 쓰다』, 소명출판, 2018, 243~256면 참고.

해설

이번 소설집도 문명비판 의식을 바탕으로 자연과의 조화로운 삶을 추구한다. 이러한 문제의식은 보다 치열해졌으며, 이를 담아내는 작가적 기량은 더욱 깊은 예술적 향훈을 내뿜는다. 특히 문명비판 의식은 근대(성)의 본질적 한계를 묻는 작업으로까지 이어지고 있다. 모든 작품 들은 환경 문제, 축산 문제, 인구 문제 등의 시급한 인류사적 과제에 맞닿아 있다. 『땅끝의 달』을 일관하는 핵심적인 특징을 꼽자면, 그것은 인간중심주의(anthropocentrism)에 대한 비판이다. 인간중심주의는 인간이 세계의 중심에 있다는 사상체계로서, 인간에게는 어떤 무엇과도 비교할 수 없는 가치와 존엄성이 있으며, 인간은 동물, 식물, 물리적 우주, 신보다 우월한 입장에 놓여있다고 보는 태도를 의미한다. 이러한 인간중심주의는 세계사적 맥락에서 본다면, 근대에 가장 본격화된 사유방식이라고 할 수 있다. 인간중심주의에 대한 비판은, 자연스럽게 개인의 자아중심주의에 대한 비판으로도 연결된다.

사상적으로 더욱 심화되고 기법적으로 더욱 완성된 이번 작품집을 보며, 대가들의 말년 작품들에서 발견되는 미적 실험과 노력의 완성 내지는 종합을 떠올리게 된다. 이러한 말년성은 렘브란트와 마티스, 바흐와 바그너에게서 확인할 수 있다. 이때 이들의 작품은 세계관적 차원에서의 성숙과 해결의 징표일 뿐만 아니라 기법적인 차원에서의 완성과 조화의 징표이기도 하다. 정연희는 한 세기가 훌적 넘어선 한국현대문학에도 이제 조화와 완성으로서의 말년성이 존재함을 실증하는 귀한 사례라고 할 수 있다.

2. 인간의 오만과 탐욕에 대한 통렬한 비판

「땅끝의 달」과 「몰이꾼(驅軍)」은 생태주의적 입장을 보여주는 작품들이다. 본래 생태주의는 인간중심주의를 가장 경계한다. 무생물까지 포함한 자연의 모든 존재를 평등하게 바라보는 생태주의적 입장에서 볼 때, 생태계 전체 구조의 질서와 균형을 깨뜨리는 인간중심주의는 결코 용납될 수 없기 때문이다.[2]

「땅끝의 달」의 주인공인 박현서는 '삶의 땅끝'에 이른 사람이다. 현서는 친구의 권유로 퇴직금을 털어 벤처를 시작했다가, 일

---

[2] 생태주의는 지구 생태계가 부분과 전체, 개체와 환경이 서로 깊이 연결되어 있는 유기체적 통일이라는 사실에 깊이 뿌리를 박고 있다. 첫째, 생태주의는 유기적 또는 전일적 패러다임을 형이상학적 기초로 삼는다. 둘째, 이 우주에 존재하는 모든 것은 그 밖의 다른 모든 것과 서로 깊이 연관되어 있다. 셋째, 전체는 부분을 모두 합한 것보다 훨씬 크다. 넷째, 우주는 언제나 역동적이며 살아 있다. 다섯째, 생태주의는 지속적인 변화 과정을 중시한다. 여섯째, 이항대립적 또는 이원론적 사고를 거부한다. 일곱째, 영혼적인 것보다는 물질적인 것, 정신적인 것보다는 육체적인 것을 더 높이 여긴다. 초월성보다는 내재성에 더 많은 가치를 둔다. 여덟째, '다양성 속의 통일성' 또는 '통일성 속의 다양성'을 지향한다. 이러한 원칙 가운데에서도 인간중심주의에 대한 비판을 내재한 생물 평등주의는 생태주의에서 아주 중요한 자리를 차지한다. (김욱동, 『문학 생태학을 위하여』, 민음사, 1998, 33~34면)

년도 못되어 무너지고 결국 집에서 쫓겨나다시피 나왔다. 이후 벽촌 머슴에서 시작하여 온갖 허드렛일을 전전하다가 문중 묘지를 돌보는 조건으로 태안 산골의 네 평짜리 컨테이너에서 생활한다. 또한 기간제 근무요원 자격으로 현서는 바다에서 쓰레기 치우는 일을 함께 하고 있다. 아내에게 쫓겨나 홀 살이를 한 지 10년 동안, 여자가 찾아왔다가 돈이며 쓸만한 것들을 몽땅 챙겨 달아나는 일을 두 번이나 겪는다.

'삶의 땅끝'에 이른 현서는, "땅끝"(63)이라는 말에 끌려 태안까지 온 여자를 만난다. 처음 만수항에서 만나 펜션에 안내해준 여자는, 며칠 후 현서의 작업장인 바닷가에 다시 나타난다. 그날 밤 물빛 스카프를 한 그 여자를 〈풀향기 공방(工房)〉에서도 다시 만난다. 여자는 그야말로 "만날 때마다 새로운 의문부호를 만들어 가는……이상한 여자"(91)이다. 이 여자가 끊임없이 던지는 질문은 인간의 우월성을 내세우는 것에 대한 비판과 지구 환경에 대한 우려를 담고 있다.

이 작품에는 바다 오염에 대한 비판이 직접적으로 드러난다. 바다 기슭은 "썩지도 삭지도 않는다는 플라스틱 쓰레기 산"(85)이 가득하며, "지구라는 별의 생명시원(始原) 어머니"(84)였던 바다는 이제 쓰레기로 변하고 있다. 플라스틱은 깊은 바닷속까지 점령하고 있으며, 인류를 위협한다. 이러한 플라스틱 쓰레기는 인간중심주의에서 비롯된 것으로, 인간중심주의에 대한 비판은 다음의 인용문에서처럼 통렬하다.

인간이 만물의 영장이라고? 그래서 인간 이외의 생명체는 아무렇게나 짓밟고 얼마든지 죽도록 학대, 마구 써먹은 뒤에 함부로 버려도 된다고? 인간 역사 시작부터 서로 죽이고 또 죽이다가, 이제는 대량학살 무기 경쟁으로 어느 한순간 지구라는 별이 박살날 일도 머지않았는데, 만물의 영장이라는 인간이 얼마나 미련한지, 바다를 쓰레기로 채우고, 거기서 잡아올리는 생선을 먹어가면서 온갖 질병에 묶여 죽어가고 있는 것을 모른다.(86)

인간은 진보(進步), 발전(發展), 개발(開發), 인간승리를 외쳐가며 배불리 먹고 지구가 좁다하고 의의양양 날아다니지만, 실제는 자기 멸망의 길로 가고 있을 뿐이다. 바닷가에서 쓰레기 치우는 일을 하며 현서는 "지구상에서 가장 포악한 포식자는 인간이다!"(88)라고 말한 영국 철학자의 말에 동의하게 된다. 그리고 머지않아 인류가 쓰레기에 깔려 죽어갈 것을 확신한다.

지금의 오염되고 파괴된 자연에 절망하는 여자는 자연스럽게 그러한 파괴가 일어나기 이전의 자연을 그리워한다. 땅끝 마을에 온 이유부터가, 토끼가 방아를 찧고 늑대인간의 출현을 가져오는 "어렸을 때의 그 달"(100)을 만나고 싶었기 때문이다. 그리고 여자는 "아폴로 11호가 달을 침탈(侵奪)하기 전 태어났더라면

얼마나 좋았을까 늘 생각해 왔"(101)다고 현서에게 고백한다. 이
토록 자연과 깊이 교감하던 과거를 그리워하는 여자이기에, 지
금의 현실은 받아들이기 어렵다. 여자는 현서에게 곧 다가올 지
구의 종말을 수차례 이야기한다.

"무너져 가는 지구, 바다를 죽이는 인류의 몰락은 어차피 멀지 않
았고, 그 마지막까지 머뭇거리다가 처참을 겪느니……더 살아남아
무엇을 누리겠다고……"(98)

"생명의 씨를 깡그리 말려버리는 대멸종이 눈앞에 보이지 않으세
요?"(103)

"무너져 가는 지구, 바다를 죽이는 인류의 몰락은 어차피 멀지 않
았어요."(103)

이런 확신에 비추어 볼 때, 여자의 자살은 하나의 필연이라고
할 수 있다. 결국 여자는 몽돌로 늘어진 광목옷을 입고, "어머니
의 품"(110)인 바다로 걸어 들어가며 작품은 끝난다.

「몰이꾼(驅軍)」은 구제역이나 AI(Avian Influenza, 조류인플루엔자
바이러스) 등이 발생하면 당연한 일처럼 벌어지는 살처분의 끔찍
함을 생생하게 보여주는 작품이다. 이와 관련된 기사나 잔혹한

장면이 반복적으로 등장하는데, 이러한 반복은 작가의식의 절실함에서 비롯된 것이다. 살처분 역시도 궁극적으로는 인간의 생명과 이익만을 우선시하는 인간중심주의에서 비롯된 것이다. 살처분은 "저 살자고! 인간이 저 살자고!"(115) 벌이는 일이다.

이 작품은 끊임없이 '돼지(닭, 오리)=인간'이라는 도식을 증명하는데 애쓰고 있다. 동물들도 인간과 같은 고통의 주체로서, 인간과 똑같은 생명체라는 작가의 인식이 드러나는 것이다. 구덩이 속에 생매장당하는 동물과 그들을 사지(死地)로 내모는 인간은 결코 다른 존재가 아니다. 이러한 인식(인간=동물)은 작품의 초점화자인 동주가 보통 사람들보다 동물들의 고통을 민감하게 느끼는 사람이기에 가능하다. 동주는 축산과를 졸업하고 A시 축산정책과에 취직해서 일한다. 이때만 해도 동주는 인간으로서의 행복도 누릴 수 있겠다는 기대를 가지고 있었다. 그러나 2002년 5월 구제역이 발생하고 살처분이라는 "중앙농림부의 삼엄한 명령"(121)이 떨어진 후, "안전과 나름의 행복 비슷한 것도 누릴 수 있겠다는 기대와 희망을 가질 수 있었던 그의 삶"(118)이 끝났다고 생각한다. 동주는 방역작업복을 소각하며, "그 불길 속에서 시체가 된 자신이 타오르는 것"(117)을 보기도 한다.

나아가 "돼지들을 몰살해 가며 살아보겠다는 인간은 돼지보다 나을 것이 없었다"(116)는 인식에까지 이른다. "살아있는 돼지를 무덤에 몰아넣기 위해 날뛰는 모양은 이미 인간의 그것이 아니"(114)며, "필사적인 저항으로 죽지 않겠다고 날뛰는 돼지를 생매장 구덩이로 몰아넣어야 하는 인간의 안간힘은, 난리치는 돼지보다 나을 것이 없었"(114)기 때문이다. 인간은 살처분 과정에서 어떤 동물도 할 수 없는 일을 저지르는 것이다.

2002년 5월에 시작된 구제역이 8월에 숙정된 후에도, 진동주는 "핏발 세운 어미 돼지의 부릅뜬 눈이 달려드는 꿈에 쫓기"(126)며 제대로 잠을 이루지 못한다. AI가 발생하자 구제역이 발생했을 때와 같은 비인간적(이 소설의 맥락에서라면 비자연적)인 상황이 반복된다. "인간이 저 잘 먹고 입맛 돋아가며 살자고 꾸역꾸역 가금류를 키우다가, 수틀려 생매장"(141)하는 것이다. 살처분 현장에는 공무원 이외에도 자원봉사자, 나중에는 외국인 근로자까지 투입된다. "인간은 드디어 지구상에서 가장 흉악하고 포악한 포식자(捕食者)"(146)가 되어버린 것이다.

이 작품에는 동주의 꿈이 수차례 등장하는데, 이때의 꿈은 동주의 심리적 실재이자 신탁과도 같은 진실의 생생한 재현이다. 처음 살처분을 하고 왔을 때, 몰이꾼이 된 진동주는 돼지들과 함께 대형트럭으로 떠밀려 들어가는 악몽을 꾼다. 이제 진동주의 잠은 "악몽의 수렁"(147)이며, 그가 꾸는 꿈은 "자신이 세상에서 가장 흉악하고 괴이한 짐승이 되는"(147) 것이다. "돼지와 소가 질러대는 단말마 속에서 자신도 돼지가 되고 소가 되었다가 다

땅끝의 달

시 오리며 닭이 되어 살처분장으로 끌려가는 꿈"(147)을 꾸는 것이다. 살처분은 인간이 자기를 위해서 동물을 무한대로 살육한다는 점에서 인간의 힘이 극대화된 현장으로 보이지만, 정연희는 그 안에서 인간의 존재론적 몰락을 본다. 인간이 "복제인간을 만들어내고, 줄기세포를 이용해 불치병을 없"(122)앨 수 있을지는 몰라도, 이제 인간의 영혼은 심각하게 타락하고 더럽혀진 것이다. 그렇기에 "인간이 만물의 영장이라고 믿었던 어린 시절은 이제 어느 누구에게도 영원히 돌아오지 않습니다."(169)라는 은수의 유서처럼, 이제 인간은 더 이상 '만물의 영장'일 수 없다.

인간의 오만과 더불어 탐욕 역시도 이 끔찍한 사태의 주요한 원인으로서 그려진다. 「땅끝의 달」에서 여자를 땅끝으로 내몬 또 하나의 힘은 사랑으로 포장된 남편의 독점욕이었다. 독점욕이 강한 남편으로 힘겨워하던 여자는 직장의 사장을 사랑하게 된다. 결국 남편에게 이혼을 요구하고, 이에 충격을 받은 남편은 사장을 살해한 후 투신자살한다. 여자는 "사람 둘을 죽인 저는요…… 매일 바다로 돌아가는 꿈을 꾸고 있어요. 갈 곳이 결국 바다뿐이잖아요."(109)라고 말할 수밖에 없는 사람이 된 것이다. 「몰이꾼(驅軍)」에서 은수는 더러운 성욕에 눈이 먼 계부로 인해 고등학교 시절 끔찍한 일을 당한다. 인간 욕망의 더러운 심연을 체험한 은수는, 인간을 떠나 가축들과 살려는 마음으로 수의학과에 진학했던 것이다.

특히나 물질적 탐욕은 그 모든 비극의 직접적인 원인으로 그려진다. 이전에는 농사 돕는 소 한 마리가 있거나 새끼를 품는 암소 한 마리 정도를 길렀지만, 인구 폭발로 늘어난 인간이 배를 채우겠다고 기하급수적으로 숫자를 늘려 꾸역꾸역 키우다가, 그 중 한 마리라도 전염병에 걸리면 수천수만 마리를 한꺼번에 살처분해 버리는 일이 일상사가 되어버린 것이다. 인간은 "경제성장, 자본주의, 복지(福祉) 등 새로 등극한 신(神) 앞에 합장굴복하고, 꾸역꾸역 돼지보다 더한 식탐"(128)에 빠져버린 것이다. 그렇기에 인간이 대량으로 육류를 소비하며 대형 공장 수준의 사육을 하는 한, 수많은 생명체를 생매장으로 살처분하는 일은 계속 이어질 수밖에 없다.

「몰이꾼(驅軍)」에서는 살처분의 고통을 두고 벌어지는 인간들 사이의 차별과 불평등의 문제도 예리하게 드러나 있다. 진동주를 비롯한 축산정책과 직원들이 살생의 지옥에 빠져 있는 동안, 월드컵을 앞둔 서울에서는 젊은이들이 "맥주로 목욕을 하"(123)는 흥분된 생활을 한다. "월드컵에 해를 입힐까 걱정이지, 돼지야 수천 마리를 죽이던 수만 마리가 생매장되든 남의 나라 일로 오불관언"(124)인 것이다. 대도회가 크리스마스로 한껏 들뜬 분위기를 즐긴다면, 진동주를 비롯한 축산과 직원들은 춥고 쓸쓸한 방역초소를 지킨다.

「그날 하루」는 오히려 '눈을 뜨는 것'이 '눈을 감는 것'이고, '눈을 감는 것'이 '눈을 뜨는 것'이라는 삶의 역설적 진실을 보여주는 작품이다. 특히 가장 근대적인 감각으로 일컬어지는 시각을 문제 삼는다는 점에 주목할 필요가 있다. 시각은 부분을 통해 전체를 인식할 수밖에 없는 일반성 지향의 감각이다. 또한 관찰자와 관찰 대상 사이의 거리를 전제하는 감각으로서, 하이데거가 말했듯이 타산적이고 도구적이며 존재론적으로 타락한 것, 즉 존재망각적인 것이다. 이러한 시각에 대한 문제제기는 이번 작품집의 근본적인 주제의식이라고 할 수 있는 근대문명비판과 맞닿아 있다.

아딘은 애타게 기다리던 아들 아사랴를 낳는다. 그런데 아사랴는 눈이 보이지 않는다. 눈 못 보는 아사랴는 동네방네 말거리가 되었고, 세월이 흐르면서 집안의 골칫덩이가 되었다. 아사랴는 결국 큰 길가 나무 그늘 아래서 구걸을 하는 신세가 된다. 그러나 열여덟 살이 되면서 아사랴는 두 눈이 멀쩡한 다른 형제들보다 훨씬 속이 깊은 인물로 성장한다. 눈이 멀었음에도, 어쩌면 눈이 멀었기에, 아사랴는 "육신의 캄캄한 어둠 속에서도"(223) 여호와께 감사를 드릴 줄 아는 영혼의 인물이 된 것이다.

구걸을 하는 아사랴 앞에 밀가와 디르사라는 두 명의 여인이 나타난다. 계모 밑에서 자랐으며, 지금은 남의 집 일을 해주며 계모가 낳은 동생들까지 돌봐주는 밀가는 아사랴를 살뜰하게 보살핀다. 이런 밀가를 생각하며 아사랴는 "밀가를 만나게 해주신 주님을 찬양"(234)한다. 이에 반해 부유한 바리새 귀족 댁 따님인 디르사는 실수로 아사랴의 물그릇을 걷어차고도 전혀 미안해하지 않는다. 심지어 디르사는 아사랴와 밀가가 함께 있는 것을 보면서, "더러운 것들끼리 궁상떨고 있네"(233)라는 독설을 날리기도 한다. 그러나 밀가는 "그저 고생을 모르고 자란 사람이 다 그렇듯 우리 같은 사람들을 이해 못해서 그러는 거야."(234)라며 디르사를 이해하는 태도를 보여주고, 아사랴도 "저 여자가 벌써 여러 해 전부터 이따금 내 구걸 통에 동전을 던져주고는 했어."(234)라며 넉넉한 자세를 보여준다.

어느 날 예수님이 아사랴가 사는 여리고를 방문하고, 아사랴는 예수님을 만난다. 아사랴는 예수님에게 눈을 뜨게 해달라고 간청하고, 예수님은 그 소원을 들어 준다. 그러나 아사랴가 눈을 떴을 때, 그의 앞에 나타난 것은 생각지도 못했던 현실의 끔찍함이다. "동전이나 던져주던 사람들"(244)의 "씰룩대는 입, 입, 호기심, 의심, 적개심, 더러는 시기심으로 씰그러진"(245) 얼굴을 마주하게 된 것이다. 사람들은 아사랴가 사기꾼이라며 그를 묶어 놓고, 아사랴의 부모들을 부른다. 율법을 중요시하는 바리새인들은 아사랴가 눈을 뜨게 된 것이 안식일을 범한 범죄에 의한 것이라고 윽박지른다. 이 소란을 지켜보며, 아사랴는 "아아, 눈을 뜨고 살아가는 사람들의 세상이 이렇게 시끄럽고 무서운 것이었나."(250)라고 한탄한다. 결국 아사랴는 눈을 뜨기 싫어하며, "아아, 구걸하던 그 자리는 얼마나 편안했던가. 아무것도 꺼리길 것 없었던 평화가 아니었나?"(250)라고 소경이던 시절을 오히려 그리워한다.

예수님은 기적과 온갖 시련을 겪은 그날의 해질녘에 다시 아사랴 앞에 나타난다. 예수님의 말씀을 들으며 아사랴를 괴롭히고 예수님을 부정하던 바리새인들은 "우리가 눈먼 자란 말이오?"(256)라는 질문을 던진다. 이 작품에서는 '못 보는 자'야말로 '보는 자'이고, '보는 자'야말로 '못 보는 자'였다는 준엄한 진실이 펼쳐지고 있는 것이다. 아이러니한 것은 눈을 뜬 아사랴 역시 진정으로 '못 보는 자'가 된다는 점이다.

눈을 뜨기 전에 아사랴는 "캄캄한 육체 속에 갇혀있으면서도 네 얼굴은 어쩌면 그렇게 평화로운지"(228)라고 이야기되는 외양을 가진, "속이 깊고 착한 사람"(228)이었다. 그러나 눈을 뜬 아사랴는 자신을 친절하게 돌봐주던 밀가를 외면하고, 디르사의 아름다운 외모에 황홀경을 느끼며 디르사에게 다가간다. 눈을 뜬 "아사랴의 첫 행보"(258)는 밀가를 외면하고 아름다운 외모와 오렌지 향기를 내뿜는 디르사의 손을 덥석 잡는 행위였던 것이다. 그렇다면 아사랴 역시도 진정으로 '눈먼 자'가 된 것이라고 할 수 있다.

3. 자연을 환기시키는 여성, 참된 삶을 살아가는 여성

　인간중심주의와 거기에서 비롯되는 자연파괴를 크게 문제시
한 「땅끝의 달」과 「몰이꾼(驅軍)」에서 자연이나 동물과 가장 깊
게 교감하는 것은 남성이 아닌 여성이었다. 「땅끝의 달」에서 여
자는 키우던 열대어의 죽음을 보면서 진한 공감을 느낀다. 그리
고 다음의 인용문에서 드러나듯이, 그 공감은 거의 모든 생명으
로까지 확대된다.

　개가 죽기까지 얼마나 아팠을 텐데, 그 고통을 소리쳐 호소했어도
들을 수 없는 것이 인간의 청각, 그들과 소통할 수 없는 것이 인간이
었어요. 비명을 지르지도 눈물을 흘리지도 않는 생명체……그저 아
무런 표정 없이 눈을 동그랗게 뜨고 헤엄치고 다니니까…… 사람보
다 편하고 행복한 줄 알았지요. 그런데 그때, 눈을 동그랗게 뜬 채
죽어있는 물고기를 보고, 이 세상의 생명체, 눈에 잘 띄지 않는 불개
미와 지렁이까지도, 이성과 감성이 있을 것이라는 생각이 들었어요.
듣고 계세요?(104~105)

　「몰이꾼(驅軍)」에서도 동주보다 더 예민하게 동물들과 교감을
나누는 것은 신은수이다. 수의과를 졸업하고 축산과에 들어온
신은수는 진동주가 구제역 사태를 겪고 나서야 비로소 깨달은

것을, 이미 수의과에 입학하기 전부터 깨달은 상태였다. 짐승들의 눈에 담긴 "슬픔"(165)을 보는 그녀는 동물의 세계를 아름답다고 느낀다. 가까운 목장에서 소가 난산이라는 연락을 받고 동주와 함께 목장에 갔을 때, 은수는 "동물들의 눈에는 슬픔이 있"(135)다며, 자신은 "그들을 짐승이라고 부를 수가 없"(135)다고 말한다. 실제로 은수와 짐승은 서로 소통한다. 은수가 소에게 말을 걸자, 소는 "은수의 말을 알아들은 듯 머리를 다시 한번 은수의 가슴에 비벼대며 눈물 그렁그렁한 눈으로 은수를 바라"(136)본다. 또한 뱃속에 든 송아지에게도 "자아, 애야 아가야, 이제는 세상 밖으로 나와야지"(137)라고 다정하게 말을 건다. 심지어는 출산을 앞둔 소의 이야기를 그대로 듣고 동주에게 전해주기도 한다.

그러나 신은수는 살처분 현장에 투입된 후, 큰 충격을 받는다. 은수는 B면의 목장에서 소를 매장한 뒤에, 소의 내장이 부패해 부풀어 터지는 것을 방지하기 위해 죽은 소의 배를 가르는 작업을 한 것에 대해 이야기한다. 그러면서 이제는 "가축들의 눈을 마주볼 용기가 없어졌어요. 다시는 그들 앞에서 내가, 내가 인간이라고 나서서 치료할 수가 없어졌어요."(165)라고 동주에게 말한다. 이 고백을 남기고 은수는 사라진다.

이처럼, 「땅끝의 달」이나 「몰이꾼(驅軍)」의 여자와 은수는 누구보다도 자연이나 동물에 가까이 다가간 존재들이다. 그들은 파괴되고 죽어가는 자연과 동물에 거의 일체화된 존재들이라고 해도 무리가 없을 정도이다. 그런데 여자와 은수를 규정 짓는 핵심적인 특징은 바로 아름다움이다. 「땅끝의 달」에서 현서는 〈풀향기 공방(工房)〉 모임에 나가 사물놀이를 배운다. 그곳에서 현서에게 사물놀이를 가르치는 실비아는 대단한 미인이며, 현서는 그런 실비아를 짝사랑한다. 그런데 우연히 만난 여자는, 현서가 사물놀이 연습을 깜빡하게 만들 정도로 매력적인 것으로 그려진다. 「몰이꾼(驅軍)」에서 신은수를 처음 보았을 때, 신동주는 이상한 동계(動悸)에 빠진다. 은수는 "우선 아름다웠다. 화장기 없는 얼굴에다 아직 학생 티가 남은 듯 교복처럼 수수한 옷을 입고 있었지만 청초했다."(129)고 묘사될 정도로 아름다운 것이다. 진동주는 신은수가 자기 부서에 들어온 이후 삶의 활기를 되찾는다.

이와 관련해 "'보호하다schonen'라는 낱말은 어원으로 보아 '아름다운 것dem schonen'이라는 말과 친척이다. 아름다운 것은 우리에게 그것을 보호할 의무, 아니 명령을 내린다."[3]

는 한병철의 말은 음미할 만하다. 한병철의 말에 따르자면, 특별한 아름다움을 지닌 「땅끝의 달」의 여자나 「몰이꾼(驅軍)」의 은수는 우리에게 보호할 의무를 내리는 존재들이라고 할 수 있으며, 자연스럽게 그들과 일체화된 자연 역시 보호의 의무를 인류에게 부과하기 때문이다.

---

3) 한병철, 『땅의 예찬』, 안인희 옮김, 2018, 10면.

그러나 여자들의 죽음이 무력한 절망으로만 끝나는 것은 아니다. 「몰이꾼(驅軍)」에서 진동주는 신은수의 죽음을 통해 새로운 주체로 탄생한다. 동주는 "인간은 새로운 가능성의 세계에다 자신을 내맡기고 내던지는 존재며 '묻는' 존재다. 그 묻는 정신은 개인의 실존적 문제와, 그 시대가 안고 있는 역사적 문제에, 책임 있게 응답하는 정신"(173)이라며, 자신의 아이를 위해 할 수 있는 일이 무엇일까를 생각한다. 그리고 이러한 다짐은 "살생의 몰이꾼이 되어도 사는 날까지 살아남아야 한다는— 그것이 태어난 자의 약속이라는—"(174) 신은수의 목소리를 듣는 마지막 대목에서 알 수 있듯이, 신은수로부터 영향받은 것임을 알 수 있다.

이번 작품집에는 인간중심주의로 파괴되어 가는, 그렇기에 강렬하게 보호의 의무를 환기시키는 젊은 여성만 등장하는 것은 아니다. 동시에 파괴 이후의 폐허 속에서도 참된 삶을 실천하는 나이 든 여성들이 공존한다. 「어둠의 한숨」은 인간이 자연을 대하는 무지막지한 폭력적인 태도가 같은 인간을 향해서도 똑같은 방식으로 이루어질 수 있음을 보여주는 작품이다. 인간과 동물을 나누는 기준이라는 것도, 절대적인 기준이 있는 것이 아니라면, 동물을 향해 행하는 모든 일은 인간을 향해서도 이루어질 수 있는 것이다.

육십대가 된 심 권사는 세탁소를 운영한다. 심 권사는 매우 긍

정적인 인물로 형상화되어 있다. 그녀의 세탁소는 다른 곳보다 세탁비가 훨씬 싸며, 심 권사의 수선 솜씨는 감탄할 만큼 매끈하고, 심 권사는 마을 아낙들의 자연스러운 상담역까지 맡고 있다. 심 권사는 세탁소 일 이외에도 리폼 일을 함께 한다. 작은아들은 남의 헌 옷 뜯어 고치는 일을 보며 "환장"(177)할 정도로 싫어하지만, 심 권사는 리폼 일을 "정성껏 하는 동안에 내가 저질렀던 허물을 덜어낼 수 있을는지"(177) 모른다고 기대한다. 사실 심 권사는 헌 옷만 리폼하는 것이 아니라 낡은 대로 낡은 인간을 리폼하는 것이다.

어느 날 이 세탁소에 비대해 보이는 팔순 노파가 갑자기 찾아와 빈방을 하나 구해줄 수 없느냐고 요구한다. 그는 당당하게 방세 같은 거는 낼 수 없다고 말하고, 심 권사는 좋은 마음으로 자기 집의 방 하나를 내주기로 결정한다. 그 노파는 뻔뻔하게도 도배까지 해줄 것을 요구하고, 나중에는 자신의 증손녀를 데리고 와서 봐달라고 한다. 이후 노파는 물론이고 아이의 엄마인 갑이까지 아이를 돌보지 않아, 심 권사만이 아이를 돌보게 된다. 이후에도 이들의 어처구니 없는 행동은 계속 이어진다. 이레 만에 나타난 갑이는 아이에게 관심도 보이지 않으면서 할머니의 기초수급연금을 가로채서 사라진다.

당연하게도 주위에서는 모두 아이를 돌려주고 그들과의 관계를 끊으라고 충고한다. 그러나 심 권사는 아이를 사랑으로 키우

땅끝의 달

며, "모든 근심과 시름이 지워졌다"(187)고 느낀다. 심 권사에게 "아기의 웃는 얼굴은 생명 빛"(188)이었다. 심 권사의 고난은 이 것으로 끝나지 않는다. 어느 날인가는 갑자기 복통을 호소하는 노파를 응급실로 데려갔다가, 수술비를 온통 자신이 다 부담하는 일까지 겪는다. 이후에도 갑이는 찾아와서, 무료인 신생아 예방 주사를 맞추겠다며 주사값을 받아 챙기기도 한다. 저들에게 아기는 "상품(商品)"(198)이었던 것이다. 모든 것이 돈의 논리로만 환산되는 세상이라면, 피붙이인 아기마저도 상품이 되는 것이 유별난 일이 아닐지도 모른다.

심 권사는 큰 마음먹고 갑이에게 항의하다가도 아기는 "권사님 손녀예요! 하나님이 그렇게 정해줬잖아요? 그렇지요?"(207)라는 말에, 아기를 다시 품에 안으며 갑이에게 고마움을 느낀다. 갑이는 뻔히 남편이 있는데도 미혼모 수당을 받기 위해 미혼모 행세를 하고 있다는 것이 밝혀진다. 심 권사는 아기를 "나에게 데려다주신 분은 하나님이시다!"(214)라며 아기를 "아름다운 처녀"(215)가 될 때까지 키울 것이라고 다짐하는 것으로 작품은 끝난다.

「모루를 찾아서」에서 인간중심주의와 이기주의를 벗어나 참된 삶을 살아가는 존재는 연화라는 노년의 여성이다. 이 작품은 연화와 젊은 시절 연인이었던 조세윤의 시각을 통해 노년에 이른 연화의 삶이 얼마나 아름다운 것인지를 보여준다. 조세윤이 아내와 함께 살고 있는 "'시니어 아파트'는 미국 이민 1세가 꿈꾸는 마지막 희망"(12)으로서, 조세윤 부부가 이민 사십여 년의 결실로서 머물게 된 곳이다. 지금의 삶은 "40여 년 이민 삶의 행로에서 빠져들었던 주검과 같은 후회, 분노, 좌절, 절망을 거쳐서 얻은 안정"(14)이다. 조세윤은 지금 암에 걸려서 죽음을 앞두고 있는 아내를 돌보고 있다.

그러나 이 작품에서 진정으로 아픈 이는 아내가 아니라 조세윤 자신으로서, 아내는 조세윤에게 우울증이라는 진단을 내린다. 아내는 이전에도 "문득, 문득, 당신이 어딘가 내가 알 수 없는 먼 곳을 늘 바라보고 있는 사람처럼 느껴질 때가 있었"(18)다고 말한다. 그리고 아내는 소원하고 바라던 시니어 아파트로 이사를 한 후에, 조세윤에게서 "먼 곳을 바라보는 듯한 쓸쓸함"(19)을 더욱 강하게 느낀다. 아내는 조세윤이 "늘 어딘가로 떠나버릴 사람 같을 때"(20)가 있었다고도 말한다. 조세윤이 바라보는 먼 곳이란 바로, 젊은 날의 연인이었던 연화이다.

세윤이 새롭게 생긴 시니어 아파트 지하 1층의 도서실을 방문했을 때, 그곳에서 세윤은 연화를 만난다. 도서실을 만든 사람이 바로 연화였던 것이다. 연화를 보았을 때, 세윤은 "바로 너였던가, 바로 너였던가…… 지금까지 내 영혼이 아득하게 바라보고 있던, 꺼지지 않는 불빛이 바로 너였던가……"(26)라고 생각할 정도로 감격한다. 연화는 이웃을 위해 도서실을 만들었을 뿐만

땅끝의 달

아니라, 노인을 돌보는 데이 케어에서도 봉사활동을 열심히 하고 있다. 연화는 거기서 세윤 부부를 만났을 때도, 잔잔하지만 의연한 눈길을 보내며 세윤의 아내에게 헌신한다.

연화가 이토록 성숙한 영혼을 가질 수 있었던 것은 세윤을 모루 삼아 자신을 단련해 온 결과이다. 세윤과 연화는 절실한 사랑을 나누었지만, 결국 오해로 인해 반세기 가까이 헤어져 지내야만 했다. 야외에서 밤을 함께 보냈던 젊음의 어느 날, 세윤은 연화를 안지 않았다. 이것을 연화는 세윤에게 다른 사람이 있다는 신호로 받아들여서 결국에는 세윤을 떠나갔다. 그러나 세윤은 연화를 너무나 사랑하여 안을 수가 없었을 뿐이다. "너무 소중해서 흠집 낼 수 없었던…… 그래서 활활 타오르던 육신을 빗물에 적시며 밤을 새웠던"(30) 것이다. 그러나 그것은 "연화에게는 절망"(30)이었고, 그 오해의 바다 위에서 세윤과 연화는 반세기에 가까운 세월을 보내야만 했다.

아마도 연화 역시 세윤과의 사랑과 이별을 곱씹으며 영혼의 망치질을 평생 동안 계속해 왔을 것이다. 그리고 연화는 그 사랑과 이별을 통해 인간의 근원적인 한계(오해)를 엿보았음에 분명하다. 이러한 인간 한계에 대한 깨달음은 자신의 의도와는 무관하게 무고한 생명을 빼앗게 되는 로드킬의 현장에서도 확인된다. 로드킬의 현장에서는 "그저 제 갈 길을 가던 운전이, 살의(殺意)"(59)로 돌변할 수도 있는 것이다. 숱한 오해와 오류로 가득한 인간(능력)의 한계를 깨닫는 영혼의 망치질 끝에서야, 세윤과 연화는 죽은 아내의 묘지에서 다시 만날 수 있었던 것이다.

4. 청년성(靑年性)의 한 전범

소설집 『땅끝의 달』은 정연희가 반세기가 넘는 세월을 통해 보여주고 있는, 고립에서 연대로의 이행이라는 변모를 확인시켜 주는 작품이다. 이번 작품집에서 두드러지는 것은 현대문명에 대한 날카로운 문제의식이며, 그러한 비판은 인간중심주의에 초점을 맞추고 있다. 근대에 본격화된 인간중심주의는 나름의 의의에도 불구하고, 시간이 갈수록 인간의 오만과 탐욕을 끊임없이 부추기는 문제적 사상이 되어 가고 있다. 특히 작가는 이번 작품집을 통해 인간중심주의가 낳은 자연 파괴에 대해 심각한 위기의식을 보여준다. 사상적으로 더욱 심화되고 기법적으로 더욱 완성된 이번 작품집은 정연희 문학의 한 결산이라고 할 수 있다. 동시에 『땅끝의 달』은 지치지 않는 문학적 영혼의 끝을 알 수 없는 문학적 탐색의 위대함을 실증해주는 사례이기도 하다. 끊임없이 자신을 채찍질하며, 새로운 삶의 영역을 천의무봉의 솜씨로 엮어 나가는 작가의 모습은, 정연희의 문학이 새로운 모습으로 계속 우리 앞에 나타날 것임을 확신케 한다. 그렇기에 정연희의 문학은 말년성의 한 전범인 동시에, 청년성의 한 전범으로 우리 앞에 오늘도 오롯하게 솟아 있다.

땅끝의 달

1쇄 발행일 | 2021년 01월 15일

지은이 | 정연희
펴낸이 | 정화숙
펴낸곳 | 개미

출판등록 | 제313－2001－61호 1992. 2. 18
주소 | (04175) 서울시 마포구 마포대로 12, B-103호(마포동, 한신빌딩)
전화 | (02)704－2546
팩스 | (02)714－2365
E-mail | lily12140@hanmail.net

ⓒ정연희, 2021
ISBN 979－11－90168－22－9 03810

값 15,000원

*이 도서는 한국출판문화산업진흥원의 '2020년 출판콘텐츠 창작 지원사업'의
일환으로 국민체육진흥기금을 지원받아 제작되었습니다.